党月瑶　熊湘　著

中国古代文论

专一题一讲一读

LECTURES ON ANCIENT CHINESE LITERARY THEORY

社会科学文献出版社
SOCIAL SCIENCES ACADEMIC PRESS (CHINA)

目　　录

绪　论

中国古代文学批评的对象与内容

一　中国古代文学批评的概念与对象

何谓中国古代文学批评？中国古代文学批评研究的是什么？课程讲述的是什么内容？这是我们接触这门学科首先面临的问题。大家翻阅相关教材，可以看到各种相近的名称，比如"古代文学理论""古代文学批评""古代文学理论批评"等。最后这个名称非但没有给我们一个明确的界定，反倒带来更大的疑惑："理论"与"批评"在内涵界定上肯定是有所不同的，但为何将二者并称？这似乎是一个定义性问题，但中国古代文学批评不是依靠定义而形成的学科，它是在古代文学研究的发展脉络中逐步凸显出来的重要分支。所以要搞清楚这些问题，须对古代文学研究的内容有一个框架性认识。我们先给出第一组例子：

1. 自献帝播迁，文学蓬转，建安之末，区宇方辑。魏武以相王之尊，雅爱诗章；文帝以副君之重，妙善辞赋；陈思以公子之豪，下笔琳琅；并体貌英逸，故俊才云蒸。[1]

2. 炯与王勃、卢照邻、骆宾王以文词齐名，海内称为王杨卢骆，亦号为"四杰"。[2]

---

[1]　范文澜注《文心雕龙注》卷九《时序》，人民文学出版社，1958，第673页。
[2]　（后晋）刘昫等撰《旧唐书》卷一百九十上《文苑传》，中华书局，1975，第5003页。

3. 大抵两汉文章若司马子长、扬子云、刘子政、班孟坚、张衡之徒，率自《离骚》《楚词》出。灵均所著则曰《离骚》，后之依放而作者则曰《楚词》，而《离骚》为至。①

第 1 例出自南朝刘勰《文心雕龙·时序》，简述了东汉末年以三曹为核心的建安文学的兴起过程。第 2 例出自后晋刘昫等撰的《旧唐书·文苑传》，指出初唐文学王、杨、卢、骆并称的情况。第 3 例出自南宋胡铨《葛圣功文集序》，勾勒出从《离骚》到《楚辞》，再到两汉文章的发展脉络。总之，这类文字陈述了与古代文学相关的某种历史事实，此即文学史。

第二组例子如下：

4. 诗者，志之所之也，在心为志，发言为诗。情动于中而形于言，言之不足，故嗟叹之，嗟叹之不足，故永歌之，永歌之不足，不知手之舞之，足之蹈之也。②

5. 盖奏议宜雅，书论宜理，铭诔尚实，诗赋欲丽。③

6. 大矣哉，文之时义也！有天文焉，察时以观其变；有人文焉，立言以重其范。④

第 4 例出自《毛诗大序》，它解释了诗是怎么产生的，"诗"与"情"是什么样的关系。第 5 例出自曹丕《典论·论文》，罗列出奏议、书论、铭诔、诗赋等文体，并指出各自应当具有的风格。第 6 例出自杨炯《王勃集序》，强调"文"具有怎样重要的意义。总之，这一组例子重点在于表达某种文学的理论，包括本体论、风格论、价值论等。

---

① （宋）胡铨撰《葛圣功文集序》，曾枣庄、刘琳主编《全宋文》第 195 册，上海辞书出版社，2006，第 265 页。

② （唐）孔颖达疏《毛诗正义》卷一，（清）阮元校刻《十三经注疏》，中华书局，2009，第 563 页。

③ （魏）曹丕撰《典论·论文》，郭绍虞主编《历代文论选》，上海古籍出版社，2001，第 60 页。

④ （唐）杨炯撰《杨炯集》卷三《王勃集序》，徐明霞点校，中华书局，1980，第 34 页。

第三组例子如下：

7. 唐人诗如贵介公子，举止风流。宋人诗如三家村乍富人，盛服揖宾，辞容鄙俗。①

8. 李、杜二家，其才本无优劣，但工部体裁明密，有法可寻；青莲兴会标举，非学可至。②

9. 据我看来，诗的好处，有口里说不出来的意思，想去却是逼真的。有似乎无理的，想去竟是有理有情的。……我看他"塞上"一首那一联云："大漠孤烟直，长河落日圆。"想来烟如何直，日自然是圆的。这"直"字似无理，"圆"字似太俗。合上书一想，倒像是见了这景的。若说再找两个字换这两个，竟再找不出两个字来。③

第 7 例出自明镏绩《霏雪录》，其视唐诗为贵公子，宋诗为暴发户，用形象的类比来评判唐诗、宋诗之高下，颇为生动。第 8 例出自明胡震亨《唐音癸签》，评论李白、杜甫诗歌之差异，可谓简练而准确。第 9 例是曹雪芹、高鹗《红楼梦》中香菱学诗时发表的一段议论，揭示王维诗歌可以意会，难以句解的审美境界。容易看出，该组例子主要是对某类、某家，或某篇作品的品评，这也是最直观的文学批评。

通过对以上三组例子的简单分析，我们可以得出古代文学研究的三大方面：文学史、文学理论、文学批评。根据刘若愚在《中国文学理论》一书中的界定，文学理论又可称为理论批评，它包括文学本论与文学分论。如此，文学理论与文学批评合起来便成为广义的文学批评，而第三组所代表的文学批评乃广义文学批评中的实际批评。它们之间的关系如图 0-1 所示。

---

① （明）镏绩撰《霏雪录》，《景印文渊阁四库全书》第 866 册，台湾商务印书馆，1986，第 689 页。
② （明）胡震亨撰《唐音癸签》卷六《评汇二》，上海古籍出版社，1981，第 58 页。
③ （清）曹雪芹、高鹗：《红楼梦》，俞平伯校，启功注，人民文学出版社，2000，第 522～523 页。

图 0-1　文学研究的划分

　　依此区分可知，在上述材料中，第 4、6 例属于文学本论，第 5 例属于文学分论。第 7、8 例属于评价，第 9 例属于诠释。而本课程主要的内容就是与文学史相对应的文学批评，包括理论批评与实际批评两部分。之所以将理论与批评并称，是因为二者时常相互融合，共同构筑了中国古代极具特色的文学观念和话语形态。

二　学习中国古代文学批评的目的与路径

　　在回答这个问题之前，可先关注一个现象。人们在评价屈原、李白作品时，往往将其归于浪漫主义；讨论《诗经》和杜诗时，又多冠以现实主义之名。我们可以轻易指出其中的问题，即一个诗人的作品、一部诗集的内容是很丰富的，仅用一个词语来概括，有"一叶障目，不见泰山"之弊。更关键的地方在于，"浪漫主义""现实主义"都是在西方文化语境下产生的，其内涵、意义与西方文化语境有着天然联系。当它们跨越文化界限，被挪用到中国古代文学中时，不可避免地产生履不适足的情况。给古代作品冠上舶来的名号，就像给通身汉服、风度翩翩的古代文人戴上一顶欧式帽子，或者换上一身西装，可能会很新潮、很时髦，但却把古代文人和文学的内在精神、气质给遮蔽了。除了"浪漫主义""现实主义"之外，我们评鉴文学的很多用语（也可以说是"解剖"文学作品的工具）都是舶来词，立足于中国传统的用语似乎没有用武之地。学界于是刮起了一股讨论"中国文论失语症"之风。① 总之，换了一个文化语境，原来的批评用语不一定适用了。20 世纪初期的文化变革使得现当代文化语境与

――――――――――

① 参见曹顺庆《文论失语症与文化病态》，《文艺争鸣》1996 年第 2 期。

古代割裂开来，所以即便是在我们看来习以为常的用语，套到古代，也会引发误会。比如，如果我们穿越到古代，要与古人讨论文学，对方很可能讲一通《周易》《尚书》《尔雅》《说文解字》的内容，而丝毫不涉及乐府民歌、宋代话本、明清戏曲小说。为什么会这样？因为我们眼中的"文学"与古人眼中的"文学"不是同一个东西。用当代"文""文学"的概念去衡量古人的作品和思想，相当于用现在的尺寸来计算古人的身高。

　　不否认，西方的概念、方法和理论能够为我们打开审视中国古代文学的窗口，但古代文学批评才是与古代文学同生共长的，若要全面深入地理解古代文学的思想精神、文化内涵和审美境界，必须考察和借助古人自己的话语方式。比如，我们思考古代文学的源头，一般会从《诗经》《尚书》算起，若加上出土文献，那甲骨卜辞或钟鼎文也可算在内。这些作品奠定了古代文学的思想和价值基础。但我们读《文心雕龙·原道》篇，会发现刘勰追踪得更远，他自《诗经》逆流而上，追溯至"炎皞遗事""唐虞文章"（可简单理解为三皇到尧舜禹时代），再追溯至文字创造（鸟迹代绳）之时，一直说到"人文之元，肇自太极"，说到"文之为德也大矣，与天地并生者何哉？"这一追踪说明古人对"文"本质的认识绝非几部先秦典籍所能囊括，在他们看来，"文"是与天地并生的，天有天文，地有地文①，人有人文。而所谓"人文"也即人类社会的表现形式，"文章""文学"也就是这一表现形式的文字呈现。站在宇宙生成、人类文化起源的视角来审视"文"，如此高的立意，对"文"价值意义的塑造非同小可。一方面，它标举了远超现当代"纯文学"范围的"大文学"观，启发我们不要仅仅以纯文学审美的态度来衡量和审视古代文章；另一方面，它蕴含了天、地、人、文相互连通的同构思维。在古人眼中，文章与人的精神血脉相连，是与天地相呼应、与人体同构的，有血有肉、有心有脉、有神有韵的生命体。甚至可以说"人文合一"是中国古代文学思想的根性。

---

　　① 古人不太用"地文"一词，而常用"地理"，如《文子》："天道为文，地道为理。"再如《意林》卷三引王充《论衡》："天有日月星辰谓之文，地有山川陵谷谓之理。"

再如，我们在阅读古代诗歌时，常对其意象的运用印象深刻。王维《使至塞上》中的"大漠孤烟直，长河落日圆"、温庭筠《商山早行》中的"鸡声茅店月，人迹板桥霜"、黄庭坚《寄黄几复》中的"桃李春风一杯酒，江湖夜雨十年灯"。没有关联词，没有情感的表达，简简单单的几个意象就勾勒出相关的图景，让人沉浸其中。马致远《天净沙·秋思》是更为典型的例子。当我们了解了老庄的语言观，了解了《周易》中的"立象以尽意"，进而探究到与汉字产生相伴随的"象"思维，便会对这一文学创作风貌和审美境界有更为深刻的认识。进而还能体会到，用"象"来代替情感的表达、代替逻辑的定义，是传统文学和文学批评的独到之处。比如解释各种文学风格，什么是"典雅"，什么是"高古"，我们首先能想到的是用逻辑的语言为之下定义，但《二十四诗品》不这样，解释典雅，则云"落花无言，人淡如菊"；解释纤秾，则云"采采流水，蓬蓬远春。窈窕深谷，时见美人"；解释高古，则云"畸人乘真，手把芙蓉。泛彼浩劫，窅然空踪"；解释悲慨，则云"萧萧落叶，漏雨苍苔"。这一幅幅图景告诉我们，面对文学，最好的方式不是定义，不是字句索解，而是切身的，超出语言之外的审美体悟。这才是真正的"不著一字，尽得风流"（《二十四诗品·含蓄》）。总之，学习古代文学批评，目的之一就在于通过对古人批评语言的梳理，深入了解立足于传统文化语境的文学精神和审美境界。

中国古代没有只从事文学批评而不进行创作的评论家，换言之，即没有专门的批评家。古人在撰述文学批评作品时，目的不仅仅是表达自己的观念，更是进行文学创作。所以我们能看到《二十四诗品》兼备文学性和理论性，陆机《文赋》、刘勰《文心雕龙》，以及论诗诗等均是如此。与当代或西方那种理论精深的鸿篇巨制不同，古代文学批评著作的可读性非常强，富有美感和趣味。比如，诗话就是古人凭借自己的阅读经验，将有关诗歌的所见所感记录下来，其"丛残小语"的形态非常适合供人们茶余饭后闲谈。可以想象，很多关于文学的讨论与批评，就是在古代评论家与友人弹琴饮茶、斟酒吟诗、赏读奇文之时完成的，内中浸透的是古代文人的生活趣味与生动的文学体验，这与深奥枯寂的理论推演全然不同。欧阳修《六一诗话》中对此有所记载：

陈公时偶得杜集旧本，文多脱误，至《送蔡都尉》诗云："身轻一鸟。"其下脱一字。陈公因与数客各用一字补之。或云"疾"，或云"落"，或云"起"，或云"下"，莫能定。其后得一善本，乃是"身轻一鸟过"。陈公叹服，以为虽一字，诸君亦不能到也。①

魏庆之《诗人玉屑》载：

刘威有诗云："遥知杨柳是门处，似隔芙蕖无路通。"意胜而语不胜。王介甫用其意而易其语曰："漫漫芙蕖难觅路，萧萧杨柳独知门。"②

在富有生活气息的对话与交流中，关于诗歌创作的技法经验自然流露出来。所以，学习中国古代文论与学习西方文论相比，可能是完全不一样的体验，除了能加深对古代文学的理解，还能窥见古代文人的生存方式、人生旨趣。

古代文学批评的内容非常丰富，以上只是略举数端，简述这门课程的目的和重要性。而在具体学习过程中，有三个维度需要牢牢把握。

首先是古代文学批评的著作、篇章。古代文学批评的材料依托各种著作、篇章而得以流传。如《毛诗大序》、曹丕《典论·论文》、陆机《文赋》、钟嵘《诗品》、刘勰《文心雕龙》等文论著作；以杜甫《戏为六绝句》、元好问《论诗绝句三十首》为代表的论诗诗；唐宋以来的各类诗格、诗话、文话著作；明清的戏剧、小说评点；以及历代重要的论文书牍、序跋；等等。它们勾勒出古代文学批评文体的发展脉络，是我们深入了解古人文学思想必须借助的文本。

其次是古代文学批评的概念、命题。古人在长达两千多年的批评实践中，逐渐凝结出一套颇具特色和内涵的话语。他们用这套话语总结创作经验、剖析作品特质。与西方的术语相比，这套滋生于传统文化土壤的话语

---

① （宋）欧阳修撰《六一诗话》，（清）何文焕辑《历代诗话》，中华书局，2004，第266页。
② （宋）魏庆之撰《诗人玉屑》卷六《陵阳论荆公造语》，王仲闻点校，中华书局，2007，第182页。

与古代文学作品血脉相通，是我们深入解读古人文学思想的密钥。比如，曹丕强调"文以气为主"，刘勰说好的文章能做到"风清骨峻"，钟嵘说五言诗最有"滋味"，张炎评秦观词"气骨不衰"，朱一新论骈文"潜气内转"，金圣叹评《水浒传》多言其"草蛇灰线"之法。这些表述对理解相关文体和作家风格、特点极为重要，故而抓住"气""风""骨""味""脉"等概念，整体把握其内涵，当是必要之举。相关概念还有"志""道""神""韵""意""势""理"等。此外，围绕相关概念和文学现象，古人总结出很多重要命题，前引曹丕"文以气为主"就是典型的例子，再如司马迁"发愤著书"、欧阳修"穷而后工"等，这些都是我们探究古代文学思想时必须深入了解的内容。此类例子甚多，不再赘举。

最后是古代文学批评的方法、思想。如果把文学批评视为一台解剖手术，那么批评术语是工具，批评方法则是使用工具解剖作品的手段。各种批评方法将文学观念和文学术语组织起来，形成具体可观的文学批评论著。面对文学作品，古人或"以意逆志"，探求创作背景下的作者意志；或"推源溯流"，在此类文学的发展脉络中予以定位；或进行直观可感的"意象批评"，以象喻的方式凸显作品风貌。[①] 不论何种方法，都以相应的批评思想作为根基。进一步说，思想推动着术语的运用、方法的实施、批评论著的形成，实为学习古代文学批评最终需要把握的根髓。人文合一、万物同构的思想深刻影响着古人对文学本体的认识；儒家的经世思想塑造了古人的文学价值论；道家的言意观和文艺精神又拓展了古人的审美境界。如此等等，不一而足。

三 中国古代文学批评史学科的形成

中国古代文学批评史学科在 20 世纪 20 年代起步，大学课程的开设与授课讲义的编写基本同步进行。然而，如同文学史的发展一样，对于古代文学批评史研究及论著的撰写，日本学者已先着鞭。铃木虎雄（1878～1963）于 1911 年便在京都帝国大学开设"支那诗论史"[②] 课程。同年七

---

① 具体文学批评方法，参见张伯伟《中国古代文学批评方法研究》，中华书局，2002。
② 为了保留原貌，本书中书名、课程名中的"支那"未做处理。

月至翌年二月，他在《艺文》杂志发表《论格调、神韵、性灵三诗说》，1919 年至 1920 年，在《艺文》发表《周秦汉诸家对于诗的思想》《魏晋南北朝时代的文学论》。在《魏晋南北朝时代的文学论》一文中，铃木虎雄提出了"魏代文学自觉说"，其开创性自不待言。这三篇文章于 1925 年被合编为《支那诗论史》，由弘文堂书房出版。随后孙俍工将其翻译为汉语，书名改为《中国古代文艺论史》，由北新书局于 1928 年、1929 年分两册出版。这是最早的一部具有中国古代文学批评史雏形的专著，尽管体制和内容都不是很完善，但对后来的诗学研究和文学批评史编撰产生了不小影响。①

　　第一部真正意义上的中国文学批评史由陈钟凡（1888～1982）撰写。陈钟凡于 1921 年 8 月至 1924 年 11 月任东南大学国文系主任兼教授，1924 年 12 月任广东大学文科学长兼教授，彼时他已经开始《中国文学批评史》的撰写。这本书最终于 1927 年由中华书局出版，在第一章分析"文学"之义界、第二章分析文学批评的意义和派别之后，依次论述周秦至清代的文学批评。全书只有 7 万字，内容之简略由此可知。出版之后虽然遭受各种批评，如朱自清就说陈著"顺文敷衍，毫无新意，所以不为人所重"②。但不可否认，该书对中国古代文学批评具有开创之功，对之后文学批评史的编撰与研究也有相当的启迪作用。至 1940 年，该书在中华书局已印至第六版，这颇能说明陈著的传播力度。

　　郭绍虞（1893～1984）是中国文学批评史学科的奠基性学者。1927 年 7 月，他受聘于燕京大学国文系。为了解决文学史上的一些问题，他关注到文学批评，并于同年在燕京大学开设"文学批评史"选修课。他先是参考陈钟凡的《中国文学批评史》授课，第二年开始自编讲义。1934 年，郭绍虞《中国文学批评史》上卷由商务印书馆出版，叙述时段从周秦到北宋；甫一出版，备受好评，胡适、朱自清都给予积极的评价。1947 年，下卷（分两册）出版，叙述时段从南宋到清朝。郭绍虞编写这部著

---

① 参见蒋寅《铃木虎雄〈中国诗论史〉与中国文学批评史叙述框架的形成——尤以明清三大诗说为中心》，《安徽大学学报》（哲学社会科学版）2013 年第 2 期。

② 朱自清：《评郭绍虞〈中国文学批评史〉上卷》，《朱自清古典文学论集》下册，上海古籍出版社，2009，第 540 页。

作的目的是"从文学批评史以印证文学史,以解决文学史上的许多问题"①。与陈著相比,郭绍虞的《中国文学批评史》篇幅达 70 万字,既关注大的文学思想发展潮流,又留意于具体的概念、范畴,其深度、广度均非陈著可比。

郭绍虞在燕京大学授课的同时,也在清华大学兼课,讲授必修课"中国文学批评史"。之后燕京大学做出规定,本校教授不得在外校兼课,于是郭绍虞推荐罗根泽(1900~1960)至清华任教。罗根泽曾于 1928 年进入燕京大学国学研究院读研,师从冯友兰、黄子通,翌年毕业,也算是郭绍虞的学生。在郭绍虞的推荐之下,罗根泽于 1932 年在清华大学讲授"中国文学批评史",并自编讲义。1934 年,罗根泽的《中国文学批评史》由人文书店出版,内容包括"周秦两汉文学批评史""魏晋六朝文学批评史"两部分。1943 年商务印书馆再版该书,增加了隋唐部分。中华书局 1961 年再版时又增入两宋部分。罗著虽然缺少了宋以后的内容,但材料充实是其所长,在文学批评史研究中占有重要地位。

在郭绍虞授课于燕京大学的 1929 年,另一位学者朱东润前往武汉大学担任预科英语教师。时任文学院院长的闻一多嘱朱东润开设"英文国学论著"和"中国文学批评史"两门课。经过一年的准备,朱东润开始授课。1932 年,他完成中国文学批评史讲义初稿,多次修订后,最终以《中国文学批评史大纲》为名,于 1944 年由开明书店出版。全书用文言写成,颇具特色,框架上大体以时为序、以人为纲,多有精辟见解。

总之,在 20 世纪二三十年代,陈钟凡在东南大学、广东大学授课,郭绍虞、罗根泽在燕京大学、清华大学授课,朱东润在武汉大学授课。40 年代,任访秋在河南大学讲授"中国文学批评"课程,朱自清在西南联大讲授"中国文学批评研究"课程。这构成了文学批评史学科发展初期的剪影,从中也能看到课程开设与研究论著编撰并进的局面。在前述四部批评史著作中,属郭绍虞《中国文学批评史》、朱东润《中国文学批评史大纲》影响最深、流传最广。另外,上海世界书局 1934 年出版过方孝岳(1897~1973)的《中国文学批评》,该书重点不在搭建文学批评史框架,

---

① 郭绍虞:《中国文学批评史》,商务印书馆,1934,"自序"第 1 页。

而是阐述各家的文学原理。虽是该学科发展初期的论著，但出版之后反响平平，这里略提一笔，不再赘言。

推荐阅读及参考文献：

1. 陈钟凡：《中国文学批评史》，江苏文艺出版社，2008。
2. 郭绍虞：《中国文学批评史》，商务印书馆，2010。
3. 罗根泽：《中国文学批评史》，商务印书馆，2015。
4. 朱东润：《中国文学批评史大纲》，上海古籍出版社，2001。
5. 张少康、刘三富：《中国文学理论批评发展史》，北京大学出版社，1995。
6. 〔美〕刘若愚：《中国文学理论》，杜国清译，江苏教育出版社，2006。

第一章

"文"的思想内涵与特质

一 从文学史书写看"文学"观念之变迁

回顾一下我们所接受的文学史教育，或者翻开我们读过的文学史教材，不难厘清其叙述脉络和结构。文学史往往会从上古神话讲起，在元明清文学部分，大量的笔墨被安排到戏剧、小说上面。我们很轻易地接受了教材为我们搭建的文学史框架，沉浸其中，丝毫察觉不出问题，甚至把这样的框架、内容视为理所当然。然而，一旦往前追溯文学史著作的编撰，则会感觉到情况并不如此。书写文学史，首先要考虑的当然是这个问题：什么是文学？确定了文学的义界，才清楚文学史需要如何搭建框架，讲述什么内容。可以这样说，每一部文学史著作背后，都有相应的文学观。下面列举几部早期文学史著作，与今天的文学史教材进行比较，这一百多年间文学观的转迁也就得以窥见。

世界上首部中国文学史著作是俄国汉学家王西里（1818～1900）所撰写的《中国文学史纲要》，该书于1880年由圣彼得堡斯塔秀列维奇印刷所出版。① 从现在的目光来看，这部世界上最早的中国文学史著作，似乎一开始就把路带偏了。全书共十四章，前十二章都在讲语言文字、儒学、道家、佛教等内容，最后两章——雅文学与俗文学，才是我们认为文学史应当呈现的内容。

---

① 该书于2016年由中央编译出版社翻译出版。

1882 年，日本汉学家末松谦澄（1855～1920）出版《支那古文学略史》，这虽说是日本第一部中国文学史著作，但仅限定在春秋战国时期，内容也实在太简略，因为它本是末松谦澄根据自己 1881 年在英国所做的演讲整理而成。全书主要包括以下十七个部分：周官、管子、老子、孔门诸书、晏子、杨朱墨翟、列子、孟子、商子、公孙龙子、庄子、孙吴兵法、苏秦张仪、屈原宋玉、荀子、申韩、吕氏春秋竹书纪年左传国语。因时段过短，无法全面比较，但是仅从这个结构，还是能察觉末松谦澄所言之"文学史"，比我们理解的"文学史"要宽泛得多。

与末松谦澄《支那古文学略史》相比而言，古城贞吉（1866～1949）的《支那文学史》更值得留意。该书出版于 1897 年，内容丰富，从"书契的起源及文字的构成"讲起，一直讲到清代文学，囊括了中国古代文学的整个发展阶段。该书以儒学为基调，以诗文为主体，不涉及戏剧、小说。比如，第八篇"明代文学"只有"明朝的散文（包括古文辞、八股文）""明代的诗"两部分，第九篇"清朝文学"只有"清朝的文章家""清朝的诗家"两部分。在我们看来浓墨重彩的明清戏剧小说，在古城贞吉的文学史框架中，居然找不到身影。他的书名叫"文学史"，不是"诗文史"，这个书名和框架设计，应该隐含着他对"文学是什么"这个问题的回答。

把焦点转回中国。1904 年，林传甲（1878～1922）担任京师大学堂国文教员，为配合授课，他编写了 7 万字左右的《中国文学史》教材。以现在的眼光来看，这部中国最早的文学史著作虽然篇幅不长，但结构、内容很有特点。全书共十六篇，前三篇论文字、音韵、训诂，属传统学问中的"小学"范畴。第四到六篇论文章世运及作文之法。第七到十四篇讲周秦至今的文体，最后两篇主要论骈文。与古城贞吉的著作相似，在讲到元朝文学时，林传甲态度极为明确，坚决不将戏剧、小说一类收入文学史。第十四篇"唐宋至今文体"中第十六则的标题就表明其态度："元人文体为词曲说部所紊。"① 正文中更是对日本学者笹川临风（1870～1949）的《支那文学史》（1898 年刊行）发出严厉批评，原因是笹川临风的文

---

① 林传甲：《中国文学史》，上海科学书局，1914，第 181 页。

学史著作设有小说、戏剧的章节，夸赞《水浒传》是旷世杰作，《西厢记》是千古绝唱。林传甲骂其"自乱其例""识见污下"。① 在他看来，对于杂剧、院本、传奇这一类作品，若是写一本"中国风俗史"，倒是可以将它们放进去，写"中国文学史"，则万万不能载入。最后林传甲还表达了自己不会受这股风气影响，不会随声附和的态度。

将上述著作与我们当下看到的文学史教材相比较，我们能更直观地认识到：将戏剧、小说纳入文学史，不是一百年前的文学史写作惯例。现在文学史教材的面貌，是人们对"文学"内涵认识不断变化的结果。林传甲等人搭建的文学史框架不是刻意创新，而是因循着某些传统的观念，包括对"文学"一词的传统看法。一百年前的学者对"文学"的认识已经与我们有这样大的差别，那五百年前、一千年前，甚至两千年前的古人对"文""文学"的认识不是更值得我们审视吗？从文学批评的视角来说，概念、范畴凝结了人们的文学观念，是探究文学思想的切入口，其中"文""文学"是最基本，也最不应该放过的概念。所以我们应当围绕"文"为何意，"文学"为何意等问题，拎出一条研究古代文学思想的线索，进而探测古代文学批评独特的文化特征。

二 "文"的内涵与思想特质

对于"文"为何意这个问题，一般都能想到"纹饰"这层意思。那作为"纹饰"的"文"具体有何呈现，与古人的活动和思维有何种关联，这种关联给"文"带来了怎样的内涵？这是我们需要考虑的。弄清楚了"文"的来历，我们才能准确地判断它的走向。许慎《说文解字》说："文，错画也。象交文。"段玉裁注曰："象交文，像两纹交互也。"我们知道，早期的文字是不断演变的，《说文解字》所描述的字形与现在的"文"字字形基本一样，而往前追溯，甲骨文、金文中有相当一部分"文"字的字形明显不同，如图1-1。

---

① 林传甲：《中国文学史》，第182页。

乙6821反 前4.38.5 后2.5.6 甲3940 文方鼎 旅鼎 文簋
合947反 合36170 合36151 合36534

孟簋 自丞卣 保卣 利鼎 友簋 臣谏簋 师酉簋

图1-1 甲骨文、金文中部分"文"字字形

不少汉字具有象形的特点，以上字形中，外围的形状很容易判断——是一个人，对于人胸腹部位的图案，有研究者指出，是文身。这个文身跟现代人文身的作用完全不一样，主要用于祭祀。古人祭祀神灵或先祖，不像后来那样摆个牌位就够了，而是要安排一个活人（可能由巫来承担），胸前画上纹饰，或许还会戴帽子、面具之类的。打扮好之后，就代表受祭者（神灵、先祖）接受祭礼、享用祭品。这个人就叫作"尸"。祭祀的过程类似角色扮演，有一点戏剧的意思。比如国家大祭，由王献上祭品，"尸"代表神灵或先祖接受祭祀、享用祭品。祭祀过程中，这个"尸"应该是坐着的，所以"尸"的字形就像一个人坐着的样子（也有学者认为是"弯曲侧卧"的），如图1-2。

甲骨文1 甲骨文2 金文1 金文2 秦系简牍 《说文》 汉简 楷书
文字 小篆 文字

图1-2 "尸"字字形演变过程

回到"文"这个字，吴其昌《殷虚书契解诂》推测，"文者，乃像一繁文满身而端立受祭之尸形云尔"①。这个"尸"代表受祭者（神灵、先祖），所以是备受尊崇的，象征着有大功德的神灵、先祖。如周王室祭祀

① 吴其昌：《殷虚书契解诂》，武汉大学出版社，2008，第226页。

后稷、文王、武王，那一定要歌颂这些先王先祖的大功德。"文"因附着于"尸"，也具有了褒美之意。金文中时常有"文王""文祖""文父""文考""文母"等词，可见"文"成为褒扬先祖的惯用语，有点类似于我们所说的"谥号"。确实，"文"在之后逐步发展成"美谥"。谥号中带"文"字的帝王，口碑都是不错的。童书业《春秋左传研究》说：

> 谥为"文"者，多彼时所谓令王或有功烈者，晋文侯有宁王室之勋，秦文公有逐犬戎之劳，楚文王有县申息、强楚国之功，卫文公复兴卫国，晋文公为霸主，鲁文公、宋文公、郑文公、邾文公皆令主，鲁季文子、臧文仲、齐陈文子、晋赵文子等，皆有令德之大夫。①

可见早期的"文"就是对帝王、大夫之德行、功业的概括和褒美。同样，先秦"文人"一词的含义，也不是我们现在理解的"文人"（作家），而是"文德之人"，即指有地位，有大功业、大德行的人。从这条思路来看，"文"这个字在早期便与"德"产生了密切关联。"文德"合一也就成了传统文化思想的一层底色。

我们再回到《说文解字》的解释上来。"错画"其实也就是花纹、纹饰之意，这个大家都知道。把这个概念推广一下，"错画"只是最简单的纹饰，但同时也是所有纹饰的基本单元。可以这样说，古人用最简单的"错画"（即"文"这个符号）构形来指涉宇宙间所有的纹饰。每一种"物"都有各自的纹饰，不同物相交杂，成为更大的纹饰。比如树叶上的脉络与色彩形成叶之"文"，树叶与树枝、树干的组合形成树之"文"，大量树木花草的色彩组合形成山之"文"，山形水脉的组合形成地之"文"。所以《周易·系辞》说："物相杂，故曰文。"进而言之，世间万物的外在形态，都可称之为"文"。天上有天体的存在、运行，云气的流动交合，从而形成天文。地下有山川之起伏、河流之蜿蜒，由此形成地文。由此观之，正如刘勰所言，"文"是与天地并生的。同样，作为与

---

① 童书业：《春秋左传研究》，上海人民出版社，1980，第382页。

"天""地"并称三才的人，也应当有其"文"。此中蕴含的天、地、人同源同构的思维，后面细谈。《周易·贲·彖辞》有这样一句名言："刚柔交错，天文也；文明以止，人文也。观乎天文，以察时变；观乎人文，以化成天下。"与"天文"相对应的"人文"指人类社会秩序的外在表现，包括制度、礼义等，当然也包括文章。刚柔交错的天文自有内在的"道"作支撑，故而能够"观乎天文，以察时变"；同样，人文的化演也须合乎天意，不能违背"道"。也就是说，不论天文、地文，还是人文，所有的"文"都有内在的"道"作支撑，"文"是"道"的必然呈现，"道"是"文"的存在依据。文道合一、体用不二。质言之，承载了天文、人文的"文"，成为生生不息的天地万物（包括人类）存在、运行的形态，成为"道"的外现。这是古代文学思想中"文""道"关系的原点。

刘勰之所以在《文心雕龙》的第一篇第一句话说"文之为德也大矣，与天地并生者，何哉"，正是因为有前述理论作为其思想基础。天文、人文的论述思路，以及文道合一的思想，为"文"的价值找到了一个强大的后盾。刘勰之后的评论家在追溯文章源头、强调文章价值的时候，往往会从天文、人文入手。这种潜在的思想传统随之演变成了一种表达套路。

纹饰之"文"具体具有怎样的图形和色彩表现，这个当然得视具体物象而论。不过，"文明"一词或许能透露一些信息，即"文"是与"光明"联系在一起的。学者郑毓瑜就说过："《易传》中关于天人之'文'其实都含蕴了'明'的象征。"①"明"蕴含着古人对"文"的审美期待。刘勰《文心雕龙·原道》描述天文时说："日月叠璧，以垂丽天之象。"描述地文时说："山川焕绮，以铺理地之形。"描述动物之文时说："龙凤以藻绘呈瑞，虎豹以炳蔚凝姿。""璧""绮""藻绘""炳蔚"都给人以鲜亮之感。"文"是"道"的外现，"道"是世界的本体。依循"道"而形成的"文"自然是给人类指示光明与希望的。所以，光明、鲜亮的形式之美是"文"自带的属性，需要指出，这里所言的美与魏晋六朝以来的辞藻雕琢之美不可同日而语。

将前述推论总结一下，即：从受祭之尸的纹饰到美谥一路，可得出文

---

① 郑毓瑜：《引譬连类：文学研究的关键词》，生活·读书·新知三联书店，2017，第17页。

德合一之属性；从纹饰到天文、人文一路，可得出文道合一之属性；从纹饰到文明一路，可得出文的"形式美"这一属性。由此可得到上述文化思想下，古人对文的基本期许：首先，"文"应当是有意义、有价值的一种存在；其次，"文"应当是"美"的；最后，"文"之美体现在形式，更体现在内容与形式的统一。

三 先秦两汉"文""文章""文学"的含义及演变

以上从字形和思想内涵层面对"文"进行了整体分析，汉代以后论家对"文"之属性和价值的论述，大都可以从这里找到根源。接下来可将注意力集中于"文"在先秦文献中的具体用法上。一如前文所说，先秦的"文"大多不专指"文章"，而有"文化"之意。如《论语·子罕》云："文王既没，文不在兹乎？天之将丧斯文也。"朱熹《论语集注》解释："道之显者谓之文，盖礼乐制度之谓。不曰道而曰文，亦谦辞也。"前一句说得很准确，"文不在兹"的"文"是"道"的外现，是孔子津津乐道的周朝礼仪制度——大约等同于文化。后一句则不太对，朱熹认为孔子不说"道不在兹"而说"文不在兹"，是因为用了一种谦虚的表达。有一种"与道相比，文等而下之"的意味，这或许是受宋代文道观念的影响。在先秦很多语境下，"文"本就具有褒美之意，且是"道"的自然外现。孔子在这里说"文不在兹""丧斯文"，是顺着"文王"之"文"而来的。在他看来，"文王"之"文"既是对周朝这位先王功业德行的褒扬，也蕴含着对由文王开启的周朝制度的赞美。《论语·八佾》云："郁郁乎文哉，吾从周。"这里的"文"与"文不在兹"的"文"含义相近。《论语·学而》云："行有余力，则以学文。"《论语集注》解释："文，谓《诗》《书》六艺之文。"《诗》《书》六艺之文当然含有"文章"之意，且也包含我们眼中的"文学作品"，不过先秦人学习《诗》《书》六艺，在于掌握言辞、积累学问、懂得礼仪，简言之，是为立身之用。

《论语·先进》列出孔门四科："德行：颜渊，闵子骞，冉伯牛，仲弓。言语：宰我，子贡。政事：冉有，季路。文学：子游，子夏。"这是目前所见文献中最早出现"文学"一词的例子。《论语注疏》解释："若文章博学，则有子游、子夏二人也。"以"文章博学"解释"文学"，稍有不妥。在先秦文献中，“学”可用作动词，意为“学习”；也可用作名词，意为“学问”。仅从字义上讲，不论是“学习”还是“学问”，均不包含“学”的路径和内容。所以这里的“文学”不宜视为并列词组，而应当做如下理解：“文”是“学”的路径和内容。《论语·雍也》云：“君子博学于文，约之以礼，亦可以弗畔矣夫！”用“博学于文”来解释《论语·先进》篇中的“文学”，更为恰当。正如《论语集解义疏》所引范宁的解释：“文学，谓善先王典文。”① 可见，“孔门四科”中的“文学”重在强调对早期经典的学习，“文辞”“篇章”虽然是经典学习中绕不开的要素，但尚非“文学”一词的核心。

另外，《论语》中还有两处提到“文章”：

1. 子贡曰：“夫子之文章，可得而闻也；夫子之言性与天道，不可得而闻也。”②（《公冶长》）

2. 子曰：“大哉尧之为君也！巍巍乎！唯天为大，唯尧则之。荡荡乎！民无能名焉。巍巍乎！其有成功也；焕乎，其有文章！”③（《泰伯》）

对于第 1 例，《论语注疏》以“明”“有文彩”来解释“章”，所谓“夫子之文章”也就是“夫子之述作威仪礼法有文彩”。朱熹《论语集注》的解释是：“文章，德之见乎外者，威仪文辞皆是也。”刘宝楠《论语正义》认为“夫子文章”指的就是“《诗》《书》礼乐”。对于第 2 例，《论语注疏》的解读与第 1 例差不多：“言其立文垂制又著明。”即“文”是礼法制度，“章”是“著明”。朱熹《论语集注》的解释是：“文章，礼乐法度也。”结合原文，可见《论语》中的“文章”重心在于“文”，其意为礼乐法度（也可以是见之典籍的礼乐法度）等，辞章之意仍不明显。

---

① （魏）何晏集解，（梁）皇侃义疏《论语集解义疏》卷六《先进》，《景印文渊阁四库全书》第 195 册，第 435 页。

② （宋）朱熹撰《四书章句集注》，中华书局，2012，第 79 页。

③ （宋）朱熹撰《四书章句集注》，第 107 页。

　　因为字词内涵的丰富和转换是一个渐变过程，所以对于"'文''文章'一词何时具有文辞篇章之意"这个问题，我们并不能给出一个明确的时间界限。张少康、刘三富在《中国文学理论批评发展史》中认为"到战国中期以后，作为文化之'文'的概念中，文章方面的含义就大大增加了"①。此一论断可做参考。可以确定的是，到了汉代，"文""文学""文章"等术语的分化已经比较清晰了。《史记·绛侯周勃世家》云："（周）勃不好文学，每召诸生说士，东乡坐而责之：'趣为我语。'其椎少文如此。"《史记·魏其武安侯列传》言灌夫"不喜文学，好任侠，已然诺"。周勃、灌夫都是西汉初的武将，这里的"文学"可以与"武"相对来理解，以上两例无非是说此二人不喜好"读书"，不喜好"学问"。《史记·陆贾列传》记载，陆贾时常在刘邦面前讲说《诗》《书》，刘邦骂之曰："乃公居马上而得之，安事《诗》《书》！"此一例可为周勃、灌夫不喜"文学"之注脚。由此也容易发现，以《诗》《书》为代表的儒家学问是"文学"一词的重要内涵。再如《史记·孝武本纪》记载"上乡儒术，招贤良，赵绾、王臧等以文学为公卿"，之后因"窦太后治黄老言，不好儒术，使人微得赵绾等奸利事，召案绾、臧，绾、臧自杀"。窦太后崩后，"上征文学之士公孙弘等"。这里的"文学"也就等于"儒术"，即儒家学问。从词例统计的角度来说，《史记》中出现"文学"一词最多的是《儒林列传》，共9例，这在一定程度上也能说明，"文学"与"儒学"的关联。

　　另外，司马迁在《太史公自序》中说："汉兴，萧何次律令，韩信申军法，张苍为章程，叔孙通定礼仪，则文学彬彬稍进，《诗》《书》往往间出矣。"依其文意，大概可知这里的"文学"不仅限于儒学，又可指涉当时所有的学术和学问。总而言之，对于汉代的"文学"概念，我们可依照郭绍虞的划分，即广义的"文学"指一切学术，狭义的"文学"指儒术。②

　　与"文学"相比，汉代"文章"一词带有了"文辞篇章"的意思。比如《史记·儒林列传》云："臣谨按诏书律令下者，明天人分际，通古今之义，文章尔雅，训辞深厚，恩施甚美。"班固《汉书·公孙弘传赞》

---

① 张少康、刘三富：《中国文学理论批评发展史》上册，北京大学出版社，1995，第13页。
② 郭绍虞：《中国文学批评史》上册，商务印书馆，2010，第54页。

论汉武帝时人才荟萃的盛况，分列了以下几类人：

> 儒雅则公孙弘、董仲舒、兒宽，笃行则石建、石庆，质直则汲
> 黯、卜式，推贤则韩安国、郑当时，定令则赵禹、张汤，文章则司马
> 迁、相如，滑稽则东方朔、枚皋，应对则严助、朱买臣，历数则唐
> 都、洛下闳，协律则李延年，运筹则桑弘羊，奉使则张骞、苏武，将
> 率则卫青、霍去病，受遗则霍光、金日磾。①

他讲到汉宣帝时候的人才情况，也简单分了两类："萧望之、梁丘
贺、夏侯胜、韦玄成、严彭祖、尹更始以儒术进，刘向、王褒以文章
显。"从人员的性质来说，"文章"类别下的司马迁、刘向都长于著述，
司马相如、王褒更是当时有名的辞赋家。从类别的区分来说，班固将
"文章"与"儒雅""儒术"区分开来，并列而论。可见此处的"文章"
与前述"文学"的含义有了较大的区别，偏向于"文辞篇章"这层意思。
东汉末刘劭《人物志·流业》说得更清楚："能属文著述，是谓文章，司
马迁、班固是也；能传圣人之业而不能干事施政，是谓儒学，毛公、贯公
是也。"

从前面的分析我们可以发现，对于"文""文学""文章"等概念，
古人几乎未给出明确且清晰的定义，也不曾严格依照某种定义来运用它
们。古代文学批评概念、范畴义界的模糊性由此可见一斑。因此，结合原
文语境来考察这些用语的含义，是极为重要的概念研究方法。通过这种方
法，我们一方面能够梳理出"文"从礼法制度等广博且含混的概念发展
到"文学""文章"相分的粗略过程；另一方面也得注意，由于概念的非
定义性，古人对这些词语的运用会依照着自己的经验和传统的惯性，仍旧
会出现类似于先秦"文""文章"的用法，甚至有的论者为了强调"文"
"文章"的价值，还会重申先秦"文"最广泛的那层含义。

回到主题上来，汉代"文章""文学"的区分，"文""学"②的区分

---

① （汉）班固撰《汉书》卷五十八《公孙弘卜式兒宽传》，中华书局，1962，第2634页。
② "文"与"学"相较而言，前者偏向"文辞篇章"，后者偏向"学问""博学"。具体分
析可参见郭绍虞《中国文学批评史》上册，第53~59页。

意味着以下两个方面逐渐被关注，一是篇章著述的文辞形式，二是作者的写作能力。现代意义上的"文学""文章"要素也就在上述概念的分化中生成。进而言之，汉魏时期的"文章"之义基本包括了史著，这一点从前引刘劭《人物志·流业》的例子也能看出。而到了刘宋，范晔撰写《后汉书》时，有意将"文章"与"史著"分开。比如《后汉书·文苑传》言东汉边韶"以文章知名"，但末尾列举的不是边韶参与编写的史著《东观汉记》，而是"诗、颂、碑、铭、书、策"。萧统编《文选》，也明确把"记事之史"排除在外。可见，"文""文章"在逐步排除儒家学问、史学著作等"成员"后，变得相对纯粹了一些，文学的形式美等特质也在这一概念的变化中逐步凸显。在一些复古主义作家眼中，这是"斯文不再"的堕落走向，以现代的眼光来看，这却意味着文学观的进步。

四　同构思维与象天法地

前面在讨论天文、人文的时候，遗留了一个基本问题，即天有"文"，地有"文"，为何人也一定得有"文"。刘勰的解释思路有两条，一是人乃"天地人"三才之一，实为"五行之秀""天地之心"，当然也得有"文"；二是像天地间植物、动物这些没有智慧、见识的东西都有"文"，那有思想、有头脑的人更应该有"文"。对于这个问题，我们其实可以给出一个更为简单的答案：天地万物有"文"，人属于天地万物中的一类，当然也是有"文"的。不过这个答案却掩盖了更深的思想渊源。因为从物有"文"到天有"文"，再到人有"文"，这不是一个简单的类推和文字符号的借用过程。它意味着天地万物（包括人）在形态、结构、甚至规律上的共通性。也正因为这个共通性，"文"这个概念才能在天地人之间自然流转、毫无滞碍。

对于"这种共通性为何能够存在"这个问题，《道德经》中的一句话或可解释："道生一，一生二，二生三，三生万物。"这句耳熟能详的名言道出了"天地万物，同根同源"的基本思想。"道"之于宇宙万物的意义，一在于它是宇宙万物的时间起点，二在于它是宇宙万物存在的依据和本体。所以，由"道"衍化出的万物在规律、结构、形态等方面必然是共通的。换句话说，万物同源决定了万物同构。《周易》说："《易》有太极，是生两仪，两仪生四象，四象生八卦，八卦定吉凶。"这句话虽然讲的是算卦的问题，但也揭示了以太极为源头的万物衍生观念对古人把握世间规律，勘定吉凶的重要意义。这里面反映的同构思想，后文还会提及。

既然"道"是世间万物的存在依据，人类社会想要和谐发展，也必然要因循"道"。然而"道"不可见，人们只有通过各种外在现象来体察"道"，显而易见，天地自然随之成为人们审视并效法的主要对象。《道德经》说："人法地，地法天，天法道，道法自然。"人是难以直接"法道"的，只能通过对天地的效法来顺应自然之道。在古人看来，人类的行为规则、社会秩序要符合神灵的要求，要顺应天地之规律。占卜是为了在神灵的指示下办事，观天象也是为了依照上天的规则办事。用《周易·系辞》的话说，即："天生神物，圣人则之。天地变化，圣人效之。天垂象，见吉凶，圣人象之。"用我们的话总结：古人用自己的观察，自己的语言、符号理解天地自然的状态与秩序，进而将其视为自己效法的对象，以天地自然的秩序作为建立人间秩序的根本依据。比如，《吕氏春秋·序意》："大圜在上，大矩在下，汝能法之，为民父母。"天在上，地在下，效法天地，就能为民父母。人们所认识到的天地秩序就成为指导自己言行的基础。顾炎武说："三代以上，人人皆知天文。"① 古人发现天象中的北极星（即北辰）恒定不动，其他星辰都围绕北极星旋转。于是以此为喻，论说为政的道理。《论语·为政》云："为政以德，譬如北辰，居其所而众星共之。"在周人眼中，天神以北辰为主，地神以昆仑为主，人鬼以后稷（周王朝始祖）为主。因为人间的后稷相当于天上的北极星，地上的昆仑，所以天地人之间权力地位的对应被周人所把握。贾公彦《周礼正义序》引《论语撰考》："黄帝受地形、象天文，以制官。"简单地说就是，古代的官僚体制也要依照上天的规律来创造。《周礼》"天官冢宰"部分，郑氏云："象天所立之官。"贾公彦解释："周天有三百六十余度，天官亦总摄三百六十官。"天有多少度，地上就得有多少官。人间社会秩序对天

---

① （清）顾炎武撰《日知录》卷三十《天文》，严文儒、戴扬本校点，上海古籍出版社，2012，第1132页。

文的效仿可见一斑。再如《史记·天官书》记载：

> 中宫天极星（即北极星），其一明者，太一常居也；旁三星三
> 公，或曰子属。后句四星，末大星正妃，余三星后宫之属也。环之匡
> 卫十二星，藩臣。皆曰紫宫。①

这段话用三公、正妃、后宫、藩臣来类比北极星周围的星体，也暗含着"人类社会的等级制度要效法天象"这一道理。分野（即将天上的星次与地上的邦国、州郡对应起来）也是此一同构、贯通思想的表现。总之，从人类社会的等级划分、伦理建构到仪式安排、宫室建造都蕴含着对天地自然的效仿。这种依照天地来建立人间秩序的思维非常普遍，我们可以用四个字总结——象天法地。象天法地的思维使得天地自然与人类社会同构、贯通的色彩更为浓厚。天象的异常意味着人间秩序的异常，意味着人间有大事要发生。所以理想的状态当然是天地人秩序的同步、同构、协调一致。

随着人们对天地自然和人类社会认识的深化，某些秩序被一些术语给固定下来。八卦、五行、天干、地支都蕴含着一套将外在秩序符号化的流程。比如，宇宙有天地，天尊地卑，人间就应当有君臣、父子、夫妇，尊卑各有定位。八卦中的乾、坤便划分了这一系列定位，如乾为天、为君、为父；坤为地、为臣、为母。对应更明显的是五行。木、火、土、金、水既对应天上的五星，又对应五方、五脏、五季、五色、五畜等，具体如表1-1所示。

表1-1　五行及其对应物

五行	五方	五季	五畜	五味	五脏	五音	五色
木	东	春	鸡	酸	肝	角	青
火	南	夏	羊	苦	心	徵	赤
土	中	季夏	牛	甘	脾	宫	黄
金	西	秋	犬	辛	肺	商	白
水	北	冬	豕	咸	肾	羽	黑

注：五行与五畜的对应，有多种说法，该表仅选用其中一种说法。

---

① （汉）司马迁撰《史记》卷二十七《天官书》，中华书局，1982，第1289页。

五行学说依据以五行为基本元素的同构关联建立了一套解释系统。我们的目的不在分析复杂的五行学说，而在于通过上面这个表格看到同构思维的演化。其中既有人们对客观自然界的经验结论，也有对人间秩序的主观追求。前者如观察到北斗七星的斗柄分别指向东、南、西、北时，对应的季节恰好是春、夏、秋、冬。由此，东风代表春天，南风代表夏天，西风代表秋天，北风代表冬天。诗歌中时常出现的东风、南风、西风、北风也就蕴含着古人对方位、季节结构性关联的认识。后者如《周礼》将天下官职分为"天官""地官""春官""夏官""秋官""冬官"六部分，从这六个名字就已能看出取法自然以划分官职的思想。除了天官之外，地属土，对应五畜中的牛，春、夏、秋、冬各对应五畜中的鸡、羊、犬、豕，是以"地官"设置了"牛人"职位，"春官"设置"鸡人"职位，"夏官"设置"羊人"职位，"秋官"设置"犬人"职位，"冬官"部分虽亡佚，但以理推之，应设置有"豕人"职位。

五 同构思维下古代文论的生命之喻

在古人看来，天地自然与人同源同构，这使得古人极擅长把握天地自然与人共通的结构和性质。很多概念也就能够在不同领域之间自然流转。正因为天、地、万物和人都有色彩和形式的外现（即"文"），故可以用"文"来描述天地万物，也可用"文"来描述人。以此推之，天地有"气"，自然有"气"，人有"气"，文章也有"气"，不同领域之间的"气"是相互连通的；"脉"可以用来形容人体，也可以用来形容树叶、山川河流，甚至可以用来形容诗文、书画。王充《论衡·书虚篇》云："夫地之有百川也，犹人之有血脉也，血脉流行，泛扬动静，自有节度，百川亦然。"言下之意，即不同领域之间的"脉"性质也是相通的。由此，本来形容身份结构的词语，可以用来类比天象。如前引司马迁《史记·天官书》中以三公、正妃、后宫、藩臣类比北极星周围的星体。本来形容人体结构的词语，也可用来划分自然。对此，盘古化生万物的故事最为生动：

首生盘古，垂死化身，气成风云，声为雷霆，左眼为日，右眼为月，四肢五体为四极五岳，血液为江河，筋脉为地里，肌肉为田土，发髭为星辰，皮毛为草木，齿骨为金石，精髓为珠玉，汗流为雨泽，身之诸虫，因风所感，化为黎氓。①

虽然这则神话的记载年代比较晚（出自马骕《绎史》所引《五运历年记》），但它不可能是某个人的发明，而必定经历了漫长的积累过程。人的结构就对应于天地宇宙的结构。我们可以用天地宇宙的结构来理解人类社会和人这个个体，也可以用人这个个体来理解天地宇宙。需要重申的是，这一双向的类比不是简单的词语借用，而是代表着人体机能与天地规律的互通。也即人具有与天地万物相同的自然属性，天地万物也具有与人相同的生命化特征。

人是天地自然所生成的，而"文"（这里指文学）是人所创造的。天地自然与人之间的同构和共通性必然延伸到文学艺术领域。在划分文学世界的时候，天地自然和人类社会的结构思维便会映射到文学当中，成为古人理解文学世界的一种有效手段。比如《礼记·乐记》云：

> 声音之道，与政通矣。宫为君，商为臣，角为民，徵为事，羽为物。五者不乱，则无怗懘之音矣。宫乱则荒，其君骄；商乱则陂，其官坏；角乱则忧，其民怨；徵乱则哀，其事勤；羽乱则危，其财匮。五者皆乱，迭相陵，谓之慢。如此则国之灭亡无日矣。②

将音乐中的五音（宫、商、角、徵、羽）与社会结构（君、臣、民、事、物）相对应关联，体现出人类社会与音乐的同构、连通与呼应，音乐的意义由此凸显。再如沈约《答甄公论》云：

> 昔周、孔所以不论四声者，正以春为阳中，德泽不偏，即平声之象；夏草木茂盛，炎炽如火，即上声之象；秋霜凝木落，去根离本，

① （清）马骕撰《绎史》卷一《开辟原始》，中华书局，2002，第2页。
② （唐）孔颖达疏《礼记正义》卷三十七《乐记》，（清）阮元校刻《十三经注疏》，第3311~3312页。

即去声之象；冬天地闭藏，万物尽收，即入声之象。以其四时之中，合有其义，故不标出之耳。①

这段文字表面上是在为周孔不论四声（平、上、去、入）找说辞，实则蕴含着四季与四声相对应连通的思维。再如，对纷繁复杂的文学世界进行秩序化、结构化的构建是文学研究必然的现象，而社会结构观念和术语的引入有助于文学秩序的构建。如叶燮《原诗》在评论诗歌的发展及地位时说：

> 三百篇如三皇五帝，虽法制多有未备，然所以为君而治天下之道，无能外此者矣。汉魏诗如三王，已有质文治具，焕然耳目，然犹未能穷尽事物之变。自此以后，作者代兴，极其所至，如汉祖唐宗，功业炳耀。其名王，其实则霸。②

用三皇五帝、三王、汉祖唐宗来划分诗歌的发展阶段，形象生动，易于理解。

当然，古代文学批评中最为独特的一类是把文章看作与人一样的生命体，用生命化的术语来形容、分析作品，从而使得古代文学批评带上了生命化特征。西方学者也指出了这一现象，如苏珊·朗格在《艺术问题》中就说：

> 你愈是深入地研究艺术品的结构，你就会愈加清楚地发现艺术结构与生命结构的相似之处，这里所说的生命结构包括着从低级生物的生命结构到人类情感和人类本性这样一些高级复杂的生命结构（情感和人性正是那些最高级的艺术所传达的意义）。正是由于这两种结构之间的相似性，才使得一幅画、一支歌或一首诗与一件普通的事物

---

① 陈庆元校笺《沈约集校笺》补编《答甄公论》，浙江古籍出版社，1995，第468~469页。
② （清）叶燮撰《原诗》，人民文学出版社，1979，第61页。

区别开来——使它们看上去象是一种生命的形式。①

中国古代文学批评中的生命化表现非常丰富和完善，蕴含着立足于传统文化的结构性思维。钱锺书《中国固有的文学批评的一个特点》（见钱锺书《人生边上的边上》）一文已说得比较明确了。以下我们可以从三个方面来观察古代文学生命化批评的具体表现。

第一个方面，外在结构上，文学作品必须跟人一样完整。我们知道律诗有四联：首、颔、颈、尾，这四个字对应的正是生命体的外在结构。宋魏天应《诸先辈论行文法》把文章分为头、项、心、腹、腰、尾几个部分来论述。陈绎曾《文章欧冶》介绍文章创作经验时说：

> 起：贵明切，如人之有眉目；
>
> 承：贵疏通，如人之有咽喉；
>
> 铺：贵详悉，如人之有心胸；
>
> 叙：贵转折，如人之有腹脏；
>
> 过：贵重实，如人之有腰膂；
>
> 结：贵紧快，如人之有手足。②

如此，文章简直成了一个结构完整的人。再如，我们评论一首诗，时常用到"诗眼"这个词，用以指诗歌中表现力最强，最能揭示诗歌精神和审美内涵的用语。诗眼之于诗歌，恰似人眼之于人体（眼睛是心灵的窗户）。再如"韵脚"这个词，指一句韵文中句末押韵的那个字，将"脚"这个人体词置于音韵术语中，也是十分贴切了。整体来看，这类隐喻就像用人的身体结构对应山体，产生山顶、山腰、山脚一样，还比较外在，比较简单，尚未触及生命化批评的内核。

第二个方面，内在机能上，文学作品必须跟人一样运作。仅有外在完

---

① 〔美〕苏珊·朗格：《艺术问题》，滕守尧、朱疆源译，中国社会科学出版社，1983，第55页。

② （元）陈绎曾撰《文章欧冶》，王水照编《历代文话》，复旦大学出版社，2007，第1243页。

整结构的作品如同木偶，毫无生命力。人体内在的血、肉、骨、脉、心等使生理机能得以运转，生命得以延续。同样，将血、骨、肉、脉、肌肤填充到文学作品之中，是支撑其活力和内蕴的关键。以此类人体器官、机能论文则是生命化特征的内在表现。比如刘勰《文心雕龙·附会》云："事义为骨髓，辞采为肌肤。"颜之推《颜氏家训·文章》云："文章当以理致为心肾，气调为筋骨，事义为皮肤，华丽为冠冕。"所叙内容虽然有别，但其中把文学作品比作生命体是显而易见的。文学作品要有骨有肉，无骨则辞章疲软，无肉则事理贫乏，行文中既要避免冗长、臃肿，亦要克服敷衍、露骨。再如"血"是维持人生命的主要物质，"脉"是血气运行的通道。人之血脉流贯是人生命延续的前提，而文之血脉贯通则是文章生命存在的必要条件。故古代文论中多有言"血脉相续""血脉贯注"者，如唐王叡《炙毂子诗格》云：

　　　两句一意体：诗云："如何百年内，不见一人闲。"此二句虽属对，而十字血脉相连。①

　　对仗的优势在于句式整饬、节奏感强，但容易导致上下句不够连贯。故上下句之间正是句意转换承接之处，如果承接得不好，上下句句意有割裂之感，就像人体关节转换处血脉不通，肢体失去生理机能。在讲求对仗的骈体文中，合理运用虚字，能够起到贯通句意，承接上下文的作用，所以孙德谦《六朝丽指》说："文亦有血脉，其道在通篇虚字运转得法。"②可见，运用血、骨、肉、脉等术语来描述文学作品，赋予了文学作品与人一样的身体机能。

　　第三个方面，文章具有了完整的外在结构和内在机能，还必须赋予其精神气质，使其感染人心。精神气质是立足形体却又超出形体的生命状态，是古人评论人物最为核心的部分。魏晋南北朝人物品评的文献中就充分体现出了这一点。同样，精神气质也应是文学作品必备的质素。以

---

① （唐）王叡撰《炙毂子诗格》，张伯伟撰《全唐五代诗格汇考》，凤凰出版社，2002，第391页。
② 孙德谦撰《六朝丽指》，王水照编《历代文话》，第8452页。

"气""神"论文在历代文学批评著作中为人所常见。"气"论尤其如此，自曹丕以"文以气为主"发端，继踵者不绝。它逐步由形而下的自然之气上升到形而上的层面，指代激荡于文学作品中，感染人心的内在力量。作品之精神亦是文章内在生命力的重要体现，如清刘大櫆《论文偶记》云："神者，文家之宝。……神者，气之主；气者，神之用。神只是气之精处。"① 清方东树《昭昧詹言》亦云："凡诗、文、书、画，以精神为主。精神者，气之华也。"② 所言神、气实为一体，是文章生命力的核心所在。刘大櫆将神气视为"文之最精处"，文章神气索然便如反应迟钝、智力低下之人，毫无灵性。清孙联奎《诗品臆说》云："人无精神，便如槁木；文无精神，便如死灰。"③ 人、文之间内在精神的比拟显而易见。扩而言之，神、气不仅充塞于人和文中，更充塞于天地万物之中，这富于抽象性的概念将对象（天、地、人、文）统一起来，使其具有同样的源头和核心，此亦为同构思维的重要体现。

总而言之，以上三方面构成了"人""文"同构（也即古代文学生命化批评）的完整的话语系统。从重要性来说，似乎精神气质类话语（"气""神"等）重于器官机能类话语（"心""骨""脉"等），器官机能类话语重于形体结构类话语（"首""颔""颈""尾"等），但作为生命体而言，三者是缺一不可的。就像宋李廌所说：

> 文章之无体，譬之无耳目口鼻，不能成人。文章之无志，譬之虽有耳目口鼻，而不知视听臭味之所能，若土木偶人，形质皆具而无所用之。文章之无气，虽知视听臭味，而血气不充于内，手足不卫于外，若奄奄病人，支离憔悴，生意消削。文章之无韵，譬之壮夫，其躯干桍然，骨强气盛，而神色昏瞀，言动凡浊，则庸俗鄙人而已。有体有志有气有韵，夫是谓之成全。④

---

① （清）刘大櫆撰《论文偶记》，人民文学出版社，1959，第4页。
② （清）方东树撰《昭昧詹言》，人民文学出版社，1961，第30页。
③ （清）孙联奎撰《诗品臆说》，《司空图〈诗品〉解说二种》，孙昌熙、刘淦校点，齐鲁书社，1980，第29页。
④ （宋）李廌撰《答赵士舞德茂宣义论宏词书》，曾枣庄、刘琳主编《全宋文》第132册，第125页。

宋吴沆《环溪诗话》也说："诗有肌肤,有血脉,有骨格,有精神。无肌肤则不全,无血脉则不通,无骨格则不健,无精神则不美。四者备,然后成诗。"① 他告诉我们,文章不是死的,文章是有生命的,是完整的有机体,是一种"生命的形式"。健康的文章结构完整、气韵生动,不好的文章有各种病症。古人以"病"论文(如"四声八病"的"病")其实也暗含着生命化的批评。民国期间,蒋祖怡作过一部书,名曰《文章病院》,历数文章的多种病症,诸如软骨病、服饰病、兴奋病、肥胖病、瘦弱病、残废病、贫血病等,并给出了相应的治疗方案。虽不乏一些富有时代气息的用语,但也能从中看出传统生命化文学批评的痕迹。总之,阅读上面这些材料,我们还能感受到古代文学批评的一大特点——形象生动,富有生命属性,富有诗性特征,这也是"取象比类""同构"思维给文学批评带来的独特面貌。

推荐阅读及参考文献:

1. 钱锺书:《中国固有的文学批评的一个特点》,《人生边上的边上》,生活·读书·新知三联书店,2002。

2. 葛兆光:《中国思想史》,复旦大学出版社,2019。

3. 吴承学:《生命之喻》,《中国古代文体学研究》,人民出版社,2011。

4. 郑毓瑜:《"文"与"明":从"天文"与"人文"的类比谈起》,《引譬连类:文学研究的关键词》,生活·读书·新知三联书店,2017。

5. 戴燕:《文学史的权力》,北京大学出版社,2002。

6. 余来明:《"文学"概念史》,人民文学出版社,2016。

7. 陈飞:《古"文"原义——"人本"说》,《文学评论》2007年第5期。

---

① (宋)吴沆撰《环溪诗话》,中华书局,1988,第130页。

第二章

"诗"的思想内涵与诗教观

一 问题的提出

> 两个黄蝴蝶，双双飞上天。
>
> 不知为什么，一个忽飞还。
>
> 剩下那一个，孤单怪可怜。
>
> 也无心上天，天上太孤单。①

胡适的这首《蝴蝶》突破了文言语体和旧体诗的格律框架，在中国新诗发展史上的地位（它通常被认为是中国第一首白话诗）显而易见。然而，面对这首诗，在肯定其独特的文学史价值之外，我们也可以质问，这是诗吗？确实，不少白话诗或多或少会遭受类似的质疑。新旧文化的交替容易引发人们对诗歌这一古老的文学体裁的审视，以及对当下文学创作的反思。不论赞成还是反对，每个读诗之人对于"什么是诗""诗应该是什么样子的""诗的特质体现在哪里"等问题，都有着自己的认识和见解。重视内容者，认为诗重在反映生活、抒发情感；重视形式者，主张"诗是美的语言"②，诗要符合韵律；重视功用价值者，提出"诗是不负责任的宣传"③。文学学科的发展让我们对诗歌有着更为全面和客观的界

---

① 胡适：《尝试集》，岳麓书社，2015，第 2 页。
② 闻一多：《诗与批评》，《神话与诗》，天津古籍出版社，2008，第 252 页。
③ 闻一多：《诗与批评》，《神话与诗》，第 252 页。

定，如童庆炳主编《文学理论教程》就说："诗是一种语词凝练、结构跳跃、富有节奏和韵律、高度集中地反映生活和表达思想感情的文学体裁。"然而，当我们用当下熟知的诗的概念去衡量《诗经》时，却会发现不合之处。比如《诗经·周颂》中的《清庙》：

> 於穆清庙，肃雍显相。
> 济济多士，秉文之德。
> 对越在天，骏奔走在庙。
> 不显不承，无射于人斯！①

这是祭祀文王的乐歌，句式以四字句为主，还算整饬，但通篇无韵。再如《昊天有成命》：

> 昊天有成命，
> 二后受之。
> 成王不敢康，
> 夙夜基命宥密。
> 於缉熙！
> 单厥心，
> 肆其靖之。②

这是祭祀成王的乐歌，通篇无韵，句式也不整饬，散体性质很浓。此类无韵的作品在《诗经》中还有一些，这似乎打破了我们对诗歌讲求韵律的既定认识，同时也提醒我们，现在认为理所当然的东西未必自古如此，人们对诗的形式、内容、功能价值方面的认识经历了漫长的演变过程。因此在追溯诗的源头、厘清其思想脉络时，需要抛开当下的既定认识，在历史语境中揭开诗的本来面目。

---

① 程俊英、蒋见元：《诗经注析》，中华书局，1991，第 934 页。
② 程俊英、蒋见元：《诗经注析》，第 943 页。

二 先秦"诗"的意义与功用

"诗"这个字不见于甲骨文、金文,《易经》中也没有,大概是周代才出现的。许慎《说文解字》云:"诗,志也。从言,寺声。"又云:"志,意也。"有学者从字形演变的角度分析"诗"与"志"的含义及二者之间的关系。但整体上说,"诗"与"文"不同,它是形声字,我们仅从字形、本义角度并不能挖掘出太多内涵,而古人对"诗"之一字的运用和阐释反倒更值得重视。学诗者最为熟悉的一段文字出自《尚书·尧典》(《古文尚书》将其归入《舜典》):

> 帝曰:夔!命汝典乐,教胄子。直而温,宽而栗,刚而无虐,简而无傲。诗言志,歌永言,声依永,律和声。八音克谐,无相夺伦,神人以和。夔曰:於!予击石拊石,百兽率舞。①

目前学界一般认为《尚书·尧典》成书于战国中后期,若以此成书时间为据,那《尚书·尧典》就不是最早提出"诗言志"的文献。《左传·襄公二十七年》的记载更早:"文子告叔向曰:伯有将为戮矣。诗以言志,志诬其上而公怨之,以为宾荣,其能久乎?"不过,《尚书·尧典》代表着"诗言志"这一说法形成时间的下限,从内容来看,上面这段文字大致能够反映商周时期"诗"的产生和存在状态。帝舜与夔对话的重点并不在于论诗。舜先是命令夔掌管音乐,以"教胄子",这里的"胄子"可简单理解为国子(即公卿大夫的子弟)。据《周礼》,国子是要学习乐舞的。比如,国子二十岁以前,由乐师教小舞(如帗舞、羽舞、皇舞、旄舞、干舞、人舞),从二十岁开始,由大司乐教大舞(包括黄帝乐《云门》、尧乐《大咸》、舜乐《大韶》、禹乐《大夏》、商汤乐《大濩》、武王乐《大武》)。在命夔以乐舞教育国子之后,舜接着叙述了乐的制作流程。乐舞的参与者用"诗"将内心的"志"表达出来;再将语言拉长,形成"歌";然后再用五声(宫商角徵羽)、十二律(黄钟、大吕、太簇、

---

① (唐)孔颖达疏《尚书正义》卷三《舜典》,(清)阮元校刻《十三经注疏》,第276页。

夹钟、姑洗、仲吕、蕤宾、林钟、夷则、南吕、无射、应钟）来应和拉长的语音；最后再配上八种乐器（金、石、土、革、丝、木、匏、竹）。当然不是说任何乐舞都要用到五声、十二律、八音，这一流程只是说明乐的制作中"志""诗""音""乐器"的相互配合。结合夔的回答，我们不难得出中国早期"诗乐舞结合"的结论，《礼记·乐记》对此也有更为清晰的表达：

> 诗言其志也，歌咏其声也，舞动其容也，三者本于心，然后乐器从之。是故情深而文明，气盛而化神，和顺积中而英华发外，唯乐不可以为伪。①

同时我们也须清楚，《尚书·尧典》所反映的"诗乐舞结合"不同于古人农事活动之余的歌舞联欢，更不同于当代"诗歌吟唱加众人伴舞"的文艺表演。它与上古时期的祭祀仪式有直接关联。国子所学习的乐舞，主要就是用于祭祀。如祀天神时用《云门》，祭地祇时用《大咸》。进而言之，不论是战争，还是狩猎、稼穑，抑或是其他活动，祭祀往往是必不可少的环节。古人通过祭祀来沟通神人，祈求福报，一套完整的仪式也就随之而产生。主祭者必定对天、地、先祖有所求，将祈愿之词表达出来，便形成"诗"；祈愿之词要想受祭者感知，需要配以沟通神人的"乐"，再给参与者戴上面具、画上纹饰，在"乐"的配合下，通过仪式化的动作（"舞"）展现出人神交流的场景。可以说，"诗乐舞结合"是祭祀活动发展的必然结果。《尚书·尧典》中的这段文字虽未明言祭祀，但"八音克谐，无相夺伦，神人以和"一语暗示着音乐沟通神人的功效，"百兽率舞"未必是实写，而很可能是指祭祀仪式中与祭者戴上兽类面具进行的拟兽表演。《吕氏春秋·古乐》记载：

> 昔葛天氏之乐，三人操牛尾投足以歌八阕：一曰《载民》，二曰

---

① （唐）孔颖达疏《礼记正义》卷三十八《乐记》，（清）阮元校刻《十三经注疏》，第3330页。

《玄鸟》，三曰《遂草木》，四曰《奋五谷》，五曰《敬天常》，六曰《达帝功》，七曰《依地德》，八曰《总万物之极》。①

有理由相信这段文字反映的也是早期祭祀场合的歌舞展演，这八阕歌的内容以文字呈现出来，就是"诗"。因此，我们可以明确以下三点：其一，"诗"作为祭祀仪式的一个重要元素或环节而存在；其二，诗乐舞相互配合，目的是沟通神灵，自然具有感动天地、鬼神之效能；其三，考虑到祭祀仪式这一背景，《尧典》"诗言志"的"志"就不是一般理解的"情感""志向"等含义，而是指"祭祀者向受祭者表达的祈愿"。比如《礼记》所载《蜡辞》"土反其宅，水归其壑。昆虫毋作，草木归其泽"便使用于蜡祭仪式。在乐舞的衬托下，这四句"诗"具有咒语般沟通神灵之效，同时也表达了祭祀者的祈愿。

还须注意，"诗言志，歌永言，声依永，律和声"表明诗是要入乐歌唱的，但入乐歌唱并不意味着诗就会受到乐歌的约束而一定符合韵律。同现代的歌词一样，诗的制作方式有两种：一是作诗者严格按照已有的乐歌节奏韵律来"填词"；二是先据己意写出作品，然后再配乐演唱。我们不清楚早期仪式中的诗歌是如何制作的，但第二种情况的存在不无可能。任何诗文，不论是否押韵，句式是否整饬，都可入乐歌唱。职是之故，《诗经》中才会出现通篇无韵的作品。

祭祀大约是中国古代最早的用诗场合，"诗乐舞结合"在打上原始信仰和祭祀仪式烙印的同时，随着周王朝礼乐文化的发展，也融入庞大的政教礼仪系统当中。春秋时期，诗成了公卿大夫们表达志意的工具，这在外交宴饮场合表现得非常充分，《左传》当中记载的赋诗活动有六十多次，这里简述几个典型例子。

《左传·僖公二十三年》记载，晋公子重耳因骊姬之乱流亡于各诸侯国，来到秦国后，受到秦穆公的礼遇。秦穆公送给他五名女子作妻妾，但重耳却因与其中名为怀嬴的女子发生矛盾而十分惶恐。之后秦穆公设宴款待重耳，赵衰作陪。宴饮中，重耳赋诗《河水》（或出自《小雅·沔

---

① 陈奇猷校释《吕氏春秋新校释》卷五《古乐》，上海古籍出版社，2002，第288页。

水》），中有"沔彼流水，朝宗于海"之语，言下之意，是说秦穆公若帮助自己，待自己回国之后，必定像流水"朝宗于海"那样回报秦国。秦穆公听后赋《六月》（出自《诗经·小雅》），这是赞颂尹吉甫辅佐周宣王讨伐玁狁，恢复文武功业的诗歌，其中有"王于出征，以匡王国""王于出征，以佐天子"等语，秦穆公借此表达出对重耳的看重和支持。秦穆公赋诗之后，赵衰赶紧引重耳降阶拜赐。当年九月晋惠公去世，次年秦穆公派兵送重耳回国，代怀公为君。

《左传·襄公二十七年》记载，晋国的执政大夫赵孟（赵文子）自宋国返回，经过郑国，郑伯在垂陇宴请赵孟，郑国大夫子展、伯有、子西、子产、子大叔、二子石（即印段、公孙段）七人作陪。赵孟对七人说："七子从君，以宠武（赵孟）也。请皆赋，以卒君贶，武亦以观七子之志。"于是七人逐一赋诗。子展赋《草虫》（出自《诗经·召南》），诗句云："未见君子，忧心惙惙。亦既见止，亦既觏止，我心则说。"言下之意是以赵孟为君子，表达了见到君子的喜悦之情。赵孟称赞子展之后，谦虚地说道："不足以当之。"伯有赋《鹑之贲贲》（出自《诗经·鄘风》），诗云："鹑之奔奔，鹊之彊彊。人之无良，我以为兄。鹊之彊彊，鹑之奔奔。人之无良，我以为君。"赵孟听了不是很高兴，认为这是男女床第之间的牢骚话，"非使人（赵孟自指）之所得闻也"。子西赋《黍苗》（出自《诗经·小雅》）的第四章，云："肃肃谢功，召伯营之。烈烈征师，召伯成之。"这原是周宣王赞美召伯的作品，子西赋此，大有视赵孟为召伯之意。赵孟自然又非常满意地谦虚了一下："寡君在，武何能焉！"子产赋《隰桑》（出自《诗经·小雅》），诗中有"既见君子，其乐如何""既见君子，云何不乐"等语。子大叔赋《野有蔓草》（出自《诗经·郑风》），中有诗句："有美一人，清扬婉兮。邂逅相遇，适我愿兮。"印段赋《蟋蟀》（出自《诗经·唐风》），中有"良士瞿瞿""良士蹶蹶""良士休休"等语，印段用以赞美赵孟有君子礼仪。赵孟很高兴："善哉，保家之主也！吾有望矣。"最后公孙段赋《桑扈》（出自《诗经·小雅》），中有"君子乐胥，受天之祜""彼交匪敖，万福来求"等语，其赞美之意溢于言表。

宴会之后，赵孟对叔向说："伯有将为戮矣。诗以言志，志诬其上而公怨之，以为宾荣，其能久乎？幸而后亡。"叔向听后断言伯有五年内必被杀。接着赵孟还根据子展等人的赋诗判断了他们的志意与运程："其余皆数世之主也。子展其后亡者也，在上不忘降。印氏其次也，乐而不荒。乐以安民，不淫以使之，后亡，不亦可乎！"

《左传·昭公十六年》也有一段宴会赋诗的记载，录之如下，不再细绎：

> 夏四月，郑六卿饯宣子（晋大夫韩起）于郊。宣子曰："二三君子请皆赋，起亦以知郑志。"子齹赋《野有蔓草》。宣子曰："孺子善哉！吾有望矣。"子产赋郑之《羔裘》。宣子曰："起不堪也。"子大叔赋《褰裳》。宣子曰："起在此，敢勤子至于他人乎？"子大叔拜。宣子曰："善哉，子之言是！不有是事，其能终乎？"子游赋《风雨》。子旗赋《有女同车》。子柳赋《萚兮》。宣子喜，曰："郑其庶乎！二三君子以君命贶起，赋不出郑志，皆昵燕好也。二三君子，数世之主也，可以无惧矣。"宣子皆献马焉，而赋《我将》。子产拜，使五卿皆拜，曰："吾子靖乱，敢不拜德！"①

上述三个例子非常生动地描绘出春秋时期宴会赋诗的情况，对这些卿士大夫来说，背不下几首诗，可能都不好意思参加宴会。如此看来，真是"不学诗，无以言"了。赋诗的原则在于从《诗经》中选取能表达自己想法的诗句，可以赋整首诗，也可以赋某首诗的其中一章（即赋诗断章）。所赋之诗重在表达自己的意志，至于表达出来的意志是否符合作诗者和原诗本意，倒无关紧要。本来表达男女恋情的《草虫》《隰桑》《野有蔓草》，被子展、子产、子大叔用来堂而皇之地表达对赵孟的赞颂，故而春秋时代的赋诗言志不免有断章取义之嫌。清人劳孝舆《春秋诗话》就说过："古人所作（诗），今人可援为己诗；彼人之诗，此人可赓为自作。期于言志而止。"② 在垂陇宴会上，相比其他几人的赋诗，伯有赋《鹑之

---

① 杨伯峻编著《春秋左传注》，中华书局，2016，第1533~1534页。
② （清）劳孝舆撰《春秋诗话》卷一，《续修四库全书》第1702册，上海古籍出版社，2002，第5页。

贲贲》实在不合时宜，可以说是大煞风景。我们大可将其当作不会看场合说话的案例，但同时也要注意，这个故事的关键在于，它给予"诗言志"以更为深入的解读。既然诗是赋诗者"志"的外现，那么观诗（听诗）者自然可以通过诗来探测赋诗者的"志"，简言之"观其诗而知其志"。进入外交场合后，这样的"志"就不纯粹是喜怒哀乐的个人情感，而偏向于赋诗者的政治态度、政治抱负和政治目的。

不论是在祭祀场合用诗，还是在外交宴饮场合用诗，它们都意味着"诗"的表达与运用不是小事，这里似乎奠定了"诗"向上的一条价值路向。虽然不否认上古时期的人也会在相思或失恋的时候唱几首歌来抒发情感，展现出"诗"作为小情歌的婉约姿态，但这一潜在的创作脉络并没有在早期"诗言志"的理论中被大加宣扬。对于这一点，从《诗经》当中也能看到端倪。如果说赋诗言志表达的是用诗者的志向，那么《诗经》中透露的则是创作者的"志"。《诗经》中讲作诗、作歌（诵）的句子，主要有13例，列举如下：

1. 维是褊心，是以为刺。（《魏风·葛屦》）

2. 夫也不良，歌以讯之。（《陈风·墓门》）

3. 是用作歌，将母来谂。（《小雅·四牡》）

4. 家父作诵，以究王讻。式讹尔心，以畜万邦。（《小雅·节南山》）

5. 作此好歌，以极反侧。（《小雅·何人斯》）

6. 寺人孟子，作为此诗。凡百君子，敬而听之。（《小雅·巷伯》）

7. 君子作歌，维以告哀。（《小雅·四月》）

8. 矢诗不多，维以遂歌。（《大雅·卷阿》）

9. 王欲玉女，是用大谏。（《大雅·民劳》）

10. 虽曰匪予，既作尔歌。（《大雅·桑柔》）

11. 吉甫作诵，其诗孔硕。其风肆好，以赠申伯。（《大雅·崧高》）

12. 吉甫作诵，穆如清风。仲山甫永怀，以慰其心。（《大雅·烝民》）

13. 奚斯所作，孔曼且硕，万民是若。（《鲁颂·閟宫》）

依据原诗的内容、主题，我们可将这 13 个例子分为三类：一是作诗以表达内心的愁怨，如《小雅·四牡》表达劳于王事者对父母的思念，《小雅·四月》表达行役者不得归家的幽怨心情；二是作诗以批评、讽谏对方，如《魏风·葛屦》是缝衣女工为讽刺贵妇心地狭窄而作，《小雅·节南山》是周大夫家父为斥责执政者尹氏祸害国家、百姓而作，《小雅·巷伯》是一个叫孟子的人遭受谗言陷害之后为发泄情绪而作，再如《陈风·墓门》《小雅·何人斯》《大雅·桑柔》《大雅·民劳》均是有所讥刺而作；三是作诗以歌颂、赞美对方，如《大雅·崧高》乃尹吉甫为申伯送行的诗，全篇以赞颂为主，歌颂申伯的功劳与美名，《鲁颂·閟宫》乃奚斯为歌颂鲁僖公的功业德行而作，《大雅·卷阿》《大雅·烝民》也属这一类。总之，《诗经》中这 13 例展现了诗的基本功能：抒发内心情感、颂扬与讽谏（也即美刺）。与抒发情感相比，美刺更容易受到关注，因为此二者不是心无外物、自抒性灵的创作，而是创作者被置于政治环境中所做出的社会性反应。换言之，上古时期的人如何面对外在（祖先、执政者或其他人物、事件）的影响，《诗经》中的美刺作品展现了两种基本的反应方式和表达模式。

孔子沉浸于春秋时期的文化氛围之中，心心念念要恢复周礼，对诗乐的政教功用定是深有体会。他用《诗经》来教导学生，目的显然不是提高弟子的文学素养和创作水平，而是培养弟子做能人，做君子。如此一来，诗教也就寄托着孔子在乱世中恢复周文化，重建伦理秩序的美好愿景。《诗经》的社会价值也就得到了持续关注。《诗经》何以有助于培养人才，孔子在《论语》中说得很清楚。

首先，《诗经》能够培养人的德行品格。古人可以通过乐教来对人的品行进行引导，《尚书·尧典》便云："直而温，宽而栗，刚而无虐，简而无傲。"孔子评价音乐时，说《韶》"尽美矣，又尽善也"；说《武》"尽美矣，未尽善也"（《论语·八佾》），也是在给弟子传达内善外美的理念。同样，诗教也有类似的效果。孔子说："兴于诗，立于礼，成于乐。"（《论语·泰伯》）对于"兴于诗"，汉儒包咸解释道："兴，起也，言修身当先学诗。"这明显是将"学诗"作为人格培养的起步环节。《论语·学而》记载：

> 子贡曰："贫而无谄，富而无骄，何如？"
> 子曰："可也。未若贫而乐，富而好礼者也。"
> 子贡曰："诗云：'如切如磋，如琢如磨。'其斯之谓与？"
> 子曰："赐也，始可与言《诗》已矣！告诸往而知来者。"①

子贡向孔子请教居贫处富之道，并由此联想到《卫风·淇奥》中的"如切如磋，如琢如磨"，得到孔子的赞扬。细想一下，孔子要夸子贡会联想，能举一反三，直接赞其"告诸往而知来者"就可以了，没必要加一句"始可与言《诗》"。换句话说，孔子称赞子贡"可与言《诗》"，正是认同他从品行角度解读"如切如磋，如琢如磨"这句诗。《论语·为政》："子曰：《诗》三百，一言以蔽之，曰思无邪。"对于"思无邪"，大致有两种解释。一种认为孔子讲的是"为政之道"，如《论语注疏》云："此章言为政之道在于去邪归正，故举《诗》要当一句以言之。"另一种认为孔子讲的是"为人之道"（即如何做人），如朱熹《论语集注》云："凡《诗》之言，善者可以感发人之善心，恶者可以惩创人之逸志，其用归于使人得其情性之正而已。"孔子说这句话，应该是希望弟子及其他读诗之人能抓住《诗经》"思无邪"这层内涵，因而不论是"去邪归正"还是得"性情之正"，都可归结到"诗"对读诗者价值观念和品德的塑造上来。说"思无邪"蕴含着"中正"的品性，大概是没错的。有的论者也会从"中和""和平中正"的角度来理解"思无邪"。孔子称赞《周南、关雎》"乐而不淫，哀而不伤"（《论语·八佾》），也即提倡和平中正的品性。《礼记·经解》记载孔子评论六经的教育功用，提到《诗经》，则曰："温柔敦厚，《诗》教也。""温柔敦厚"与"和平中正"恰可互释，这一方面透露出品性教育占据孔子诗教的核心地位，另一方面也预示着"温柔敦厚"作为儒家诗教观的核心内容被确定下来。

---

① （宋）朱熹撰《四书章句集注》，第52~53页。

其次，《诗经》具有培养学诗者交流能力的功能。"赋诗言志"是春秋时代普遍存在的现象，不论是赋诗者想要引用诗句来表达自己的思想、志向，还是听诗者（观诗者）想要弄懂对方所赋诗句的内涵，他们都需要对《诗经》这个教本熟读成诵。是以熟读、背诵诗章被当作贵族的一项基本技能，研习《诗经》也就随之成为其进入政治领域的必备训练课程。孔子定然熟悉春秋时期"赋诗言志"的现象，说不定他自己还参与过"赋诗言志"的活动。因此孔子不可能忽视《诗经》在政治交流方面的功用，他教育自己的儿子孔鲤时说："不学《诗》，无以言。"（《论语·季氏》），又曾说："诵《诗》三百，授之以政，不达；使于四方，不能专对；虽多，亦奚以为？"（《论语·子路》），讲的就是学习《诗经》的目的在于运用，如果学习了《诗经》，但不能很好地处理政事，出使四方也不能很好地应对，那就是白学了。《论语·阳货》记载了著名的"兴观群怨"说：

> 小子！何莫学夫《诗》？《诗》，可以兴，可以观，可以群，可以怨。迩之事父，远之事君。多识于鸟兽草木之名。[1]

对于"兴观群怨"，各家均有解释，如表 2-1。

表 2-1 "兴观群怨"的各家解释

	兴	观	群	怨
孔安国	兴，引譬连类		群居相切磋	怨刺上政
郑玄		观风俗之盛衰		
邢昺	《诗》可以令人能引譬连类以为比兴也	《诗》有诸国之风俗、盛衰可以观览知之也	《诗》有"如切如磋"，可以群居相切磋也	《诗》有"君政不善则风刺之"，"言之者无罪，闻之者足以戒"，故可以怨刺上政
朱熹	感发志意	考见得失	和而不流	怨而不怒

注：孔安国、郑玄、邢昺等人的解释见《论语注疏》，朱熹的解释见《四书章句集注》。

尽管邢昺与朱熹对"兴观群怨"的解读稍有差别，但合而观之，依

---

① （宋）朱熹撰《四书章句集注》，第 179 页。

然能够找出其中的共通之处:"观"强调诗歌反映民风、考见政治得失的功用;"群"强调诗歌交流切磋的功用;"怨"强调诗歌劝谏执政者的功用。这三方面无一不凸显《诗经》的政治社会价值,此外,"群""怨"还暗含着对作诗者、赋诗者言行、品性方面的要求,正如朱熹所言"和而不流""怨而不怒"。孔子说学诗能够"迩之事父,远之事君",在事父、事君过程中,《诗经》不仅为学诗者提供了一种交流的工具,更能塑造学诗者的心性品格和伦理观念,指导他们在与父、君及他人交流时言行的方式和限度。因此,孔子所表述的诗教观念具有内塑品性、外助交流,内外互补的理论内涵。在礼崩乐坏的春秋政治环境下,如何"做人(做君子)"是孔子非常关注的内容,而这也自然成为孔子诗教观的核心。

三 《毛诗大序》与儒家诗学观念

汉代的《诗经》传授有齐、鲁、韩、毛四家,其中,齐、鲁、韩三家属今文经学,西汉时便立于学官;《毛诗》属古文经学,乃鲁人毛亨、赵人毛苌所传,除王莽执政时,短暂地立于学官外,长期在民间流传。东汉以后,三家诗影响渐微,《毛诗》流传愈广并取代前三者,成为后世《诗经》传授的主流。《毛诗》对每首诗均设有解题,在首篇《关雎》的解题之后有一段综论《诗经》要旨的文字。一般我们将各篇的解题称为小序,《关雎》下的总论称为大序。以下便围绕《毛诗大序》逐段解读:

> 《关雎》,后妃之德也,《风》之始也,所以风天下而正夫妇也。故用之乡人焉,用之邦国焉。风,风也,教也,风以动之,教以化之。[①]

这一段文字不是凭空立论,而是根据正文中的文字逐一解释。先解释《关雎》,再解释"风",后文接着解释"诗"。可以推测,《诗经》首篇的标题顺序是:关雎、风诗。清人于鬯据此认为:"其先释《关雎》后妃之德,然后释风诗,是古书体例小题在上、大题在下之证。"[②]《毛诗大

---

① (唐)孔颖达疏《毛诗正义》卷一,(清)阮元校刻《十三经注疏》,第562页。
② (清)于鬯撰《香草校书》卷十一《诗一·毛诗国风》,中华书局,1984,第209页。

序》以《关雎》解题开篇，定下了《诗经》阐释重视伦理道德的基调。天子之妻曰后，标举《关雎》的"后妃之德"，正可起到"风天下而正夫妇"的教化作用。《诗经》中像《关雎》一类的作品自然也可以为后人提供道德伦理的示范，所以建议"用之乡人""用之邦国"。对于《周南》中的大部分作品，《毛诗序》都采用了与《关雎》一样的评价方式，如评《葛覃》，曰："后妃之本也。"评《卷耳》，曰："后妃之志也。"评《樛木》，曰："后妃逮下也。"评《螽斯》，曰："后妃子孙众多也。"评《桃夭》，曰："后妃之所致也。"评《兔罝》，曰："后妃之化也。"评《芣苢》，曰："后妃之美也。"简直是一组后妃之歌。此种道德伦理的导向决定了《毛诗序》的解诗路数，如《桃夭》在我们看来是一首美好、喜庆的婚恋之歌，而《毛诗序》对其的解释却是："后妃之所致也，不妒忌，则男女以正，婚姻以时，国无鳏民也。"其道德导向由此可见一斑。在接下来对"风"的解释中，《毛诗大序》非常重视"教化"这层含义。从《诗经》结构上讲，"风"乃"十五国风"，与"雅""颂"并列，只能占据《诗经》分量的三分之一。但若以"教化"二字来解释"风"，那整部《诗经》都可作教化之用，都可以称为"风"。既然《毛诗大序》如此强调道德教化，那"风"的意义与价值必定在"雅""颂"之上。这一点后面还有体现：

> 诗者，志之所之也。在心为志，发言为诗。情动于中而形于言，言之不足，故嗟叹之，嗟叹之不足，故永歌之，永歌之不足，不知手之舞之，足之蹈之也。①

这一段论说"诗"是怎么产生的，即"诗"的发生论。前两句是对"诗言志"观念的发挥，"情动于中"之后的文字则与下引《礼记·乐记》的文字相近：

> 故歌之为言也，长言之也。说之，故言之；言之不足，故长言

---

① （唐）孔颖达疏《毛诗正义》卷一，（清）阮元校刻《十三经注疏》，第563页。

之；长言之不足，故嗟叹之；嗟叹之不足，故不知手之舞之，足之蹈之也。①

　　早期著述没有著作权意识，甚至没有明确的作者，文献之间直接抄录、引用乃常见现象。然而，以上两段文字并不是谁抄了谁的问题，而可能是同一种观念和表述进入不同的文本所形成的相似面貌。《毛诗大序》之所以用这一段，说明作者延续并赞同先秦以来"诗乐舞结合"的文艺观念。经过商周（特别是周王朝）长期诗乐活动的实践，人们围绕"诗乐"的生成、价值等形成了一套较为完整的阐释理论。先秦人们对"诗"的认识主要从这个"诗乐"阐释系统中延伸出来。然而，《诗经》的流传与传播却有着脱离"乐"的迹象，到了汉儒那里，基本失去了"诗乐合一"的传统，演变为立足于文本解读的义理之学。《毛诗大序》正处于这一转变环节当中，如果我们把《毛诗大序》视为文学批评史上第一篇论"诗"的专文，那就能推测，当时除了较为完善的诗乐理论外，没有多少可供作者借鉴、使用的理论资料。

　　在讲解完"诗"的生成及"诗乐舞合一"的形态后，《毛诗大序》接着强调"诗"的价值：

　　　　情发于声。声成文，谓之音。治世之音安以乐，其政和；乱世之音怨以怒，其政乖；亡国之音哀以思，其民困。故正得失，动天地，感鬼神，莫近于诗。先王以是经夫妇，成孝敬，厚人伦，美教化，移风俗。②

这一段的前面一半与以下《礼记·乐记》中的文字相差无几：

　　　　情动于中，故形于声。声成文，谓之音。是故治世之音安以乐，其政和；乱世之音怨以怒，其政乖；亡国之音哀以思，其民困。声音

---

① （唐）孔颖达疏《礼记正义》卷三十九《乐记》，（清）阮元校刻《十三经注疏》，第3350页。
② （唐）孔颖达疏《毛诗正义》卷一，（清）阮元校刻《十三经注疏》，第563~565页。

之道，与政通矣。①

通过两段文字的对比可看到，《毛诗大序》将"情动于中，故形于声"的表述移动到了前一段当中，变成了"情动于中而形于言"。由此推测，《毛诗大序》存在借用乐论的"情动"说来阐释诗歌理论的可能性。"诗言志"偏向于强调内心之"志"的表达，至于这个"志"如何产生，尚未着意。"情动于中而形于言"则明确指出"诗"是情动而生，重点在于"情动"二字上。这与点明"情因外物感发而动"的感物说，也就一步之遥了。尽管我们可以猜测在战国秦汉时期，"诗因情动而发"的观念就已存在，但在目前所见的文献中，这是首次将"诗"与"情"联系起来的句子，其批评史价值自不容忽视。

另外还要注意，先秦时期的"诗乐合一"并不是说"诗"等于"乐"，尽管二者在缘起、价值方面有诸多共性，但不能完全对等和互相替换。《毛诗大序》再怎么强调"诗乐合一"，论述"乐"的价值时，都必须转换到对"诗"的探讨上来，毕竟《毛诗大序》是针对《诗经》文本的一篇"诗论"而非"乐论"。《礼记·乐记》在论说了世道与音乐的关系（即从"治世之音安以乐"到"其民困"）之后，用一句话总结了音乐的政治价值："声音之道，与政通矣。"前后文意连贯。而在《毛诗大序》中，论说完世道与音乐的关系后，却将重心转向了诗，总结了"诗"的价值："故正得失，动天地，感鬼神，莫近于诗。"从前文的逻辑来看，写成"故正得失，动天地，感鬼神，莫近于乐"更为连贯。但由于《毛诗大序》是一篇"诗论"，所以作者不得不做这一稍显生硬的转换。不过，也正因"诗乐"有相互依存传播的传统（《诗经》中的作品在先秦是可以在祭祀、宴饮等场合配乐歌唱的），这一转换才得以成立。

可见《毛诗大序》虽然走向了与音乐相分离的文本义理阐释路径，但它对诗歌价值（"正得失，动天地，感鬼神"）的论证还得通过"诗乐合一"的阐释传统才能达成。即便是"动天地，感鬼神"六个字也很容

① （唐）孔颖达疏《礼记正义》卷三十七《乐记》，（清）阮元校刻《十三经注疏》，第3311页。

易让人想到上古仪式中"诗乐舞"沟通天地鬼神的功效。

在论说了"诗"的产生和价值之后,《毛诗大序》开始围绕《诗经》的内容进行探讨:

> 故诗有六义焉:一曰风,二曰赋,三曰比,四曰兴,五曰雅,六曰颂。上以风化下,下以风刺上,主文而谲谏,言之者无罪,闻之者足以戒,故曰风。至于王道衰,礼义废,政教失,国异政,家殊俗,而变风变雅作矣。国史明乎得失之迹,伤人伦之废,哀刑政之苛,吟咏情性,以风其上,达于事变而怀其旧俗者也。故变风发乎情,止乎礼义。发乎情,民之性也;止乎礼义,先王之泽也。①

《周礼·春官》设有"大师"一职,任务之一就是"教六诗":"曰风,曰赋,曰比,曰兴,曰雅,曰颂。"顺序与《毛诗大序》一致,但与后世所采用的"风、雅、颂、赋、比、兴"的顺序不同。对此,孔颖达《毛诗正义》的解释是:"六义次第如此者,以诗之四始,以风为先,故曰风。风之所用,以赋、比、兴为之辞,故于风之下即次赋、比、兴,然后次以雅、颂。雅、颂亦以赋、比、兴为之,既见赋、比、兴于风之下,明雅、颂亦同之。"对于"风""赋""比""兴""雅""颂"的含义,郑玄、孔颖达、朱熹诸家均有解读,此处不再赘言。从"上以风化下"开始,《毛诗大序》逐一解释了"风""雅""颂",但对"赋""比""兴"几乎不置一词。而在"风""雅""颂"三者当中,《毛诗大序》对"风"所用的笔墨又是最多的。"上以风化下,下以风刺上"清晰地归纳出《诗经》在政治阶层所起到的交流作用。对于"上以风化下"的问题,《毛诗大序》前面一段(即"《关雎》,后妃之德也"一段,以及"先王以是经夫妇,成孝敬,厚人伦,美教化,移风俗"一句)已经解说得非常清楚了。所以接下来主要针对"下以风刺上"进行解释。

"主文而谲谏"一语指出儒家诗教观的重要原则,劝谏君主时,语言不宜激烈,要代之以隐约、委婉的文辞,以达到"言之者无罪,闻之者

---

① (唐)孔颖达疏《毛诗正义》卷一,(清)阮元校刻《十三经注疏》,第565~567页。

足以戒"的效果。当然，诗人是否会作诗刺上，与执政者的德行及政治环境的好坏直接相关。政治清明、君王贤能之时，正如前文所言"治世之音安以乐"，诗人作诗自然以赞颂为主，体现出和平雅正的性情、风貌，此即正风、正雅；当"王道衰，礼义废，政教失，国异政，家殊俗"之时，"下以风刺上"的作品便产生了，此即变风、变雅。郑玄《诗谱序》对此也有简要的阐述。以此为依据，《诗经》则包含了正与变两部分，朱熹《诗集传》载先儒旧说：

> 《二南》二十五篇为"正风"，《鹿鸣》至《菁莪》二十二篇为"正小雅"，《文王》至《卷阿》十八篇为"正大雅"，皆文、武、成王时诗，周公所定乐歌之词。《邶》至《豳》十三国为"变风"，《六月》至《何草不黄》五十八篇为"变小雅"，《民劳》至《召旻》十三篇为"变大雅"，皆康、昭以后所作，故其为说如此。①

此种划分显得有点简单粗暴，清马瑞辰《风雅正变说》则认为不要以时代为依据，生硬地划分正风、正雅、变风、变雅，主张以"政教之得失为分"，此论较为通达。

面对"王道衰，礼义废"的政治环境，《毛诗大序》再一次肯定了诗歌创作中"情"的触发作用。变风、变雅中的作品是诗人在面对混乱的政治环境时，内心情感有所触动而创作的，只不过，此种创作与表达须"止乎礼义"。"发乎情，止乎礼义"与前述"主文而谲谏"，以及《礼记·经解》"温柔敦厚"之语构成儒家诗教观的核心话语，三者的基本思想是一以贯之的。进一步说，"发乎情，止乎礼义"之观念非《毛诗大序》独创，而是先秦礼乐思想的自然生发。《礼记·乐记》云："夫民有血气心知之性，而无哀乐喜怒之常。应感起物而动，然后心术形焉。"即民众的"情感"受到外物触动，喜怒哀乐，变化不定。如果民众的情感毫无节制，则会严重影响社会风气，而执政者有引导、教化民众之责，因此必须有所作为。《礼记·乐记》又说："是故先王本之情性，稽之度数，

---

① （宋）朱熹集撰《诗集传》，中华书局，2017，第6页。

制之礼义。""本于情性"是基本前提,人的言行都必须"本于情性",而同时"情性"的表达不能无限度,需要用法度、礼义来裁制。《礼记·乐记》两次提到"君子反情以和其志",即舍去自身过度、无节制之情,以与符合礼义的"志"相协调、融合,这是君子所为。从这里已经可以看到,"情"与"志"在性质上有了区分,前者指涉及内心的喜怒哀乐等感情,后者则有了政治伦理的色彩。总之,内在的"情"与外在的"礼"构成既对立又统一的关系,只要是发乎情的东西,都应该以"礼义"作为节制的手段。音乐是如此,"乐由中出,礼自外作",礼乐相须的观念正蕴含着这层含义。进而推之,诗歌当然也应该如此。

接下来,《毛诗大序》正式讲解"风""雅""颂"的区别:

> 是以一国之事,系一人之本,谓之风;言天下之事,形四方之风,谓之雅。雅者,正也,言王政之所由废兴也。政有大小,故有小雅焉,有大雅焉。颂者,美盛德之形容,以其成功告于神明者也。是谓四始,诗之至也。①

《毛诗大序》于《诗经》六义,只阐说"风""雅""颂"而不及"赋""比""兴",大概是因为这两组概念在重要性、价值方面有高下之别。"风"的价值内涵自不用说,此外,"雅"的目的在于"言王政之所由废兴","颂"的目的在于"美盛德之形容"。故而"风""雅""颂"三个概念的重点不在于区分了《诗经》的三部分内容,而在于从三个层面揭示了《诗经》的政教功用。三者之中,又以"风"最为重要,最为基本。相对来说,"赋""比""兴"就偏向于具体的修辞手法,与"风""雅""颂"不在一个层级上。"是谓四始,诗之至也"是《毛诗大序》总述《诗经》要旨的最后一句。依照郑玄的说法,"风""小雅""大雅""颂"为"四始"。诗教的道理,都蕴含在此"四始"当中了:

> 然则《关雎》《麟趾》之化,王者之风,故系之周公。南,言化

① (唐)孔颖达疏《毛诗正义》卷一,(清)阮元校刻《十三经注疏》,第568~569页。

自北而南也。《鹊巢》《驺虞》之德，诸侯之风也，先王之所以教，故系之召公。《周南》《召南》，正始之道，王化之基。是以《关雎》乐得淑女，以配君子，忧在进贤，不淫其色；哀窈窕，思贤才，而无伤善之心焉。是《关雎》之义也。①

最后一段首先对《周南》《召南》作了解题，并对二者在《诗经》中的价值进行定位。《关雎》《麟之趾》分别是《周南》的第一首和最后一首，《鹊巢》《驺虞》分别是《召南》的第一首和最后一首。《毛诗大序》把《麟之趾》视为对《关雎》"后妃之德"教化的回应，把《驺虞》视为对《鹊巢》"夫人之德"教化的回应。总体来说，置《周南》《召南》于《诗经》的第一、二部分，是因为二者是"正始之道，王化之基"。孔颖达《毛诗正义》解释："高以下为基，远以近为始。文王正其家而后及其国，是正其始也。化南土以成王业，是王化之基也。"可以看出，《毛诗大序》为其对《诗经》的解读搭建了一个庞大的政治伦理框架。

四 儒家诗教观的影响例说

《诗经》既是儒家的经典，也是诗歌中的经典。秦汉时期文献中所言之"诗"基本指《诗经》，所言之"诗人"也基本指"《诗经》中诗歌的创作者"。可以这样说，《诗经》长期主导着古人对"诗"的认识，也为后人学诗树立了榜样与标杆。与奠定了四言诗的创作范式相比，《诗经》在诗歌手法、精神、价值层面的标杆作用更为突出。前文已述，不论是用于沟通人神的祭祀场合，还是用于外交场合，诗都被赋予了极大的社会、政治功能，周王朝的礼仪文化延续着诗的这一功能，而儒家诗教观则进一步强化了《诗经》的现实意义和政治伦理价值。儒者之所以有强烈的身份自信和文化自信，就在于他们相信他们研习的这一套儒家经典（包括《诗经》）具有现实效用，能够帮助他们齐家治国、立德立言，实现儒者的人生目标。

---

① （唐）孔颖达疏《毛诗正义》卷一，（清）阮元校刻《十三经注疏》，第569页。

　　然而，这个道理不是在所有人那里都说得通。比如，在攻城略地的将士眼中，卖弄《诗》《书》和文笔、口才对于国家的价值可能就不值一提。《史记·萧相国世家》记载刘邦灭项羽、平天下之后论功行赏，萧何位居众多武将之上，武将们向刘邦表达不满，认为自己被坚执锐、出生入死，功劳怎么还不如一个只会文墨议论的萧何。刘邦用打猎作比喻，说萧何是发现野兽踪迹、指挥追捕的猎人，而在座的武将都是负责追逐野兽的猎犬。这个比喻戏谑但又有点形象，同时也说明刘邦对文臣萧何功劳的认同。但以布衣提三尺剑取天下的刘邦也并非一开始便认识到《诗》《书》等文化典籍的价值。《史记·陆贾列传》记载陆贾时常在刘邦面前讲论《诗》《书》，刘邦大骂："乃公居马上而得之，安事《诗》《书》！"陆贾立马反问："居马上得之，宁可以马上治之乎？"接着用商汤、周武王、夫差、智伯等例子从正反两方面说明文武并用才是长久之术，最后一句反问更为厉害："乡使秦已并天下，行仁义，法先圣，陛下安得而有之？"面对陆贾带有攻击性的回答，刘邦"不怿而有惭色"。这个例子说明对儒家文化的推崇需要帝王的倡导，但同时也需要儒者（读书人）的宣扬。汉文帝时期，以韩婴、申公为《诗》博士；景帝时，又以辕固生为《诗》博士；武帝对儒学的推崇更是甚于以往。可见《诗经》作为儒家经典的地位已越来越稳固，其有助政教的现实价值自然得到持续的关注。对于"文学创作如何体现现实价值"这个问题，《诗经》可以说是最好的回答。对此，古人对"赋"的态度也是典型的例子。

　　不论是枚乘《七发》、司马相如《子虚赋》《上林赋》，还是王褒《洞箫赋》，都在很大程度上体现出赋这一文体的娱乐功能，与大肆地铺陈相比，最后那一点劝谏的话实在微不足道。如此，赋的社会价值就得不到充分体现，赋家的身份也容易被人轻视。汉武帝好神仙，司马相如写了一篇《大人赋》，准备劝谏武帝，岂料武帝读了之后反而"缥缥有陵云之志"，更想当神仙了。因此，司马相如的赋遭到扬雄批评："文丽用寡。"即文辞华美，但无实际效用。枚皋是枚乘的儿子，也是与司马相如同时代的赋家，《汉书·枚皋传》记载他"不通经术，诙笑类俳倡，为赋颂，好嫚戏"，枚皋自己也说"为赋乃俳，见视如倡"，即将赋家等同于俳优。对于热衷于辞赋创作的人来说，这样的批评无疑是给其浇了一盆冷水。汉宣帝喜好辞赋，时常召集王褒等人进行创作，"第其高下，以差赐帛"。很多人就指责辞赋淫靡，过度沉迷辞赋，无异于玩物丧志。汉宣帝随即为辞赋辩护：

> 辞赋大者与古诗同义，小者辩丽可喜。辟如女工有绮縠，音乐有郑、卫，今世俗犹皆以此虞说耳目，辞赋比之，尚有仁义风谕，鸟兽草木多闻之观，贤于倡优博弈远矣。①

有了汉宣帝撑腰，辞赋家稳住了阵脚，王褒也升了职，当上了谏大夫。但人们对辞赋价值的质疑并没有因此而断绝。扬雄作为西汉后期重要的赋家，他对辞赋的态度引人注目。扬雄《法言·吾子》中记载了两段重要的对话，其一如下：

> 或问"吾子少而好赋"。
> 曰："然，童子雕虫篆刻。"俄而，曰："壮夫不为也。"
> 或曰："赋可以讽乎？"
> 曰："讽乎！讽则已，不已，吾恐不免于劝也。"②

扬雄曾经热衷于辞赋创作，但之后弃而不为。因为在他看来，大丈夫有更重要的事情要做，不应当沉溺于辞赋这种"雕虫篆刻"。对于扬雄为何这样说，王世贞在《艺苑卮言》中提供了一个比较"阴暗"的解释。即扬雄打心底觉得司马相如的赋写得太好了，自己怎么努力都超不过，于是只有弃而不为，并以"雕虫之技，壮夫不为"为说辞，给自己掩饰。这一解释有点牵强，但无论怎样，扬雄确实是看到了辞赋存在的问题——劝百讽一。《法言·吾子》中关于辞赋的另一段对话如下：

> 或问："景差、唐勒、宋玉、枚乘之赋也，益乎？"

---

① （汉）班固撰《汉书》卷六十四下《王褒传》，第 2829 页。
② 汪荣宝撰《法言义疏》，陈仲夫点校，中华书局，1987，第 45 页。

曰："必也，淫。"

"淫，则奈何？"

曰："诗人之赋丽以则，辞人之赋丽以淫。如孔氏之门用赋也，则贾谊升堂，相如入室矣。如其不用何？"①

在扬雄眼中，景差、唐勒、宋玉、枚乘等人的辞赋都是奢侈靡丽的代表，不值得提倡，也不值得重视。真正应当推崇的是文辞美丽却又有法度、原则的"诗人之赋"。"诗人之赋"中的"诗人"指"《诗经》中作品的创作者"，故"诗人之赋"可简单理解为"《诗经》中的作品"。我们将汉宣帝"辞赋大者与古诗同义"与扬雄"诗人之赋丽以则"并观，可以清楚地看到，在判断辞赋的社会价值和意义时，《诗经》成了重要的衡量标准。汉代的辞赋始终面对着"文丽用寡""淫靡""丽以淫"等质疑，由此也引发了赋家的身份焦虑。其解决方式无非两种，要么像扬雄那样摒弃辞赋创作，改弦更张；要么想办法强调和凸显辞赋的现实价值。就后者来说，正如汉宣帝所解释那样，拉拢《诗经》以自重其价成为最主要的办法。这一点在班固身上表现得很明显。他在《汉书·司马相如传赞》中为司马相如辩解："相如虽多虚辞滥说，然要其归引之于节俭，此亦《诗》之风谏何异？"试图把对汉赋关注的重心从靡丽的虚辞滥说转移到"讽谏"上来，进而用已经被树立为经典的《诗经》给汉赋撑腰。在《两都赋序》中更是直言"赋者，古诗之流也""或抒下情而通讽谕，或以宣上德而尽忠孝""亦雅、颂之亚也"。

清人程廷祚说："汉儒言《诗》，不过美、刺二端。"②《诗经》中的"美""刺"之所以得到如此的关注和阐释，原因就在于它们揭示总结出官员在面对帝王、朝廷和国家政务时两种最基本的态度。班固强调赋的价值时，也是将"抒下情而通讽谕（即'刺'）""宣上德而尽忠孝（即'美'）"并举，而不偏向于"讽谏"这一端。换言之，不论是歌颂，还是讽谏，后世的官员、文人都能在《诗经》当中找到典范，从而确立

---

① 汪荣宝撰《法言义疏》，陈仲夫点校，第49~50页。

② （清）程廷祚撰《青溪集》卷二《诗论十三》，《丛书集成续编》第190册，台湾新文丰出版公司，1989，第692页。

自己所创作的文学作品的现实意义。相对而言，讽谏类的作品因切中时弊，往往被赋予更高的价值。比如白居易说自己的讽谕诗就是"为君、为臣、为民、为物、为事而作，不为文而作"，在他看来，"救济人病，裨补时阙"（《与元九书》）是诗歌价值最为重要的一方面，正所谓"惟歌生民病，愿得天子知"（《寄唐生》）。但问题在于，不是所有诗人都具有这样的责任意识，并且讽谏诗的创作与表达极有可能受到政治权力的钳制。官员受到各方压力，在创作时舍弃了"刺"，只剩下"美"，这样的现象也不少见。比如明代靖难之后，朱棣施加的政治高压使得大部分臣子战战兢兢、如履薄冰，在此背景下，讽谏诗没有也不可能有施展的空间，于是以颂圣为主的台阁体大量出现。诸如"从今亿万岁，长以奉皇明"（王洪《望北京》）、"皇明亿万载，永乐歌太平"（金幼孜《神应泉诗》）这样的表达在当时的台阁体诗歌中俯拾即是。对于这批只鸣国家之盛，美而不刺的作家来说，"温厚和平""春容安雅""和平雅正"等儒家诗教话语成为他们的理论武器，可见台阁体的创作依然可以获得来自《诗经》的价值支持。

总之，经过先秦以来论者不断的阐释，儒家诗教观已然成为古人评论诗歌最主要的视角与方式，它在很大程度上控制着文学批评的话语权。在肯定诗教观赋予文学以现实意义，提升创作者身份地位的同时，也不能否认它也给文学加上了一件沉重的外衣，让我们感觉到文学似乎不是一件轻松自在的事情。

推荐阅读及参考文献：

1. 杨树达：《释诗》，《积微居小学金石论丛》，商务印书馆，2017。

2. 朱自清：《诗言志辨》，《朱自清古典文学论文集》，上海古籍出版社，2009。

3. 闻一多：《歌与诗》，《闻一多全集》，生活·读书·新知三联书店，1982。

4. 陈伯海：《释"诗言志"——兼论中国诗学的"开山纲领"》，《中国诗学之现代观》，上海古籍出版社，2019。

5. 〔美〕宇文所安：《中国文学思想读本：原典·英译·解说》，王柏华、陶庆梅译，生活·读书·新知三联书店，2019。

6. 钱志熙：《论〈毛诗·大序〉在诗歌理论方面的经典价值及其成因》，《北京大学学报》（哲学社会科学版）2012年第4期。

7. 钱志熙:《先秦"诗言志"说的绵延及其不同层面的含义》,《文艺理论研究》2017 年第 5 期。

8. 解玉峰:《百年〈诗经〉研究献疑》,《文艺理论研究》2017 年第 4 期。

9. 亓晴:《〈尚书·尧典〉"诗言志"原初内涵考》,《中国诗歌研究》(第十六辑),社会科学文献出版社,2018。

第三章

以意逆志与知人论世

罗浮山下四时春，卢橘杨梅次第新。

日啖荔支三百颗，不辞长作岭南人。①

苏轼的《食荔支》可谓脍炙人口，后面两句简直可作为惠州荔枝的广告语。看到"日啖荔支三百颗"这一句，有人不免要问，苏东坡这么能吃吗？古人在注释这一句的时候，常引郑熊《番禺杂编》之语："余在南中五年，每食荔支，几与饭相半。"表达荔枝的美味及人们对荔枝的喜爱。但也有古人说过荔枝"不堪多食"，自己"食不能二十枚"。② 凭我们自己的经验，一天吃三百颗荔枝，绝无可能。也有注者认为《食荔支》中的"三百颗"是借用韦应物"书后欲题三百颗，洞庭须待满林霜"之语。这其实也只是隔靴搔痒的分析。明眼人一看便知"日啖荔支三百颗"是虚写，是夸张手法的运用，意在表达作者超然自适的旷达心态。联系苏轼屡被贬谪的人生经历，我们对这句诗中蕴含的乐观态度更加佩服。苏轼被贬到海南后，发现当地一大美味——蚝，他顿时表现出自得其乐的姿态，还告诫儿子"慎勿说，恐北方君子闻之，争欲为东坡所为，求谪海

---

① （清）冯应榴辑注《苏轼诗集合注》卷四十《食荔支》，上海古籍出版社，2001，第2066页。

② （明）陈汝锜撰《甘露园短书》卷十一《荔枝》，《四库全书存目丛书》子部第87册，齐鲁书社，1995，第150页。

南，分我此美也"①。两相联系，"日啖荔支三百颗，不辞长作岭南人"的言下之意似乎在说：岭南的荔枝管够，我可以随便吃。所以，对于类似的诗句，我们不能仅看字句表面的含义，还应理解诗人所运用的手法，以及手法背后所蕴含的作者的深意。这用孟子的话来说就是"以意逆志"。

一　"以意逆志"说的提出及含义

"以意逆志"说出自《孟子·万章上》，其提出的情形与上文分析《食荔支》的情况基本一样。咸丘蒙问孟子："《诗》云：'普天之下，莫非王土；率土之滨，莫非王臣。'而舜既为天子矣，敢问瞽瞍之非臣，如何？"瞽瞍是舜的父亲，当然不能称瞽瞍为舜的臣子，但这不是与"率土之滨，莫非王臣"矛盾了吗？"普天之下，莫非王土；率土之滨，莫非王臣"这两句诗出自《诗经·小雅·北山》，前两节如下：

> 陟彼北山，言采其杞。偕偕士子，朝夕从事。王事靡盬，忧我父母。
> 溥天之下，莫非王土。率土之滨，莫非王臣。大夫不均，我从事独贤。②

《毛诗序》云："《北山》，大夫刺幽王也。役使不均，己劳于从事，而不得养其父母焉。"该诗的第二章主要讲劳动分配不均：普天之下都是王的臣子，都该出力，为什么偏偏让我承受这么沉重的劳役呢？所以"普天之下，莫非王土；率土之滨，莫非王臣"这两句诗的目的在于引出后面"大夫不均，我从事独贤"的主题。咸丘蒙将它们单独拎出来，计较"父亲算不算臣子"这个问题，真可谓脱离原诗语境，断章取义了。所以孟子回答："是诗也，非是之谓也，劳于王事，而不得养父母也。曰：'此莫非王事，我独贤劳也。'"接着，孟子对咸丘蒙说了一句很重

---

① （宋）苏轼撰《苏轼佚文汇编》卷六《食蚝》，《苏轼文集》，孔凡礼点校，中华书局，1986，第2592页。

② 程俊英、蒋见元：《诗经注析》，第642~643页。

要的话:"故说诗者,不以文害辞,不以辞害志;以意逆志,是为得之。"阅读诗歌时,不要被表面的文辞干扰、迷惑,要通过文辞合理地揣测诗人想要表达的旨意。在此,"以意逆志"作为说诗、解诗的基本原则被确定下来。孟子还附带举了一个例子:"《云汉》之诗曰:'周余黎民,靡有孑遗。'信斯言也,是周无遗民也。"《云汉》出自《诗经·大雅》,是一首干旱时求雨的诗,"周余黎民,靡有孑遗"一句只是运用夸张的修辞来表达干旱的严重,而并不是说"周朝没有一个人活下来"。

孟子的"以意逆志"说及其所举的两个例子,第一层意思是主张理解诗句运用的修辞手法和文学效果,不要固执文辞的表层含义。类似咸丘蒙那般胶柱鼓瑟的解诗案例在古代典籍中时有出现。如沈括《梦溪笔谈》言"文章之病",针对杜甫《古柏行》"霜皮溜雨四十围,黛色参天二千尺"评论道:"四十围乃是径七尺,无乃太细长乎?"[1] 葛立方《韵语阳秋》则评曰:"余谓诗意止言高大,不必以尺寸计也。"[2] 仇兆鳌《杜诗详注》也批评这种计较尺寸的做法:"(原诗)只是极形容之辞,如《秦州》诗'高柳半天青',柳岂能高至半天乎?"[3]《王直方诗话》载:

> 东坡有言,世间事忍笑为易,惟读王祈大夫诗,不笑为难。祈尝谓东坡云,有《竹诗》两句,最为得意,因诵曰:"叶垂千口剑,干耸万条枪。"坡曰:"好则极好,则是十条竹竿,一个叶儿也。"[4]

再如对于杜牧《江南春》:"千里莺啼绿映红,水村山郭酒旗风。南朝四百八十寺,多少楼台烟雨中。"杨慎在《升庵诗话》中指出"千里"乃"十里"之误,他的依据是:"'千里莺啼',谁人听得?'千里绿映红',谁人见得?若作十里,则莺啼绿红之景,村郭楼台、僧寺酒旗,皆

---

[1] (宋)沈括撰《梦溪笔谈》卷二十三《讥谑》,辽宁教育出版社,1997,第129页。

[2] (宋)葛立方撰《韵语阳秋》,(清)何文焕辑《历代诗话》,第615页。

[3] (清)仇兆鳌注《杜诗详注》卷十五《古柏行》,中华书局,1979,第1358页。

[4] (宋)胡仔纂集《苕溪渔隐丛话》前集卷五十五《宋朝杂记下》,人民文学出版社,1962,第376页。

在其中矣。"①"千里莺啼"与"十里莺啼"的境界与美感可谓高下之别。理解了文学性的表达方式和修辞手法，便不会以客观的眼光计较诗歌中的数量与尺寸。当然，夸张也得有个限度，如果把前面的诗句改成"日啖荔支三万颗""万里莺啼绿映红"，那又太过离谱、荒唐了。

"以意逆志"更深层的含义与批评史价值在于，它指出了解读文学作品最基本的原则与方法。作者、作品、读者是文学产生与接受的三大要素，作者的思想、情感通过创作注入作品，并经由作品传达给读者。反过来说，读者也应当通过作品来感受、探测作者的创作意旨。按东汉赵岐《孟子章句》对"以意逆志"的解释，"意"是"学者之心意"，"志"是"诗人之志"，"以意逆志"即学诗者依据自己的思考，通过作品探测诗人的创作意志。问题在于，读者真能通过文辞准确了解作品内涵，进而把握作者的创作意志吗？理论上是可以的，原因正是赵岐所解释的"人情不远"。所谓人同此心、心同此理，孟子、赵岐都强调人与人之间共通的本性、情感，正因为此种共通性的存在，读者才能够通过作品理解作者。然而，在实际操作层面，却会出现各种各样的问题，"以意逆志"的准确性受到各种因素的干扰。一方面，"以意逆志"是一个主观的思维活动，读者的经历、立场、阅读状态等都会影响他对诗意的把握，甚至出现言人人殊的情况。若诗人已死，则标准答案已不在，那对诗句的解读就会众说纷纭。另一方面，诗歌作为高度凝练的文学创作，语法成分的缺失、句意的跳跃、意在言外的含蓄表达、创作背景的不可知等因素均可导致诗句内涵的模糊性和歧义性。这两方面足以说明"以意逆志"的难度。

面对此种情况，古人必须发展出别的解诗方法，来尽量达到"以意逆志"的效果。其中一种方法便是借助诗歌象征、隐喻的传统，建立一套解诗的"密码"，屈原《离骚》中的"香草美人"便是如此。原诗没有言明何为美人、何为香草，但读者结合诗意的表达，便能够推测"香草美人"的象征意义，大致而言"香草"象征君子美好的品格，"美人"象征君主或贤人。此种手法被后人继承，发展为一种典型的诗歌创作传统，同时也促

---

① （明）杨慎撰《升庵诗话》卷八《唐诗绝句误字》，丁福保辑《历代诗话续编》，中华书局，2006，第800页。

使读者形成一种相对固定的解诗思路。比如张衡《四愁诗》：

> 我所思兮在太山，欲往从之梁父艰，侧身东望涕沾翰。
> 美人赠我金错刀，何以报之英琼瑶。路远莫致倚逍遥，何为怀忧心烦劳？①

《四愁诗》最早见于《文选》，诗前有序，云："（张衡）郁郁不得志，为《四愁诗》，依屈原以美人为君子，以珍宝为仁义，以水深雪雾为小人。思以道术相报，贻于时君，而惧谗邪，不得以通。"在此种创作和解诗传统下，作品中的物象便有了具体、明确的含义，"太山""美人"以喻君主，"梁父"以喻小人，"琼瑶"以喻仁义。如此一来，这首诗要表达的就不是文字表层的意思了，而是要表达贤臣希望报效君主，但因奸邪小人的阻挠而忧愁烦恼的心情。《四愁诗》共四首，除了上面列举的一首外，对另外三首也可以运用同样的解读方式。把握物象词语的比喻和象征功能确实有助于"以意逆志"，理解作者的创作意图。对此，古人会有意识地予以关注和总结。旧题贾岛《二南密旨》有三处谈到了这一解诗传统。其中"论物象是诗家之作用"一则指出："造化之中，一物一象，皆察而用之，比君臣之化。君臣之化，天地同机，比而用之，得不宜乎。""论引古证用物象"一则还举了具体事例：

> 四时物象节候者，诗家之血脉也。比讽君臣之化深。《毛诗》曰："殷其雷，在南山之阳。"雷，比教令也。"他山之石，可以攻玉"，此贤人他适之比也。陶潜《咏贫士》诗："万族各有托，孤云独无依。"以孤云比贫士也。以上例多，不能广引，作者自可三隅反也。②

在作者看来，掌握了四时物象的隐喻，才能顺畅无碍地解读诗歌，所

---

① 张震泽校注《张衡诗文集校注》，上海古籍出版社，2009，第 3 页。
② 旧题贾岛《二南密旨》，参见张伯伟撰《全唐五代诗格汇考》，第 379 页。

以他称四时物象节候为"诗家之血脉"。其所举的例子应当不是作者凭空捏造的，比如对《诗经·殷其雷》的解读便是渊源有自。郑玄笺云："'雷'以喻号令于南山之阳。"《毛诗正义》进一步用大段文字论证为何"以雷喻号令"。另外，在《二南密旨》"论总例物象"一则中，作者还做了一个大汇总，罗列了 118 个物象词，并逐一指明其含义，几乎可称之为"诗歌隐语辞典""诗歌密码宝典"。这里摘录一部分如下：

天地　日月　夫妇：君臣也，明暗以体判用。

琴瑟：贤人志气也，又比廉能声价也。

九衢　道路：此喻皇道也。

同志　知己　故人　乡友　友人：皆比贤人，亦比君臣也。

馨香：此喻君子佳誉也。

兰惠：此喻有德才艺之士也。

金玉　珠珍　宝王　琼瑰：此喻仁义光华也。

飘风　苦雨　霜霰　波涛：此比国令，又比佞臣也。

水深　石磴　石径　怪石：此喻小人当路也。

幽石　好石：此喻君子之志也。

乱峰　乱云　寒云　翳云　碧云：此喻佞臣得志也。

白云　孤云　孤烟：此喻贤人也。

涧云　谷云：此喻贤人在野也。①

上述解诗方法必须有一个前提，即诗歌创作者也得依照象征、隐语的传统进行创作。这意味着此种方法只在一定限度内可行，一旦推广开来，必然被视为生搬硬套、胡说八道。比如杜甫《江村》中"老妻画纸为棋局，稚子敲针作钓钩"两句本是极为生活化的描写，但宋惠洪《石门洪觉范天厨禁脔》却认为："妻比臣，夫比君。棋局，直道也。针合直而敲曲之，言老臣以直道成帝业，而幼君坏其法。稚子，比幼君也。"② 更有

---

① 旧题贾岛《二南密旨》，参见张伯伟撰《全唐五代诗格汇考》，第 379~380 页。

② （宋）惠洪撰《石门洪觉范天厨禁脔》卷中《比兴法》，《四库全书存目丛书》集部第 415 册，第 120 页。

甚者认为："老妻以比杨妃，稚子以比禄山。盖禄山为妃养子。棋局，天下之喻也。妃欲以天下私禄山，故禄山得以邪曲包藏祸心。"① 如此解诗，杜甫要是知道了，不知会做何感想？再如大家熟悉的苏轼《卜算子》：

> 缺月挂疏桐，漏断人初静。
> 时见幽人独往来，缥缈孤鸿影。
> 惊起却回头，有恨无人省。
> 拣尽寒枝不肯栖，寂寞沙洲冷。②

宋鲖阳居士对此非常自如地运用了这套隐语的解诗法则：

> "缺月"，刺明微也；"漏断"，暗时也；"幽人"，不得志也；"独往来"，无助也；"惊""鸿"，贤人不安也；"回头"，爱君不忘也；"无人省"，君不察也；"拣尽寒枝不肯栖"，不偷安于高位也；"寂寞吴江冷"，非所安也。此词与《考盘》诗极相似。③

不难发现，以上例子基本是对各种物象词语进行政治伦理层面的解析，在这样的解诗者看来，似乎每首反映日常生活的诗都有着君臣之间的情感寄托。作诗重在有寄托，这是自《诗经》而来的诗学传统，本无可指摘。但若将此种观念绝对化、极端化，认为作诗一定得有寄托，读诗一定得寻其寄托，不免穿凿附会、求之过深了。黄庭坚《大雅堂记》就非常明确地批评了此种解诗方法："彼喜穿凿者，弃其大旨，取其发兴，于所遇林泉人物、草木鱼虫，以为物物皆有所托，如世间商度隐语者，则子美之诗委地矣。"

二 知人论世的提出及运用

面对一首诗，在使用隐语密码解读之前，必须先判断"作者是否运

① （宋）王洙、赵次公等注《分门集注杜工部诗》卷七《江村》，《续修四库全书》第1306 册，第 357 页。
② 邹同庆、王宗堂：《苏轼词编年校注》，中华书局，2007，第 275 页。
③ （宋）武陵逸史编次《类编草堂诗余》卷一，明嘉靖二十九年刻本，第十三叶。

用了物象隐语的手法"。没有弄清这个问题，就按照《二南密旨》的指导一顿操作，那必定是郢书燕说、穿凿附会。对于"作者是否运用物象隐语"这个问题，如果诗歌本身不能提供充分信息，那就需要以作者的创作动机作为判断依据。而创作动机又是作者在所处时代、环境之中，受个人经历、遭遇等因素的触发而形成的。因此，读者只有了解了作者创作时所处时代、环境、个人经历等因素，才能合理推测其创作动机，进而把握诗歌的旨趣、内涵。这一方法被我们称为"知人论世"，其源头可以追溯到《孟子》：

> 孟子谓万章曰："一乡之善士，斯友一乡之善士；一国之善士，斯友一国之善士；天下之善士，斯友天下之善士。以友天下之善士为未足，又尚论古之人。颂其诗，读其书，不知其人，可乎？是以论其世也。是尚友也。"①

儒家重品行修养，对交友一事自然慎重。曾子曾说过"以友辅仁"，孟子也说"责善，朋友之道也"。万章问孟子交朋友要注意什么，孟子回答："友也者，友其德也。"可见结交品行良善之人（善士）乃孟子非常明确的交友要求。由此观之，上述这段文字是孟子对"交友"观念的进一步发挥。如果结交一乡之善士、一国之善士、天下之善士之后还不满足，那就"尚论古之人"，即与古人为友。如何做到与古人为友呢？孟子指出四个要素：颂其诗、读其书、知其人、论其世。这里蕴含着"读诗书"与"知人论世"的双向关系。虽然古人已逝，但我们可以通过诗书（作品）来了解古人的经历、思想及其所处时代环境，进而与古人为友。此即把"读诗书"当作"知人论世"的主要渠道和基本前提。但作品提供的信息是有限的，有时候甚至是模糊不清的，这便需要通过其他渠道和方式来把握古人的经历、思想与所处时代、环境，从而加深对作品的认识。此即把"知人论世"当作"读诗书"的必备条件和环节。此两点相辅相成，有点循环阐释的味道。仅从文学批评方法的角度来看，第二点乃

---

① （宋）朱熹撰《四书章句集注》，第329页。

"知人论世"方法的核心。

总之我们要明确的是，孟子是在讨论"交友"问题的时候，附带说出"知人论世"这个古代文学批评基本方法的。前文所引孟子教导万章的这段话也随之成为古代文学批评史教材绕不开的段落。不过，比之于"知人论世"说法的提出，"知人论世"在古代文学批评中的运用方式，及其背后的解诗思维和思想价值更值得关注。

从《孟子》一书可以看出，"以意逆志""知人论世"的提出、运用与孟子对《诗经》的解读密切相关。孟子就曾通过对创作背景的分析来评价《诗经》中的作品。自先秦而下，《诗经》引起一代又一代的学者关注，成为"以意逆志""知人论世"方法发挥作用的重要文本。《毛诗》的"小序"部分时常从"知人"（作者经历）、"论世"（时代背景）出发揭示诗歌之要旨。比如《王风·黍离》：

> 彼黍离离，彼稷之苗。行迈靡靡，中心摇摇。
> 知我者，谓我心忧；不知我者，谓我何求。悠悠苍天，此何人哉……①

阅读这首诗歌，我们能明显感受到诗人的愁绪。然而，这种愁绪从何而来，因何事而发？诗歌正文没有透露相关信息。此种情况下，《毛诗》"小序"的意义就凸显出来："《黍离》，闵宗周也。周大夫行役，至于宗周，过故宗庙宫室，尽为禾黍。闵周室之颠覆，彷徨不忍去，而作是诗也。"这则小序不但告诉我们诗人的身份，还揭露了其创作缘起，读者即可根据小序将《王风·黍离》的情感指向明确下来。对于《诗经》中著名的怨妇诗《卫风·氓》，《毛诗》"小序"指出其创作背景："宣公之时，礼义消亡，淫风大行，男女无别，遂相奔诱。华落色衰，复相弃背。或乃困而自悔，丧其妃耦，故序其事以风焉。"这也是"读其诗"需"论其世"的典型例子。东汉的经学大师郑玄著有《诗谱》，还为《毛诗》作过笺。王国维《玉溪生诗年谱会笺序》指出郑玄治《诗》专用孟子之法：

---

① 程俊英、蒋见元：《诗经注析》，第195页。

"谱也者，所以论古人之世也；笺也者，所以逆古人之志也。"① 这一说法相当准确。《诗谱》按照时代先后，给《诗经》中的作品编定次序，有着"通过论世来解诗"的意味；《郑笺》虽被王国维视为"以意逆志"，但其中也不乏"知人论世"方法的运用。

可以说古人对《诗经》的解读渗透了"知人论世"的批评思想，同时，该方法的运用不局限于"诗经学"领域，诗歌、词、文章等各类文体都有"知人论世"方法的发挥空间。具体而言，唐代以后，以下几种著述形式与"知人论世"的批评思想密切相关。

首先是诗文集的笺注与编年。典籍笺注具有悠久的历史，在汉代，笺注的对象以儒家经典为主，之后逐步向子、史、集各部扩展，形成深受文人青睐的著述形式。汉人对《诗经》《楚辞》的笺注已开启诗歌笺注之门户，魏晋而下，继踵者不绝。到了宋代，诗文集的笺注得到了充分发展。宋人投入大量精力编辑、笺注唐代文人的诗文集，以至于有"千家注杜""五百家注韩"之说。另外，宋人还笺注本朝人的作品，如李壁《王荆公诗注》、施元之《施注苏诗》、任渊《山谷内集诗注》《后山诗注》、史容《山谷外集诗注》等。由宋而下，笺注作品不断丰富。时至今日，还延续着自古而来的诗文集笺注传统。在诗文笺注中，除了词义（包括名物）的训释、典故的溯源、文意的疏通之外，对本事（创作背景）的探讨也是重要的笺注内容。这样的例子在古今诗文集笺注的作品中随处可见，不用赘举。需要注意的是，笺注时常伴随着对作品的编辑与整理，与按文体、内容进行分类编排的作品相比，按创作年代先后编次的作品蕴含着重视时代背景、个人经历的"知人论世"思想。北宋黄伯思编《校定杜工部集》即运用了"随年编纂"的方法，南宋施元之《施注苏诗》基本是按年编次，任渊《山谷内集诗注》、史容《山谷外集诗注》也是"以事系年，校其篇目"。任渊《后山诗注》也是如此。任渊生于南北宋之交，离陈师道生活的年代不远，其对创作本事的揭示，对诗歌的编年颇为可信，所以《四库全书总目提要》称赞其"排比年月，钩稽事实，多能得作者本意"，并且认为要不是任渊对陈师道的诗歌"一一详其本事"，《后山

_____

① 吴无忌编《王国维文集》，北京燕山出版社，1997，第 402 页。

集》中的很多句子我们是读不懂的。由此可见，诗文编年、笺注中的本事钩沉对读者了解创作意图、作品内涵具有的极大意义。

其次是年谱与传记。所谓年谱，即以某个人（一般称之为"谱主"）为对象，按年月编次其人生经历，谱主的家世、学问、创作、行藏、事业等均可在年谱中得到历时性的呈现。年谱的编撰始于宋代，目前所见较早的年谱是北宋吕大防所作的《韩吏部文公集年谱》《子美诗年谱》，在自记中，吕大防明确表示："予苦韩文、杜诗之多误，暨雠正之，又各为年谱，以次第其出处之岁月，而略见其为文之时，则其歌时伤世，幽忧窃叹之意，灿然可观。"① 可以说，年谱正是为了顺应宋人阅读前人典籍时"知人论世"的需求而产生的，其有助于"知人论世"之学，也是显而易见。近代学者孙德谦《古书读法略例·论世例》关于年谱的论说颇为精到，录之于下：

> 或曰：尝读古人别集，文或不记年月，诗词则托之比兴，往往有不能得其所言者，殊以为苦。日有宋以后，年谱盛行，如鲁訔、洪兴祖辈。文则韩愈、柳宗元，诗则陶潜、杜甫诸家，自此皆有年谱传于世。此最得知人论世之义。不但其人之生卒，及一生行事，足以铨次之。即一篇一什，作于何时，均可晓然于其命意。是故年谱者，论世之良法也。②

正因年谱是应诗文集的阅读而产生，且有助于"知人论世"之学，故古人编撰、笺注诗文集时，时常将年谱附在诗文集中，如宋代书坊所刻《分门集注杜工部诗》便载录吕大防的《子美诗年谱》。任渊《山谷内集诗注》《后山诗注》、史容《山谷外集诗注》也是附有年谱的。宋李壁《王荆公诗注》没有编年，也没有附年谱，清初张宗松重新校刊该书，并在"略例"中对年谱一事特别说明。

---

① （宋）吕大防等撰《韩愈年谱》，中华书局，1991，第6页。
② 孙德谦：《古书读法略例》卷六《论世例》，上海书店，1983，第347页。

诗集之前，例有年谱。杜、韩、苏诸家皆然，荆公独无。或以为请，予曰：李氏于题下或标年月，或引时事，姓名必著，官爵必书，其于公生平出处，兄弟朋友，亲属过从离合之迹，亦略可考焉。予闻见浅鲜，未敢为续貂之举，止彷杜、韩、苏三家例，附宋史本传于卷首，知人论世，请竢后贤。①

这段话不但指出诗文集当中有附载年谱的惯例，还揭示出收录作家的传记也是诗文集编撰的常规做法。进而言之，诗文集的编撰和笺注者为了全面展现作家的生平经历和创作面貌，达成读其书知其人的目的，会将年谱、传记、行状、墓志铭等有助于了解作者生平经历的材料编入诗文集中。同时，诗文集的序跋也会不同程度地展示作家的生平，这些举措无一不是在为"知人论世"方法的运用搭建可靠的平台。

最后是本事的记载和纂辑。所谓"本事"，可简单理解为文学作品背后的故事。先秦两汉的典籍中就有对诗歌本事的记载，前文所引《毛诗序》对《王风·黍离》的解析便可被视为一则本事。魏晋以后的笔记小说，宋以后的诗话等著作都有大量对诗歌本事的记载与点评。唐孟棨的《本事诗》是最早提出"本事诗"概念并以记载诗歌本事为主的著作，比如该书的第一则就是我们熟知的"破镜重圆"的故事：

陈太子舍人徐德言之妻，后主叔宝之妹，封乐昌公主，才色冠绝。时陈政方乱，德言知不相保，谓其妻曰："以君之才容，国亡必入权豪之家，斯永绝矣。倘情缘未断，犹冀相见，宜有以信之。"乃破一镜，人执其半，约曰："他日必以正月望日卖于都市，我当在，即以是日访之。"及陈亡，其妻果入越公杨素之家，宠嬖殊厚。德言流离辛苦，仅能至京，遂以正月望日访于都市。有苍头卖半镜者，大高其价，人皆笑之。德言直引至其居，设食，具言其故，出半镜以合之，仍题诗曰："镜与人俱去，镜归人不归。无复嫦娥影，空留明月辉。"陈氏得诗，涕泣不食。素知之，怆然改容，即召德言，还其

---

① （宋）李璧注《王荆公诗注》，《景印文渊阁四库全书》第 1106 册，第 7 页。

妻，仍厚遗之。闻者无不感叹。……遂与德言归江南，竟以终老。①

这段文字以凝练生动的笔法讲述"镜与人俱去"的创作背景，对读者了解这首诗的内涵大有帮助。此外，南宋初计有功首创诗歌断代"纪事"之体，他编撰的《唐诗纪事》，以人为纲，较为系统地汇集唐代诗人生平、轶事、具体作品和相关评论，颇具规模，一些诗歌的本事和时代背景得以载录。计有功在自序中明确表示："篇什之外，其人可考，即略纪大节，庶读其诗，知其人。"可知该书的编撰也蕴含着"知人论世"的动机。总之，在撰辑诗歌本事、记载创作背景方面，《本事诗》《唐诗纪事》各有开创之功，后世不少著述也受到它们的影响，如罗隐《续本事诗》、聂奉先《续广本事诗》、叶申芗《本事词》，厉鹗《宋诗纪事》、陈衍《辽、宋、金、元诗纪事》、陈田《明诗纪事》、钱仲联《清诗纪事》等，各自形成有补于"知人论世"之学的撰辑传统。

如果"知人论世"仅仅是一种文学批评的方法，那我们很难想象这种方法具有如此大的魔力，能够笼罩诗文笺注、编年、年谱、传记、本事诗、诗纪事等庞杂的撰著门类。这意味着在诸多撰著形式的背后，应该有一种持续且强大的思想力量。"知人论世"也正是因为有了这一思想力量的支撑，才能被广泛地运用和关注。因此我们必须对"知人论世"背后的思想观念做一番探究。

三 "知人论世"背后的思想观念

说到底，"知人论世"处理的依旧是作品与作者、时代环境的关系问题，而三者的关系与古代文学的生成论、功用论、价值论密不可分。作者在外界环境的触动下生发情思，进而创作出文学作品，这个浅显且基本的创作原理早就被古人所洞悉。"诗言志""情动于中而形于言""气之动物，物之感人，故摇荡性情，形诸舞咏"云云，说的都是这回事。除了部分论者对"语言文学能够传达作者的思想、意志"这个问题予以质疑之外，整体而言，重视时代环境、作者、作品之间的贯通性，是古代文学

① （唐）孟棨等著《本事诗 本事词》，古典文学出版社，1957，第5页。

思想的主流。以"时代环境—作者—作品"为考察维度，不难发现，古人阅读的关注点往往不只停留于作品，因为在作品背后，有作者的精神情感、言行品德，还有政治的隆污、时代的风貌，这些因素吸引了读者的注意力，甚至被认为是阅读作品需要最终关注和把握的东西，文学作品的功能和价值多建基于此。孟子关于"知人论世"的那段文字重点是在讲"交友"，我们虽不否认其中蕴含着文学批评方法层面的意义（即通过了解作者生平经历、创作背景来把握作品内涵），但"通过阅读诗书达到尚友古人的目的"才是这段文字的重点。我们不能说"知人论世"的思想是因为对解读诗歌有帮助，才具有了价值；但可以说诗歌因其有助于读者理解人生、理解世界，从而具有了存在的意义。

古人非常重视文学作品的现实意义和精神指向，从"论世"这个角度来说，文学被当作社会风貌、政治兴衰的反映。此一观念源远流长，《礼记·乐记》便强调"声音之道，与政通矣"，具体而言，则是"治世之音安以乐，其政和；乱世之音怨以怒，其政乖；亡国之音哀以思，其民困"。这段文字之所以被后世文论家反复引用，是因为它揭示出文学与时代环境的关联，且符合古人对文学的历史、社会价值的认定。先秦用诗的实际情况已充分说明赋诗、采诗只是手段，观政才是目的。换句话说，诗歌（文学）的价值之一即在于反映一个时代的社会、政治风貌。在此价值观念的推动下，"诗歌（文学）"及其背后的"事（个人经历、创作背景等）"理所当然地被视为观察特定时代社会、政治风貌的渠道，由此便具有了"史"的性质。比如宋王禧评价《唐诗纪事》，即强调了该书在"论世"方面的历史价值：

> 夫文章与时高下，而诗发于情，帝王盛时，采之以观民风，在治忽。春秋之时，赵孟请赋诗以观郑七子之志，季札请观乐以知列国之风。世之君子，欲观唐三百年文章、人物、风俗之污隆邪正，则是书不为无助。①

---

① （宋）王禧：《唐诗纪事序》，（宋）计有功辑撰《唐诗纪事》，上海古籍出版社，2013，第1页。

从"知人"这个角度来说，文学作品是作者人生经历、思想心态的体现，同时作者又与其时代有着或隐或显的关联。是以阅读诗歌，从小处讲，可见一人、一时之史；从大处讲，可见一国、一代之史。"知人"与"论世"实为不可分割之统一体，把诗歌（文学）当作"史"的一种呈现方式，是"知人论世"蕴含的重要理念。说到这里，不得不提及中国古代的"诗史"概念。

"诗史"一词在六朝时便已出现，沈约《宋书·谢灵运传论》"直举胸情，非傍诗史"就是较早的用例。但引发更多关注的，是唐孟棨《本事诗》中的这段话：

> 杜（甫）逢禄山之难，流离陇蜀，毕陈于诗，推见至隐，殆无遗事，故当时号为"诗史"。①

随着杜甫及其作品在宋代不断受到推崇，"诗史"一词得到的关注也越来越多，直至清朝，论者不绝，故"诗史"的丰富内涵绝非一言两语能够说清。即便如此，我们还是能够确认，通过诗歌来反映个人经历、时代政事，是"诗史"内涵中极为重要的内容。《新唐书·杜甫传》便称杜甫"善陈时事，律切精深，至千言不少衰，世号'诗史'"。当然，在反映时事的同时，诗人的个人行迹也得到了历时性的呈现，这也当属于"诗史"的范畴。比如宋王楙《野客丛书》认为，从记载个人生平这个角度来说，白居易的诗也可称为"诗史"②。为了看清杜甫一生行迹及其与中唐政治的关联，编辑年谱和诗歌编年都成了必要之举。前文已经提到，年谱和诗集编年在宋代开始流行起来，这与宋代"诗史"观念的盛行也不无关系。杜甫年谱、杜甫诗集编年都是较早成书的。清邵长蘅《注苏例言》就说道："诗家编年始于少陵，当时号为诗史。"言下之意，有"诗史"之称的作品最宜编年。邵长蘅还认为除了杜甫之外，

---

① （唐）孟棨等著《本事诗 本事词》，第17页。
② 王楙《野客丛书》："白乐天诗多纪岁时，每岁必纪其气血之如何与夫一时之事，后人能以其诗次第而考之，则乐天生平大略可睹，亦可谓'诗史'者焉。"（宋）王楙撰《野客丛书》卷二十七《白乐天诗纪岁时》，上海古籍出版社，1991，第399页。

苏轼的诗也适合编年，究其原因则是：

> 常迹公生平，自嘉祐登朝，历熙宁、元丰、元祐、绍圣，三十余年，其间新法之废兴，时政之得失，贤奸之屡起屡仆，按其作诗之岁月而考之，往往概见事实，而于出处大节、兄弟朋友过从离合之踪迹为尤详，更千百年，犹可想见。① （邵长蘅《注苏例言》）

清仇兆鳌《杜诗凡例》也说："依年编次，方可见其生平履历，与夫人情之聚散，世事之兴衰。"② 将诗歌编年，是"诗史"意识的一种体现，这也意味着诗歌成了诗人的传记、时代的注脚。属于文学的诗，与属于历史的"人事""世运"便可相互印证，进而形成"诗史互证"的阅读方法。该方法经钱谦益、朱鹤龄等明清学者，刘师培、陈寅恪等近代学者的运用与发扬，影响极广。

总而言之，中国古代的史学异常兴盛，史学思维根深蒂固，因此人们看待文学作品，也时常带着"史"的眼光。人们或从作品中找寻历史信息、政治语境，或通过年谱、编年呈现诗歌的历史面貌，或引入"史诗互证"的解读和研究方法，这些举措无一不在扩张着"知人论世"的运用领域，同时也塑造了我们看待文学和文学史的基本模式。这在我们的文学史教材、文学史课堂中也时常能见到。讲述一个作家、一部作品，首先要从时代环境、社会背景、作家生平经历、思想心态入手。没有这个环节，我们似乎就觉得对诗人、诗歌的解读是空中楼阁，无历史实据可依。可见，人们对文学现实价值的认定，以及"重史"的观念使得"知人论世"方法保持了长久的生命力。

关于孟子"知人论世"的那段话，还有一层含义需要注意。结交当世之友尚且要以"善士"为标准，结交古人也当如此。故"知人论世"中的"知人"应该有德行、品行层面的内涵。换句话说，"知人"的重点不仅在于知其生平，更在于知其德行、品行、精神、气质。文学作品所呈

---

① （宋）施元之原注，（清）邵长蘅删补《施注苏诗》，《景印文渊阁四库全书》第1110册，第53页。
② （清）仇兆鳌注《杜诗详注》，第22页。

现的内容、情感、思想，以及作品背后的创作故事都为读者了解作者的精神品质提供了有效的渠道。以道德、品行为本，以文辞为末，这一发端自先秦的文学观念影响深远。在中唐柳冕、韩愈、柳宗元等人提倡"文以明道"之后，人们对作品背后的品德道义愈发关注。宋代理学兴起，提倡理道，鄙薄文辞之论更是不绝于耳。这些观念不断强化着以下意识：读诗书（文学作品）的目的在于知人，而不在于纯文学层面的鉴赏。诗文集序在这方面表现得非常明显。宋代诗文集的编撰盛行，请人为诗文集作序的情况也极其普遍。考察一番，不难发现，有相当一部分序文丝毫不重视诗文作品在文学艺术上有多成功，文辞有多美，甚至直接提醒读者不要把诗文集简单地当成文学作品，也不要把作者简单地当成文人、诗人，反而强调读者应当透过作品看到作者的功业、德行。所以诗文集序大都秉持"介绍作者生平经历、气质个性，以及推介作品"这一"知人论世"的写法，"观其文而知其人"也蕴含着古代读书人心中的文学价值观。

再以杜甫为例，古人推尊杜甫，称其作品为"诗史"，除了杜诗反映个人经历、时代政事之外，还在于杜诗塑造了一个忠君爱国、心怀天下的仁者形象。苏东坡就说：

> 子美自比稷与契，人未必许也。然其诗云："舜举十六相，身尊道益高。秦时用商鞅，法令如牛毛。"此自是稷、契辈人口中语也。又云："知名未足称，局促商山芝。"又云："王侯与蝼蚁，同尽随丘墟。愿闻第一义，回向心地初。"乃知子美诗外尚有事在也。①

所谓"诗外有事"，一方面表明杜诗对现实事件的反映，另一方面也透露出杜甫关注现实，志不忘君的品格。读杜诗的目的在于感知杜甫其人之魅力，笺注杜诗自然也应当围绕这一"读诗知人"的目的来进行，清张榕端《施注苏诗序》以杜甫、苏轼为例，针对如何注诗、读诗发表了一通见解，所论颇为精到。

---

① （宋）苏轼撰《苏轼文集》卷六十七《评子美诗》，孔凡礼点校，第 2105 页。

后之学者因注而得其诗，因诗而得其人，毋沾沾焉考《尔雅》之鱼虫，拾《离骚》之香草，为夸多斗靡之具也。夫少陵自许稷契，志不忘君；东坡忠规谠论，挺挺大节。其人皆百世之师，光焰万丈，不可磨灭，所谓诗外尚有事在者，资其言语文章，以为高山景行。①

仇兆鳌《杜诗详注序》主张阅读杜诗时，关注点不要停留在"字句工拙"的层面，而是要"知其人""论其世"：

宋人之论诗者，称杜为"诗史"，谓得其诗可以论世知人也。明人之论诗者，推杜为诗圣，谓其立言忠厚，可以垂教万世也。②

在仇兆鳌看来，会读杜诗的人能够"得作者苦心于千百年之上，恍然如身历其世，面接其人"。以上所述，无非是通过"知人论世"的方法和理念告诉我们，文学作品不应当被孤立地看待，在作品背后站着一个有血有肉的人，还有一个活生生的时代，这是文学创作的生命之源，也是文学阅读的旨归。

四 "知人论世"的优点与问题

我们还是回到作为文学批评方法的"知人论世"上面来。从读者的角度来说，"知人论世"可弥补"以意逆志"之不足，在帮助读者弄清作者创作意图的同时，还能够将诗歌所抒发的情感落到实处。道理很简单，就像只有了解了乌台诗案，才能对苏轼"与君世世为兄弟，又结来生未了因"有深层的情感体会；知道了王安石的女儿夭折，才会准确感知"今夜扁舟来诀汝，死生从此各西东"所蕴含的伤痛。从前文列举的《王风·黍离》《卫风·氓》等例子中，也能看到这一点。清代的阎若璩明确表示："以意逆志，须的知某诗出于何世与所作者何等人，方可施吾逆之

---

① （宋）施元之原注，（清）邵长蘅删补《施注苏诗》，《景印文渊阁四库全书》第 1110 册，第 50 页。

② （清）仇兆鳌注《杜诗详注》，第 1 页。

之法……不然空空而思，冥冥以决，岂可得乎？"①（《尚书古文疏证》）查找材料以了解作者生平经历、创作背景，总比对着诗歌空想要好。阎若璩还列举了两个颇有意思的例子，这里借用之，并稍做申说。

对于有的诗歌，读者仅根据内容就能猜到诗人的创作意图，如"晓妆初罢眼初睊，小玉惊人踏破裙。手把红笺书一纸，上头名字有郎君"，即使掩盖掉题目姓名，读者也能猜到是妇人喜其夫登第之作。但对于某些诗歌，仅凭其内容非但不能把握其创作意图，甚至还会导致某种误解。比如"洞房昨夜停红烛，待晓堂前拜舅姑。妆罢低声问夫婿，画眉深浅入时无"，从内容上看，这首诗是描写夫妇新婚的美好场景，乃典型的闺阁之语。直到看了题目《近试上张籍水部》，才知是诗人朱庆馀向水部员外郎张籍行卷的作品。唐人行卷带有非常明确的求名、求仕的目的，总希望得到对方的首肯。如此一来，"妆罢低声问夫婿，画眉深浅入时无"所要讲的就不是表面意思。诗人自比为闺阁中的女子，同时将张籍比之为夫婿，这两句等于是在问张籍："您看看我的作品怎么样，能不能考上科举？"之后张籍回赠了一首《酬朱庆馀》，手法跟朱庆馀《近试上张籍水部》差不多："越女新妆出镜心，自知明艳更沉吟。齐纨未是人间贵，一曲菱歌敌万金。"张籍这首诗借用对越女的赞美（朱庆馀恰巧也是越州人），来表达对朱庆馀及其作品的认可，也暗示朱庆馀不要为考试担心。

朱庆馀的例子再次说明了这个道理：诗歌是否运用了某种隐喻，需要依据具体创作背景来判断。忽视创作背景，可能产生两种结果，一是发现不了诗歌的隐喻，对诗歌的解读停留于表层；二是把本没有隐喻的作品强加上隐喻，有穿凿附会之嫌。言在此而意在彼，这是古代诗歌中极其常见的表达方式，"知人论世"的好处就在于能透过作者的"在此之言"，获知其"在彼之意"。正如清毛奇龄《白鹭洲主客说诗》所说："风人之旨，意在言外，故言不足以尽意，必考时论事，而后知之。"②

理论上说，"知人论世"是一个完美的文学作品解读方式，因为任何作品，不论是真情流露，还是无病呻吟、矫揉造作、虚假捏造，一旦考察

---

① （清）阎若璩撰《尚书古文疏证》卷五下，上海古籍出版社，2010，第303～304页。
② （清）毛奇龄撰《白鹭洲主客说诗》，《续修四库全书》第61册，第410页。

到真实的创作背景，那隐藏得再深的创作动机都昭然若揭。然而，实际情况却远不如人意。供以"知人论世"的材料是否充分和真实可靠，这是一个问题；材料所提供的的信息与诗歌作品的思想内容是否融合，这也是一个问题；还有，我们能否把所有作品都当成作者生平经历和思想的记录，这更是一个关乎"知人论世"有效性的根本问题。下面将从这三个角度举例说明。

首先，查找与作品创作直接相关的材料，以获知作者的创作意图和作品内涵，是"知人论世"最为常规的做法。这必然暗含两点要求，即材料要充分、要真实。事实上，对于中国古代的大量作品，我们并不能获取充分的创作信息，比如李商隐的无题诗。有的诗歌，我们甚至连作者是谁都不知道。对于这些作品，"知人论世"方法的运用受到了极大的限制。即便找到诗歌的创作信息，仍须注意，信息的真实度直接影响我们对诗歌创作意图的判断。探求文学创作的历史原貌，这一动机当然能够促进诗歌本事的记载与传播，但另一方面，很多诗歌的本事具有极大的趣味性和情感浓度，是文人喜闻乐见的故事，在道听途说、以资闲谈的过程中，很多不实的东西便会掺杂进来，甚至连整个本事都是编造、附会出来的。比如，本章第一部分提到苏轼的《卜算子》（缺月挂疏桐），这首词当是作者被贬黄州后为表达孤寂之情而作，鲖阳居士却根据物象隐语对其作了一套穿凿附会的解读。按理来说，寻找该词的本事，再作一番"知人论世"的分析，当能纠正穿凿附会之偏。但宋人记载的该词的本事都很可疑。吴曾《能改斋漫录》说这首词是苏轼为他所倾心的王氏女子而作，还言之凿凿，说这是张耒被贬黄州后，从苏东坡朋友潘大临那里得知的。李如箎《东园丛说》讲得更详细生动，说苏轼少年时经常熬夜读书，邻家女子曾偷听他读书。女子"一夕来奔，苏公不纳"，于是二人约定等苏轼登第之后再来娶她。但苏轼登第做官后，娶了他人为妻。过了很久，苏轼打听邻家女嫁给了谁，最后才得知女子一直遵守之前的约定，未嫁而死。作者认为《卜算子》就是因此事而作，还指出"时有幽人独往来，缥缈孤鸿影"讲的就是这个邻家女。故事讲完之后，李如箎也强调自己的信息来源可靠，说是他小时候听苏辙的女婿王俊明讲的。王楙《野客丛书》则记载苏轼《卜算子》的创作地不是黄州，而是惠州白鹤观，且故事内容又有了变化：

惠有温都监女，颇有色，年十六，不肯嫁人。闻东坡至，喜谓人曰：此吾婿也。每夜闻坡讽咏，则徘徊窗外。坡觉而推窗，则其女逾墙而去。坡从而物色之，温具言其然。坡曰：吾当呼王郎与子为姻。未几，坡过海，此议不谐，其女遂卒，葬于沙滩之侧。坡回惠日，女已死矣。怅然为赋此词。①

王楙最后说这个故事是听广人蒲仲通讲的，同时也表示"未知是否"。第一则故事过于简略，另外二则虽均把《卜算子》的本事演绎成男女情感故事，但对象、情节都有差别。以"求真"的眼光来看，只有两种可能：要么两则故事全是编造，要么最多只有一则反映的是真实情况（我们并不能辨别哪一则是真实的）。

因此"知人论世"方法的运用不得不面临材料的真实性问题。通过文献的爬梳和详密考索来探究本事的真实性，进而推动"知人论世"的运用，当然是必要之举。而不真实的本事之所以能传播，很大程度上是因为这些故事具有趣味性，符合人们的接受心理。苏轼作为北宋的名人，其逸闻趣事必定受到大家欢迎。我们现在完全能够想象以上两则故事被当作有趣的谈资，在宋代文人中传播的场景。到了清初，苏轼与温氏女子的故事更被戏曲家谢士骥演绎成杂剧《情文种》。可见，虽然"知人论世"重视文学作品作为"史"的性质，但本事的产生与传播却未必符合"史"的要求。本事能够将诗歌所表达的情感明确下来，寻找诗歌情感归属的阅读心理甚至影响着读者对本事的寻求。比如陆游著名的词作《钗头凤》（红酥手），经吴熊和考证②是陆游寓居成都时的冶游之作，后人却将其安插到陆游与唐婉不幸婚姻的创作背景中来。这样的处理增强了《钗头凤》的情感厚度，满足了读者的心理需求，词作与故事相互成全，获得了极大的传播力。表面上看，这是"知人论世"，但实际上它已经超出"知人论世"的范畴了。

其次，"知人论世"并不是说把本事找出来就行了，它还需要结合本

---

① （宋）王楙撰《野客丛书》卷二十四《东坡卜算子》，第354页。
② 参见吴熊和《陆游〈钗头凤〉词本事质疑》，吴熊和《唐宋词通论》，商务印书馆，2003，第439~446页。

事及相关创作背景对作品的内涵进行阐释。在没有可靠材料支撑的情况下，读者对创作背景的探寻就带有一定的主观性。加之文学作品（特别是诗词）的含蓄、模糊和多义，创作背景与作品内容、思想也未必融合。创作背景（本事、相关背景材料）与作品之间存在主观阐释的空间。这都会导致"知人论世"可靠性和有效度的降低。比如李商隐有一首《东阿王》诗：

　　　　国事分明属灌均，西陵魂断夜来人。君王不得为天子，半为当时赋洛神。①

　　东阿王即曹植，全诗大意如下，首句说国家大事都操纵在曹丕亲信手里，曹植受到排挤打击（灌均是曹丕亲信，曾上奏说曹植"醉酒悖慢，劫胁使者"）；第二句说曹植被曹丕贬废，魏武帝曹操虽长眠地下，也会因此而悲伤。第三、四句说曹植不能继任天子之位，有一半的原因是写作了《洛神赋》。整体看来，这首诗抒发了李商隐对曹植遭遇的叹息与感慨，属于咏史诗的范畴。但是，稍作留意就会发现，曹丕在建安二十二年（217）就当上了世子，而曹植《洛神赋》作于曹丕当上皇帝之后的黄初三年（222）。《东阿王》后两句明显不符合历史事实。可推测，李商隐这样写不是为了总结历史，而是有借古喻今之意。清吴乔《西昆发微》考虑到李商隐的生平经历，据此认为："后二语似有悔婚王氏之意。夫妇不及十年，甥舅不满一年，而竟致一生颠踬，此种情事，出于口则薄德，而意中不无展转，故以不伦之语志之乎？"② 李商隐身处牛李党争旋涡之中，还娶了李党成员王茂元的女儿为妻，由此受到牛党的打压，郁郁不得志。按吴乔之意，李商隐此时感到自己因与王氏成婚而一生困顿，但后悔之意不好明言，于是借用"君王不得为天子，半为当时赋洛神"这句诗表达出来。若相信吴乔的说法，那这两句诗中，"赋洛神"就暗指娶王氏为妻，"君王不得为天子"则暗指李商隐自己仕途不顺。阎若璩不但相信了

---

①　（清）冯浩笺注《玉谿生诗集笺注》卷三《东阿王》，上海古籍出版社，1979，第629页。
②　（清）吴乔撰《西昆发微》卷下《东阿王》，《四库全书存目丛书》集部第10册，第154页。

这种说法，还对吴乔的解读大加赞扬，认为其是"知人论世"的典范，"盖原知义山之人之事，方得是解"①。此外他还补充了一条"证据"：认为"国事分明属灌均"是暗指令狐绹（牛党成员）当国。显然，吴乔的阐释是在"知人论世"的方向上进行的，但其中的问题也很明显。张采田《玉谿生年谱会笺》就指出："以君王、天子自比，愚意终未觉安，且以灌均比令狐，亦不妥。"② 既然吴乔可以将李商隐娶王氏的经历附会到《东阿王》上，那读者也可以将李商隐的其他经历、见闻附会到《东阿王》上。由此可见，在材料不足、作品文辞隐晦的情况下，"知人论世"就不能够保证结论的正确。张采田参考了对《东阿王》多种"知人论世"的解读，发现都有问题，最后只能感叹："窃谓不如阙疑，或直作咏古看，无庸深解也。"③

最后，"知人论世"倾向于将文学作品视为对作者经历和思想的反映，即从作者生平经历的角度来观照作品，并通过作品来印证、充实作者的经历和思想，这一解读方法相当于把作品当成作者的"自传"。自传性的解读非常契合"知人论世"之旨，但问题是，古人的作品都适合作自传性的解读吗？答案显然是否定的。刘勰就说过古人作文有"因情而造文"和"为文而造情"两种情况，场合应酬、模拟写作、随意创作所带来的"为文而造情"的作品未必是对作者个人经历、遭遇的反映。比如，词就是具有一定虚构性的文体，它时常是作者在宴会上为了宴饮娱乐而作，有的可能相当于行酒令。词人一旦进入此类场合，基本会选择闺情这一传统题材，进行程序化的书写和表达，创作出的词作也跟个人生活经历完全没有关联。在这种情况下，自传性的解读反倒阻碍了我们对创作原貌的把握。

以李煜为例，我们一般以南唐灭亡为界限，将李煜的人生分为两个阶段，第一个阶段的李煜，生活优越，所作的词多表达欢愉之情；第二个阶段的李煜，处境凄惨悲苦，所作的词多愁闷之语。根据人生经历对李煜词作进行划分和解读，这忽视了词的程序化写作特性和虚构性。比

① （清）阎若璩撰《尚书古文疏证》卷五下，第 304 页。
② 张采田撰《玉谿生年谱会笺》卷四，上海古籍出版社，2010，第 205 页。
③ 张采田撰《玉谿生年谱会笺》卷四，第 205 页。

如李煜有一首《临江仙》：

> 樱桃落尽春归去，蝶翻金粉双飞。子规啼月小楼西，画帘珠箔，
> 惆怅卷金泥。
> 门巷寂寥人去后，望残烟草低迷。①

　　词作中"春归""子规""惆怅""寂寥""烟草低迷"等语让读者感受到诗人所处的凄凉的场景及其愁闷的心绪，进而引导读者将词作与李煜人生最后几年的悲惨境遇相联系，于是词中的物象都成了亡国的象征。北宋蔡絛《西清诗话》（成书于北宋末期）便判定这首词作于公元 975 年南唐都城金陵被围困之时。词还未写完，都城已被攻破，因此第二阕缺了三句。蔡絛还说自己曾见到残稿"点染晦昧"（字迹潦草），认为是城破之时"心方危窘，不在书耳"②。这一说法很容易被否定，因为金陵围城是在六月，城破之时是十一月，在时间上都与"春归"相距甚远。但这并不妨碍人们将《临江仙》附着在李煜的人生经历之中，对其作自传式的解读。与蔡絛差不多同时的康与之补足了《临江仙》缺失的三句："闲寻旧曲玉笙悲，关山千里恨，云汉月重规。"③ 这三句不但把原词的境界扩大了（特别是"关山千里"一语），还蕴含着深切的故国之思。可以想见，康与之是把《临江仙》当作李煜亡国后的作品来理解的。此后，南宋陈鹄《耆旧续闻》驳斥了蔡絛"《临江仙》缺了三句"的说法，依据是他自家所藏的李煜手稿。据文中所言，这个手稿是由南唐一位官员传下来的，后来传到了他岳父手中。《耆旧续闻》抄录《临江仙》全篇，最后三句为："炉香闲袅凤凰儿，空持罗带，回首恨依依。"④ 这三句契合了原作所表达的闺情主题，当为李煜《临江仙》的原文。
　　李煜《临江仙》的例子说明人们习惯了这种自传性的解读方式，但

---

① 王仲闻校订《南唐二主词校订》，中华书局，2007，第 19 页。
② （宋）蔡絛撰《西清诗话》卷中，张伯伟编校《稀见本宋人诗话四种》，江苏古籍出版社，2002，第 204 页。
③ （宋）赵闻礼辑《阳春白雪》卷三《瑞鹤仙令》，《续修四库全书》第 1728 册，第 322～323 页。
④ （宋）陈鹄撰《耆旧续闻》卷三，《景印文渊阁四库全书》第 1039 册，第 600 页。

倘若这首词只是李煜在妓宴唱和时所作,词作中的角色和场景都是虚构的,并不反映个人的人生体验,那自传性解读便会给读者带来误解、曲解。再如,我们已经习惯将李清照《一剪梅》(红藕香残玉簟秋)、《凤凰台上忆吹箫》(香冷金猊)等词作当作她与赵明诚之间的情感表达,学者们以各种方式推测赵、李二人分离的时间,并由此给李清照的词作系年。艾朗诺在一篇题为《赵明诚远游时为什么不给他的妻子李清照写信》① 的文章中提出另一种可能,即此类词作属于程序化的写作,其抒情主人公不是李清照自己,而是她虚构出来的形象。虽然该说法因没有充分证据而不能坐实,但至少提供了一个有利的视角,让我们看到这种自传式的作品解读不是放之四海皆准的通则。

以上三方面只代表"知人论世"在实际操作层面会遇到的问题,而没有否定或推翻这一基本的文学批评方法。反过来说,只有清楚了如何合理使用"知人论世"这把"手术刀"来解剖古代文学作品及相关材料,才能对这个批评方法的实际价值予以准确的判断。

五 作者权威与诗无达诂

"以意逆志""知人论世"都围绕着一个主旨,即通过对本事的钩沉、文意的分析,来探求作者是在什么环境和事件的触动下创作作品,又希望通过作品表达什么思想、情感。这里暗含着一个基本的认识,即作者创作出作品,那作品的最终解释权理应归属于作者。倘若作者已死,那后人对作品的解读就缺少了最为权威的审判官,这会导致读者的解读各不相同,甚至自以为是,互不服气。宋蔡梦弼《杜工部草堂诗话》记载了苏轼的一则趣闻:

> 东坡苏子瞻《诗话》曰:仆尝梦见人云是杜子美,谓仆曰:"世人多误会予《八阵图》诗'江流石不转,遗恨失吞吴'。世人皆以谓先主武侯皆欲与关羽复仇,故恨不能灭吴,非也。我意本谓吴蜀唇齿

---

① 见《中国文学研究》第十一辑。该文也见于〔美〕艾朗诺《才女之累:李清照及其接受史》,夏丽丽等译,上海古籍出版社,2017。

之国，不当相图，晋之所以能取蜀者，以蜀有吞吴之意，此为恨耳。"①

宋人时常有梦中得诗句、梦中见到前辈诗人的故事。杜甫托梦给苏轼，指出世人误解了"江流石不转，遗恨失吞吴"这句诗，并告知诗句的本意。撇除迷信的眼光，苏轼的梦只是苏轼内心所想，与杜甫无关。但这则趣闻却透露出这样一种目的：凭借作者的权威来纠正后人对诗句的误解，平息各种言论的纷争。除了读者希望探究作者之意，并想出各种方法去达成这一目的（前文已经提及）之外，作者有时候也希望自己的创作意图通过作品顺利传达给读者。"自注"就是作者为此采取的比较合理的方法。自注首先出现于史书，谢灵运为自己的《山居赋》作注是诗赋类作品最早自注的例子。唐代诗歌自注逐渐增多，王维、高适、岑参、李白、杜甫、韦应物、刘长卿等诗人都有自注。有的自注直接标明创作背景，如刘长卿《送宇文迁明府赴洪州张观察追摄丰城令》，自注云："时长卿亦在此州（洪州）。"有的直接说明创作动机，如白居易《燕诗示刘叟》，自注："叟有爱子，背叟逃去，叟甚悲念之。叟少年时，亦尝如是。故作《燕诗》以谕之。"有的直接阐明句意，如元稹《酬翰林白学士代书一百韵》中"翰墨题名尽，光阴听话移"一句，自注："乐天每与予游从，无不书名屋壁。又尝于新昌宅，说一枝花话，自寅至巳，犹未毕词也。"宋代以后，自注的情形更为普遍。自注为读者了解作者的创作意图提供了最为可靠的第一手材料，在文学作品解读中的权威性不言自明。

建立作者的文本阐释权威有一个前提，即文学创作要有明确的作者意识且受到关注。回顾古代文学史，能看到作者意识的形成与强化经历了一个漫长的过程。《诗经》中的作品绝大多数找不到作者，先秦"赋诗言志"无视原诗本意，"为我所用"的随意发挥更是削弱了诗歌的作者意识。汉儒对《诗经》的解读看似运用了孟子"知人论世""以意逆志"之法，但实际还是未能脱离读者的主观立场（政治伦理）。《毛诗》就是典型例子，它不顾原诗本意，一律从道德、教化角度分析诗歌，招致后人

---

① （宋）蔡梦弼撰《杜工部草堂诗话》卷二，丁福保辑《历代诗话续编》，第210页。

批评。这在一定程度上也反映出汉儒的态度：学诗者可以根据自己的立场和文化语境来对诗歌进行阐释。董仲舒《春秋繁露·精华》"《诗》无达诂"说的就是这层意思。对于这句阐释学名言，有两点要注意：第一，"《诗》无达诂"专门针对《诗经》而发，意指《诗经》没有固定、共通的解释；第二，"《诗》无达诂"还是偏向于道德伦理层面的解读（这与汉儒解诗的思路相契合），而不是说对《诗经》可以做毫无限定的随意阐释。然而，董仲舒的这一提法却为后人突破作者的权威阐释提供了思路，特别是在宋代之后，不少人强调读者的体悟与发挥，进而取消了上述两点限制，从"《诗》无达诂"发展为"诗无达诂"。用清代谭献《复堂词录自叙》中的话来说，"作者之用心未必然，而读者之用心何必不然"。总而言之，作者权威和读者立场始终是两个相互纠缠的问题，同时也是把握古代文学思想的重要线索。

推荐阅读及参考文献：

1. 张伯伟：《中国古代文学批评方法研究》，中华书局，2002。

2. 刘明今：《中国古代文学理论体系：方法论》，复旦大学出版社，2000。

3. 周裕锴：《中国古代阐释学研究》，上海人民出版社，2003。

4. 张晖：《中国"诗史"传统》，生活·读书·新知三联书店，2012。

5. 郭英德：《"知人论世"的古典范式与现代转型》，《探寻中国趣味：中国古代文学之历史文化思考》，商务印书馆，2017。

6. 〔美〕艾朗诺：《赵明诚远游时为什么不给他的妻子李清照写信?》，《中国文学研究》（第十一辑），中国文联出版社，2008。

7. 刘明华、张金梅：《从"微言大义"到"诗无达诂"》，《文学遗产》2007年第3期。

8. 〔日〕浅见洋二：《文学的历史学——论宋代的诗人年谱、编年诗文集及"诗史"说》，《距离与想象：中国诗学的唐宋转型》，金程宇、〔日〕冈田千穗译，上海古籍出版社，2013。

9. 魏娜：《论唐诗自注与情蕴的关系》，《文艺理论研究》2013年第4期。

10. 孙承娟：《亡国之音：本事与宋人对李后主词的阐释》，卞东波译，《文学研究》2015年第2期。

11. 宋学达：《宋人词本事书写的虚构现象及其反思》，《北京社会科学》2020年第12期。

第四章
"言""象""意"与中国古代文学思想

> 有物混成，先天地生。寂兮寥兮，独立而不改，周行而不殆，可以为天地母。吾不知其名，强字之曰道，强为之名曰大。①

老子西出函谷关前，在关令尹喜的强烈要求下作了五千言。其中有一句"道可道，非常（恒）道"，用白话来说就是"能用语言表达的东西，都不是真理（道）"。可以猜测，老子其实不愿意作这五千言，被逼无奈，他只好写了这篇心得体会，并且明确表明这五千言可能是一篇"无用之言"。换句话说，他在讲一个他根本讲不出来的真理。开头所引那段话也说明：老子连自己要表达的"那个东西"叫什么名字都不知道，只能非常粗暴地取了个名字——"道"。那么问题来了，万一老子要表达的"那个东西"不叫"道"怎么办？老子描述"那个东西"用的很多语言（如无为、独立不改）都不能真正反映"那个东西"的真实状态怎么办？我们从《道德经》中理解的那个"道"不是老子要说的那个"道"怎么办？老子《道德经》的写作态度是审慎的，甚至是有疑虑的。疑虑的关键就在于，老子认为语言文辞不能够传达"道"。

扩而言之，符号是我们认识和建构这个世界最主要、最基本的工具。但我们在运用符号的时候，也会伴随着这个疑问：符号是否能反映世界，我们能相信这些通过感官传达的、外在的符号吗？如果将人们口头表达出来的和落实到纸面上的符号统称为"言"，将人们想要表达的东西统称为

---

① 陈鼓应：《老子注译及评介》，中华书局，1984，第163页。

"意"（这个"意"可以是宇宙之"道"，外物之"理"，内心之"情"等），那"言"是否能尽"意"，又能在何种程度上尽"意"，如何能让"言"更好地达"意"，如何看待"言"所未尽之"意"，成为传统学术无法回避的系列问题。儒家、道家、佛家以至于中国传统文化的一些重要思想、主张就在"言""意"之间展开。这不仅涉及传统的学术思想，还涉及古代的文化风貌、审美心理。

一　立象以尽意：卦与文字

孔子的"辞达而已矣"（《论语·卫灵公》）说得挺轻松，仅日常交流倒是没问题，但涉及玄之又玄的话题时，人往往做不到"辞达"，而只会嫌自己嘴笨。因此孔子不太探讨玄妙高深或者怪力乱神的话题，即便面对此类话题，他也会避免其走向高深莫测的玄学。《周易·系辞》中有以下一段关于孔子的言论：

> 子曰："书不尽言，言不尽意。"然则圣人之意，其不可见乎？子曰："圣人立象以尽意，设卦以尽情伪，系辞焉以尽其言，变而通之以尽利，鼓之舞之以尽神。"①

《周易·系辞》大概产生于战国时期，故上文引号中的内容是否真为孔子之言，难下定论。不过，认为"《周易·系辞》体现了战国时期儒者对《易》的理解"，当是可以成立的。"书不尽言，言不尽意"看似与老子"道可道，非常道"观念相近，实则有根本差异。老子重在强调"道不可言传"（或曰"言不可传道"），直接切断了"道"与"言"之间的关联。而"言不尽意"，必须建立在承认"言可达意"的基础上。若像老子否定"言可传道"那样直接否定"言可达意"，那就根本不可能得出"言不尽意"的结论。这里的"言"指的是语言，按孔颖达的解释，"书不尽言"是因为各地语言不同，有的地方只有语言没有文字，所以不能全部用文字记录下来。孔颖达又说："意有深邃委曲，非言可写，是'言不尽意'也。"这透

---

① 周振甫译注《周易译注》，中华书局，1991，第 249 页。

露出一个最基本的认识，即"意"分为两类：一类浅显明晰，可以用言辞直接传达；一类深邃委曲，难以甚至不能用言辞表现。"圣人之意"大都是"深邃委曲"的，是以接下来有"圣人之意，其不可见乎"之问。

从答语可以看出，孔子认为"圣人之意"能通过《周易》的符号和阐释系统表达出来，"立象以尽意"是其中最核心的一句。很明显，"立象"所尽之"意"即"圣人之意"，圣人能领会天地之道，故"立象以尽意"之"意"与"道"相通。该过程可描述为：圣人领会天地之"道"，将"道"内化为心中的"意"，并通过"象"表达出来。至于何为"象"？《周易·系辞》云："天垂象，见吉凶，圣人象之。"前一个"象"指"形象"，后一个"象"乃"效法"之意。古人对自然规律、奥秘的了解只能通过他们观测到的天地万物之"象"来进行。于是"象"被赋予了"蕴含天地规律和奥秘"的重要意义，进而被当作推究自然和人世奥秘的基本工具和媒介，成为《周易》阐释系统的基础。《周易·系辞》云："圣人有以见天下之赜，而拟诸其形容，象其物宜，是故谓之象。""赜"乃深奥、玄妙之意。朱熹《周易本义》解释："象，卦之象。"古人将诸多重要且基本的"象"分为八类，各属八卦之中的一卦，即成"卦象"。《周易》如何运用卦象达意？这里稍作介绍。

阴阳是滋生宇宙万物的两个基本元素，《周易》用"—"表示"阳"，称作"阳爻"；用"--"表示"阴"，称作"阴爻"。又因为九为阳数，六为阴数，故用"九""六"分别表示"阳爻""阴爻"。三个"爻"叠加，形成八卦。关于八卦所对应的"象"，《说卦》多有罗列，如"乾为马，坤为牛，震为龙，巽为鸡，坎为豕，离为雉，艮为狗，兑为羊""乾为首，坤为腹，震为足，巽为股，坎为耳，离为目，艮为手，兑为口"等。而最主要的"象"有"天""地""雷""风""水""火""山""泽"八个，其对应关系如表4-1。

表4-1 八卦卦画、卦名及对应的象

卦画	☰	☷	☳	☴	☵	☲	☶	☱
卦名	乾	坤	震	巽	坎	离	艮	兑
象	天	地	雷	风	水	火	山	泽

《周易·系辞》说："八卦成列，象在其中矣。因而重之，爻在其中矣。"两个八卦相叠（也就是六个爻相叠），形成六十四卦。古人解卦依靠的主要是八卦及爻所代表的"象"。《周易·系辞》所谓："爻象动乎内，吉凶见乎外。"如泰卦（䷊），上面为坤（☷），下面为乾（☰）。坤代表"地"，乾代表"天"。天地颠倒，似乎是不好的卦象。但《周易》关注的是变化与交感，地在上面，天在下面，天地交接，万物才能生长，故《象辞》说："天地交而万物通也，上下交而其志同也。"相反，否卦（䷋），天在上面，地在下面，"天地不交而万物不通也，上下不交而天下无邦也"（《象辞》）。这是通过六十四卦中上下两个八卦的卦象关系来阐发道理。此外，每一爻也有其对应的象和意涵。如"乾卦"（用爻除外）：

乾

〔卦辞〕元亨，利贞。

〔爻辞〕初九，潜龙，勿用。

九二：见龙在田，利见大人。

九三：君子终日乾乾，夕惕若。厉，无咎。

九四：或跃在渊，无咎。

九五：飞龙在天，利见大人。

上九：亢龙，有悔。[1]

"爻辞"是对每一爻的解释，乾卦爻辞的基本象征物是龙。从初九到上九，象征着龙位置的变化，也象征着君子地位的变化。"初九"是地位最低的时候，故云"潜龙，勿用"，即收敛锋芒、韬光养晦。孔颖达《周易正义》曰："圣人虽有龙德，于此时唯宜潜藏，勿可施用，故言'勿用'。"《周易正义》还用刘邦举了个例子："汉高祖生于暴秦之世，唯隐居为泗水亭长，是'勿用'也。"往上一级，至"九二"，"见龙在田"，犹如圣人"久潜稍出"，"利见大人"。九三、九四也是表示逐渐上升的态势，此处不细论。"九五"才是最好的正位，"飞龙在天"，犹如"圣人有

---

[1] 周振甫译注《周易译注》，第1页。

龙德居在天位，则大人道路得亨通"（《周易正义》）。按道理，最上面一层（"上九"）才是顶峰，才是最好的状态，但《周易》看的不是当前的状态，而是变化发展的态势。到达顶峰之后便是走下坡路，如月盈则亏，"盈不可久"，所以是"亢龙，有悔"。

《周易》"十翼"有《象传》若干则，以"象"为名，大概是因为"象"在《周易》中具有基础性意义。《象传》可分为两类，一类是对卦的说明，即先解释上下卦的卦象，然后从卦象推演出它的象征意义。如"观卦"（坤下巽上），坤为地，巽为风，《象》曰："风行地上，观。先王以省方观民设教。""升卦"（巽下坤上），巽为木，坤为地，《象》曰："地中生木，升。君子以顺德，积小以高大。""丰卦"（离下震上），离为电，震为雷，《象》曰："雷电皆至，丰。君子以折狱致刑。"另一类是对各卦六爻爻象的解释，列于爻辞之后，主要根据卦象、爻位等分别阐释卦中六则爻辞的象征意义。如"乾卦"，《象》曰：

"潜龙勿用"，阳在下也。

"见龙在田"，德施普也。

"终日乾乾"，反复道也。

"或跃在渊"，进无咎也。

"飞龙在天"，大人造也。

"亢龙有悔"，盈不可久也。①

窥一斑而知全豹，通过以上几个例子可以看到，《周易》力图用六十四卦的符号系统和解释系统来囊括人们对宇宙、社会的认识。正所谓"《易》与天地准，故能弥纶天地之道"（《周易·系辞》）。同"言不尽意"一样，"立象以尽意"的"意"也包含了"浅显明晰"和"深邃委曲"两个层面。由前面的分析可知，《周易》传达的不少道理还是"浅显明晰"的，"深邃委曲"更多地体现在易卦占卜、预示未来、"通神明之德"等方面。"立象以尽意""设卦以尽情伪""系辞焉以尽其言"呈现

① 周振甫译注《周易译注》，第3页。

出《周易》阐释系统逐步完善的序列，即"意"—"象"—"卦"—"言辞"。将天地、人世之"意"用"象"形容出来，然后落实到卦画之上，最后用言辞（包括卦辞、爻辞等）予以阐释。

"立象以尽意"虽是针对《周易》的阐释系统来立论的，但它反映的却是先秦以来人们观照、把握天地宇宙的基本思维模式。也就是说，"象"成为古人把握宇宙万物的一种重要方法。汉字的发展同样体现了古人的"象"思维，六书中"象形""指事""会意"所要处理的均是符号（象）与物（意）之间的关系。《周易·系辞》说伏羲氏"仰则观象于天，俯则观法于地，观鸟兽之文，与地之宜"，于是作了八卦。汉字的产生也经历了与八卦一样的"观象"过程。许慎《说文解字叙》说仓颉见"鸟兽蹏迒之迹"而造字，《淮南子》《论衡》都有相似的记载。汉代的纬书说得更神奇，如《孝经援神契》曰："奎主文章，苍颉效象洛龟，曜书丹青，垂萌画字。"[1] 《河图玉版》："灵龟负书，丹甲青文以授之（仓颉）。"[2] 这些传说都在说明，文字的产生不是纯个人的独创性行为，而是基于对万物之象、对天地神理的效仿。

传说未必可信，但它能反映古人对文字源头神圣性的认识。在人类文明早期，原始信仰非常流行，万物有灵是最典型的表现。如姜嫄因踩到天帝的脚印而怀孕，生下周王朝始祖后稷的传说。这反映的是一种交感巫术，天帝的任何东西（包括脚印）都具有天帝的灵性。小孩儿掉的牙齿不能乱扔，也是因为人们认为掉了的牙齿与小孩儿有感应。从这个角度来看，古人描摹万物来造字的时候，万物在他们眼中是有灵性的，甚至是神圣的。鸟兽的脚印是有灵性的，模仿鸟兽脚印的文字也应当具有灵性，因为它可以与鸟兽、与神灵相交感。阿尔维托·曼古埃尔在《阅读史》中说："古代的美索不达米亚人相信鸟类是神圣的，因为它们在湿泥土上的脚步留下了类似楔形书写的标记，他们还想象，假如可以破解那些符号的迷惑，就会知道神明们在想些什么。"[3] 换句话说，文字被当成了解神灵所想、解开宇宙奥秘、破解天机的符号。商代和西周的文字多与祭祀占卜

---

[1] 参见（唐）徐坚等撰《初学记》卷二十一《文字第三》，中华书局，2004，第506页。

[2] 参见陈桥驿校证《水经注校证》卷十五，中华书局，2007，第363页。

[3] 〔加拿大〕阿尔维托·曼古埃尔：《阅读史》，吴昌杰译，商务印书馆，2002，第225页。

相关，可推早期的文字是具有神圣性和仪式感的。

不论是卦画还是文字，它们都立足于"象"这个基本元素。对万物的取法、效仿一方面使人打通了了解宇宙、神灵的路，从而获得严正的意义和无可置疑的重要性、神圣性；另一方面，也完全展现出古人重"象"的思维方式。效法、类比的思维重于逻辑的推理，观摩、体悟重于定义式的解读。可以这样说，"立象以尽意"道出了中国古代诗性文化（重"象"）的思维特色，揭示了中国人表达（抒情言志）的基本特征与重要手段。

二 《庄子》中的"言""意""道"

与儒家相比，道家更热衷于探讨玄之又玄的话题，"言""意""道"的关系被其充分关注。庄子继承了老子的基本思想，且表达得更为丰富和犀利，《庄子》这本书也由此个性十足。同样表达"道"无所不在这个意思，老子说："大道泛兮，其可左右。"庄子却说："（道）在屎溺。"同样探讨宇宙源头，老子说："天下万物生于有，有生于无。"庄子却说："有始也者，有未始有始也者，有未始有夫未始有始也者。"一句话，《庄子》往往把《老子》中的思想发挥到极致，对于"言""意""道"之关系，更不在话下。明着讲、暗着讲、自己讲、借别人的口来讲、用故事来讲，就这一个道理，《庄子》一书不知反反复复讲了多少遍。

所谓明着讲，即直接表达"道不可言传"之主张。如《庄子·大宗师》："夫道有情有信，无为无形；可传而不可受，可得而不可见。"这里的关键在于"无为无形""不可受""不可见"，可以说是对老子"道可道，非常道"更为细致的阐述。所谓借别人的口来讲，如《庄子·知北游》借"无始"之口说："道不可闻，闻而非也；道不可见，见而非也；道不可言，言而非也。"所谓暗着讲，如《庄子·天地》中的这个例子：

> 黄帝游乎赤水之北，登乎昆仑之丘而南望，还归，遗其玄珠。使知索之而不得，使离朱索之而不得，使吃诟索之而不得也。乃使象

罔，象罔得之。①

如果我们只理解其表面意思——黄帝丢了东西然后叫人去找，最后找到了！那根本搞不懂写它干什么。关键在于这里的一些词是有隐喻的。"玄珠"指"道"，"道"被丢掉了，派"知"（智慧、心智）去寻找，找不到；派"离朱"（眼睛）去寻找，找不到；派"吃诟"（语言文辞）去寻找，还是找不到。最后叫"象罔"去找，找到了。这里的"象罔"比较难解释，简单地说就是"无意于求，无心而遇，方才得之"。所以该寓言讲的是"道"不能够通过心智、感官、语言来传达。对于《庄子·应帝王》中，南海之帝倏和北海之帝忽为中央之帝浑沌凿七窍的故事，我们也可以用这样的思路来理解。总之，《庄子》全书透露了一个观点："道"不能用语言（文字）来承载，也不能通过眼耳鼻等感官来传达。

需要注意，"道"与"言"之关系，不能等同于"意"与"言"之关系。因为在《庄子》一书中，"道"与"意"的内涵是有差别的。我们不能根据《庄子》"道不能言传"的观点就判断《庄子》认为"意不能言传"。相反，我们能在书中找到支持"言能达意"的表述。如《庄子·天道》中有：

世之所贵道者书也，书不过语，语有贵也。语之所贵者意也，意有所随。意之所随者，不可以言传也，而世因贵言传书。世虽贵之，我犹不足贵也，为其贵非其贵也。②

世人重视书（文字），而书不过是语言的记录。但语言之所以受到重视，不是因为语言本身，而是因为语言能"达意"。是以"语之所贵者，意也"已然暗含"语言可达意"这一前提。"意之所随者，不可以言传也"，成玄英疏曰："随，从也。意之所出，从道而来，道既非色非声，故不可以言传说。"成疏容易让人作出如下理解："意"是由"道"产生

---

① （清）郭庆藩撰《庄子集释》卷五上《天地》，中华书局，1961，第414页。
② （清）郭庆藩撰《庄子集释》卷五中《天道》，第488页。

而来的。若作此解，"意"就应该能表达和承载"道"，再加上前面已经承认"语言可以达意"，可以顺势推导出"语言可以表达'道'"。这一结论明显与《庄子》的观点相悖。宋林希逸《庄子鬳斋口义》云："随，向也。意之所向，言不得而传。"① 此言更贴近本旨。庄子的意思应当是："意"所指向的和围绕的那个东西（即"道"），是不能言传的。"轮扁斫轮"的故事刚好接在上引文字之后，故可以说"轮扁斫轮"正是对"意之所随者，不可以言传"的生动解释：

> 桓公读书于堂上。轮扁斫轮于堂下，释椎凿而上，问桓公曰："敢问，公之所读者何言邪？"公曰："圣人之言也。"曰："圣人在乎？"公曰："已死矣。"曰："然则君之所读者，古人之糟魄已夫！"桓公曰："寡人读书，轮人安得议乎？有说则可，无说则死。"轮扁曰："臣也以臣之事观之。斫轮，徐则甘而不固，疾则苦而不入。不徐不疾，得之于手而应于心，口不能言，有数存焉于其间。臣不能以喻臣之子，臣之子亦不能受之于臣，是以行年七十而老斫轮。古之人与其不可传也死矣，然则君之所读者，古人之糟魄已夫！"②

轮扁依据自己的亲身体验，得出"圣人之言为糟粕"的结论，也就是说圣人精华的那些东西（也可认为就是"道"）是不能用语言传达的。我们可以做个假设，假若轮扁写一篇阐述斫轮技术的文章，里面应当会有这样的句子："斫轮须不徐不疾，徐则甘而不固，疾则苦而不入。"这句话确实把斫轮的要求（"意"）表达清楚了，做到了"以言达意"。但是"不徐不疾"之"意"所指向的核心问题——怎样才算不徐不疾，却不能通过语言表达出来。这就是"意之所随者，不可以言传"。再比如，菜谱上常会说"盐少许"，"少许"这个意思已经通过语言表达得很清楚了，但是到底什么算"少许"，这是不可言传的。《庄子》经常用匠人、厨师等技术型工种打比方，技术的精妙之处（也可以认为是"道"，因为匠人

---

① （宋）林希逸著，周启成校注《庄子鬳斋口义校注》卷五《天道》，中华书局，1997，第 223 页。
② （清）郭庆藩撰《庄子集释》卷五中《天道》，第 490~491 页。

的神技被当作"技进于道"的表现），需要"得之于手而应于心"。换句话说，"道"需要切身的体验，这不能用语言来表达，也不能"意会"。就像我们不能通过"不徐不疾""盐少许"之"意"把握精妙的技术。当然，《庄子》更提倡对"道"的体验要超乎身体感官之上，如庖丁就说他解牛时"以神遇而不以目视"，但这不影响前面的结论。

"糟粕"二字确实有点耸人听闻，轮扁借用此言，似乎全面否定了语言文辞的价值。轮扁认为语言文辞不能传达圣人之意，是糟粕、垃圾。若如此言，庄子已死，我们读到的《庄子》文字不也是糟粕、垃圾吗？在这里，庄子遇到了与老子同样的困境，一边说"道不可言"，一边又用这么多篇幅喋喋不休地言"道"；一边否定言辞，一边又不得不借助于言辞。然而，我们可以提出质疑："语言文辞不能传道"是否能成为"全面否定语言文辞价值"的理由。如果可以，那《庄子》这本书也不该面世。那反过来是否可以说，《庄子》这本书的出现，正说明庄子并未全然否定语言文辞存在的意义。关于这方面，《庄子·外物》篇最后一段话值留意：

> 筌者所以在鱼，得鱼而忘筌；蹄者所以在兔，得兔而忘蹄；言者所以在意，得意而忘言。吾安得夫忘言之人而与之言哉？①

"言"的工具性在这里表现得很突出，"忘言"的前提是"立足于言""借助于言"，若本没有言辞，那也就无所谓"忘言"了。《庄子》用"筌鱼关系""蹄兔关系"来类比"言意关系"，筌能捕到鱼，蹄能捕到兔，同样，"言"也就理所应当能"达意"。由此观之，《庄子》其实承认了言辞在达意上面的效用。是以对于言辞，《庄子》并非要予以全面否定。

我们还可以从其他角度来看《庄子》对"言"的态度。在《庄子·外物》篇中，惠施批判庄子之言"无用"，庄子回答"知无用而始可与言用"。《庄子·寓言》篇中，更说："言无言，终身言，未尝言。"可见"无用之言""无言之言"不是否定言辞，而是强调言辞背后的精神与境

---

① （清）郭庆藩撰《庄子集释》卷九上《外物》，第 944 页。

界。如果境界到了，"言"与"不言"都无妨；倘若境界没到，言辞表达得再多，或者一言不发，均不能载道。《庄子·则阳》篇云："道，物之极，言、默不足以载。"说到底，《庄子》承认语言的工具效用。既然是工具，当然就有其适用范围。"言能达意"，就像鱼竿能钓鱼。不能因鱼竿钓不到兔子而说鱼竿没有用。同样，也不能因为"言不能传道"而否定"言"的工具价值。问题不在工具身上，而在使用者身上。总之，《庄子》反对的不是言辞，而是对待言辞的态度，正所谓"世虽贵之，我犹不足贵也"。

另外，需要注意"言者所以在意，得意而忘言"中的"意"是什么？成玄英疏曰："意，妙理也。"但我们认为这里的"意"不能等同于"道"。一旦将"意"等同于"道"，我们就很容易从上引文字推导出"道可以言传"的结论，这明显与《庄子》的精神相悖。语言是心智的产物，通过语言传达的意，即便表达的是外在客观之理，也避免不了心智的侵染。可以说，"意"就是一种心智活动，《说文解字》便将"意"解释为"志"。《庄子》强调"道"无为无形，超越感官的特性，故必然反对以主观心智探求"道"。换言之，"道"不能以"意"求，不能转换成人心中的或落实到文字上的"意"。此一观念，《庄子》中多有表达。如《庄子·秋水》篇中，北海若说："可以言论者，物之粗也；可以意致者，物之精也；言之所不能论，意之所不能察致者，不期精粗焉。"物不论精、粗，都是有形的存在，都可以言传、意会。然而，对于超出精、粗之外的无形的"道"，则既不能言传，也不能意会。正如宋林希逸《庄子鬳斋口义》所说："若小者大者皆无形，则言不可论，意不可极，既曰无形，则不可以精粗言矣，故曰不期精粗焉。"①《庄子·则阳》篇中大调公说，"安危相易，祸福相生，缓急相摩，聚散相成"这些都是"名实之可纪，精微之可志也"。又说，"随序之相理，桥运之相使。穷则反，终则始"是"物之所有，言之所尽"。按其意，"安危相易""穷则反"等都能通过"外物"观察到，故可以用语言来传达其意。大调公随后指出"知之所至，极物而已"，"言""意"所能传达的内容，也就局限于

---

① （宋）林希逸著，周启成校注《庄子鬳斋口义校注》卷六《秋水》，第264页。

"物"这个范围。而对于超出物外，无为无形的"道"，明显不能再用"言""意"来传达。后面他又说："可言可意，言而愈疏。"成玄英疏曰："夫可以言诠，可以意察者，去道弥疏远也。"对于"道"是否能"意会""意察"，以上诸例已经表达得非常清楚了。

庄子发表"得意忘言"论的直接目的是引出下面一句话："吾安得夫忘言之人而与之言哉。""与之言"表明"言"是交流的主要媒介，"忘言"表明交流所达到的状态。庄子说这句话，表明他自己是能够"忘言"的，故他的重点是要求对方能"得意忘言"。如果我们不将"得意忘言"之"意"理解为"道"，那"吾安得夫忘言之人而与之言哉"这句话所表明的就不是大道无言的境界，而是基于一种切实的担心，即庄子怕对谈者或读者纠结于言辞而忘掉庄子所要表达的真意。惠施不是一个"忘言"之人，庄子在濠梁之上看到鱼"出游从容"，称"是鱼之乐也"。惠施不解其意，仅从庄子言论是否属实的角度出发，认为庄子在胡说，并质问："子非鱼，安知鱼之乐？"在庄子看来，惠施就未能"得意忘言"。再如《庄子·则阳》篇记载了一个故事，魏惠王与齐威王约誓立盟，齐威王违背盟约，魏惠王愤而欲兴刀兵。惠施特意引荐戴晋人以劝说魏惠王。戴晋人一见到魏惠王就讲了"蛮触相争"的故事：

> 有国于蜗之左角者曰"触氏"，有国于蜗之右角者曰"蛮氏"，时相与争地而战，伏尸数万，逐北旬有五日而后反。①

这个故事一看就是编的，并且很荒唐。魏惠王听了立马质疑："噫！其虚言与？"可见魏惠王纠结于故事的真假而未能体会其深意，于是戴晋人不得不为之解释该故事所要传达的要义：

> 曰："臣请为君实之。君以意在四方上下有穷乎？"
> 君曰："无穷。"
> 曰："知游心于无穷，而反在通达之国，若存若亡乎？"

---

① （清）郭庆藩撰《庄子集释》卷八下《则阳》，第 891~892 页。

君曰："然。"

曰："通达之中有魏，于魏中有梁，于梁中有王。王与蛮氏，有辩乎？"

君曰："无辩。"①

结合上述两例，我们大概能推测庄子"得意忘言"之本旨。对于《庄子》中的故事、言论，不要拘泥于文辞，不要纠结于故事的真假虚实、言论的荒唐或客观，而应该透过言辞，看到作者想要表达的真意。有了"得意忘言"作理论基础，《庄子》一书中所有的"谬悠之说，荒唐之言，无端崖之辞"也都有了其存在的合理性。这类似孟子所说的"不以文害辞，不以辞害志"。由此观之，就像"周余黎民，靡有孑遗"一样，"糟粕"也是特定场景下的夸张表达。对于轮扁斫轮的故事，以及"糟粕"一词，我们是否也应当"不以辞害志""得意忘言"呢？

总之，在《庄子》的概念系统中，"言"可达"意"，但"意"不能传"道"，三者的关系即：言—意且意不等于道。由此我们清楚，庄子的言论，以至于《庄子》这本书所承载的内容都在"言""意"的层面，至于"道"之精蕴，是超越心智、感官、言辞的，庄子无法用语言传达。即便如此，"言""意"的价值也未被全部剥除。前文已分析了庄子对"言"的态度，至于他对"意"的态度，这里稍作考察。

《庄子·知北游》集中罗列了好几个关于"什么是道"的对话。如知先后问无为、狂屈、黄帝何者为道，无为不答，狂屈欲答而忘言，只有黄帝回答道："无思无虑始知道，无处无服始安道，无从无道始得道。"但黄帝也认为无为的不答是"知道"的表现，狂屈次之，自己用语言阐述"道"，始终与"道"隔了一层。再如泰清先后问道于无穷、无为、无始，无穷说自己"不知道"，无为说自己知道，并言其知道之"数"："可以贵，可以贱，可以约，可以散。"无始则推崇无穷而批评无为："有问道而应之者，不知道也。"再如孔子问老子"至道"，老子回答："夫道，窅然难言哉！将为汝言其崖略。"接着说了一大段描述"道"的话。这三例

---

① （清）郭庆藩撰《庄子集释》卷八下《则阳》，第 892~893 页。

同样表达出一种矛盾心态，一边说"道"不可言传，一边又借黄帝、无为、老子之口言传意解。《庄子》要传达的意思当是，"道"之"数""崖略"可以言传意解，但千万不能把言传意解的"数""崖略"当作"道"本身。从否定的层面来说，"意"不能"达道"；从肯定的层面来说，"意"可以传达"道"之"数""崖略"，可以指向"道"。就像轮扁虽不能传达斫轮技术的精妙之处，但"不徐不急"之"意"确实能够指向轮扁所要传达的"道"。也就是说，"道"的周边，如"达道"的方式、路径，"道"的境界、特质等都可以"意会""言传"。《庄子》着重阐述的"心斋""坐忘""物化""齐物"等，均不是"道"，但又无一不指向"道"。对于"道"之精蕴，庄子不能置一言；然在"达意"这个层面上，庄子则丝毫不吝言辞，且充分发挥言辞优势，明着讲、暗着讲、自己讲、借别人的口来讲、用故事来讲，把重言、寓言、卮言等表达方式也全都用上。

《庄子》对待"象"也是如此。站在"道"的角度，"象"是有形之物，"观万物之象"停留在形而下的层面，不能使观察者进入"道"的境界。但在体会和描述"达道"的路径、境界等方面，"象"又是《庄子》时常借助之物。不难发现，《庄子》在对"道"之周边的描述中运用了大量经验世界的例子，如"庖丁解牛""轮扁斫轮""运斤成风"等。此类寓言呈现出一幅幅生动的画面，故称其为"象"也无不可。由此观之，《庄子》一书非但用文辞以达意，还"立象以达意"。创作实践中的"立象以达意"不是庄子所独有的，它由中国古代"重象""取象比类"的根性思维生发出来，带来的是重比兴、重寓言、重类比的表达方式。此种表达方式在先秦，以至于整个中国古代文学作品中俯拾即是。而《庄子》的特别之处在于，时常用诉诸感官的"象"（寓言）来表达超越感官的"道"的境界。于是"象"所具有的超越常理、超越感官的意蕴得以激发，从而使作品极具想象力和审美性。其翼若垂天之云的"鹏"、庄周梦中栩栩然之"蝶"、相忘于江湖的"鱼"，所带来的无不是超越于言辞的高妙境界，足以让读者体会到"得意忘言"之妙。从这个角度来看，"得意忘言"正蕴含着深契文学艺术精神的言意观。

三 魏晋时期的言意观

由上可见，在对"言"与"意""象""道"关系的认识方面，《周易·系辞》与《庄子》有同有异。二者的不同之处表现在两个方面，其一，《周易·系辞》"立象以尽意"的"意"与"道"相通，包含"浅显明晰"和"深邃委曲"两类。《庄子》的"意"也当包括"浅显明晰"和"深邃委曲"两类，其中，"浅显明晰"大约可对应《庄子·秋水》篇"可以言论者，物之粗也"，"深邃委曲"可对应《庄子·秋水》篇"可以意致者，物之精也"。然而它们都与"道"隔绝。即便某些"意"可以指向"道"，但不能与"道"等同。简言之，二者对"意"的界定有差别。其二，《周易·系辞》认为"象"是"道（意）"的外现，可以通过"象"来把握和表达"道（意）"；《庄子》则认为"象"跟"言"一样，都停留于有形之"物"的层面，可以"达意"，但并不能"传道"。

若依循"道不能意会，不能言传"的观念，那势必导致求"道"之人走上一条"身体践行"而非"言传意会"的路。因此，后人对《庄子》文本的接受与阐发也就只可能在庄子口中的"言""意"层面进行。在庄子颇受欢迎的魏晋时期，王弼、郭象诸人不论"贵无"，还是"崇有"，都是用形而下的语言，以及可以言传的"意"来描述"道"，均非庄子所提倡的"绝言超意"的体道行为。换句话说，在魏晋玄学语境下，尽管《庄子》可能促使魏晋士人做出一些超凡出逸的言行但《庄子》更多的是人们思考宇宙本体、社会现象，以及谈玄思辨时的思想和言论资源，而不是作为"体道""达道"的行动指南。

关于《周易·系辞》《庄子》"道""象""言""意"在魏晋的接受路向，荀粲与其兄荀俣的对话（见《三国志·魏书·荀彧传》注引何劭《荀粲传》）可透露一些信息：

> 粲诸兄并以儒术论议，而粲独好言道，常以为子贡称夫子之言性与天道，不可得闻，然则六籍虽存，固圣人之糠秕。粲兄俣难曰："《易》亦云：圣人立象以尽意，系辞焉以尽言，则微言胡为不可得而闻见哉？"粲答曰："盖理之微者，非物象之所举也。今称立象以

尽意，此非通于象外者也；系辞焉以尽言，此非言乎系表者也。斯则象外之意，系表之言，固蕴而不出矣。"①

庄子表达"道不可言传"的观念，使用的是轮扁斫轮这一人人都可以理解的日常经验，这很容易博得认同，并使之广泛传播。"六籍虽存，固圣人之糠秕"，此语与轮扁批判圣人之言为糟粕如出一辙。荀俣以"立象以尽意"之论反驳荀粲，立足于《周易·系辞》的言意观。荀粲的回答则透露出很浓的庄学色彩。荀粲所言之"理之微者"，以及"立象以尽意"之"意"，均等同于《庄子》的"道"。上述对话充分凸显出在"道（天意）是否可象尽、言传"这个问题上，以《周易·系辞》为代表的儒家观念，与以《庄子》为代表的道家思想的对立冲突。这意味着，若坚持"圣人之言为糟粕""道不可言传"等主张，必定与尊圣宗经的儒家思想相抵牾，随之导致庄学的传播路子变得逼仄。

在玄学发展过程中，儒与道、名教与自然之关系是论者必须面对的，比之于强调冲突与对立，调和共融更适宜玄学的发展。就"道""象""言""意"的关系来说，也是这样。取儒家《周易·系辞》，道家《庄子》之所长，相互调适并融合，足以为"言意关系"开辟更大的天地。在这方面，王弼是较早作出研究且成就最突出的代表。其《周易略例·明象》集中探讨"言""象""意"之关系。首先，王弼的基本立场与《周易·系辞》"立象以尽意""系辞以尽言"相同，并在此基础上作了更细致的发挥：

夫象者，出意者也；言者，明象者也。尽意莫若象，尽象莫若言。言生于象，故可以寻言以观象；象生于意，故可以寻象以观意。意以象尽，象以言著。②

《周易略例·明象》中"意"之内涵与《周易·系辞》大略无二，

① （晋）陈寿撰《三国志》卷十《荀彧传》，（宋）裴松之注，中华书局，1982，第319~320页。
② 楼宇烈校释《王弼集校释》，中华书局，1980，第609页。

即包括"浅显明晰""深邃委曲"两部分，且与"道"相通。一旦确认从"意（道）"到"象"，从"象"到"言"的衍生顺序，便很容易逆推出由"言"观"象"，由"象"观"意（道）"的认识逻辑。与《庄子》"道不可言传"隔断形上之"道"与形下之"言"的关联不同，王弼发挥《周易·系辞》思想，进而认为"寻言观象"是传"圣人之意"，得宇宙天地之"道"最主要的渠道，"尽意莫若象，尽象莫若言"充分凸显了"言""象"在领会和传达"道"的过程中的决定性作用。

其次，汉代学者奉《周易》为圣人经典，他们深信《周易》所规定的各类"言""象""意"对应关系，如《说卦》就表示："乾"为刚健之意，用动物来象征，即为"马"；"坤"为柔顺之意，用动物来象征，即为"牛"。但严格依据《周易》中的这套"言""象"来阐发大义，长期发展下来，必然使易学变得机械与僵化，且日趋烦琐。王弼对汉代易学过于看重象数的做法不满，他认为："义苟在健，何必马乎？类苟在顺，何必牛乎？"王弼指出强行牵和"象"与"意"，会违背义理。王弼不是要全面否定"寻言观象"的解《易》思路——通过上一段的表述，以及王弼对《易》的注解，都可以看到这一点。执泥于"言""象"，而忽视对卦爻背后之"意"的融通解释，才是他真正要反对的。对此，《庄子》"得意忘言"之主张正可被用来矫正汉代易学之弊：

> 故言者所以明象，得象而忘言；象者所以存意，得意而忘象。犹蹄者所以在兔，得兔而忘蹄；筌者所以在鱼，得鱼而忘筌也。然则，言者，象之蹄也；象者，意之筌也。是故，存言者，非得象者也；存象者，非得意者也。①

王弼将《庄子》的"得意忘言"转换成"得意忘象，得象忘言"，明显是为了应和《周易》"言"—"象"—"意"的认识论框架。他着重指出"言""象"的工具性，认为在达到"得意"的目的之后，"言""象"就可以忘掉了。《庄子》之所以提倡"得意忘言"，是担心人们执

---

① 楼宇烈校释《王弼集校释》，第 609 页。

泥于"言"而忽视对"意"的领会。"存言者，非得象者也；存象者，非得意者也"——执泥于言，则不能得"象"，执泥于"象"则不能得"意"——大体也是这个意思。接下来王弼把这层意思再往前推了一步：

> 象生于意而存象焉，则所存者乃非其象也；言生于象而存言焉，则所存者乃非其言也。然则，忘象者，乃得意者也；忘言者，乃得象者也。得意在忘象，得象在忘言。故立象以尽意，而象可忘也；重画以尽情，而画可忘也。①

如果把"寻言""观象"视为目的，那"言""象"都失去了本身的价值和意义，寻言而不执泥于言，观象而不停留于象，才能得"意"。是以"忘言"成为"得象"的前提，"忘象"成为"得意"的前提。正所谓"得意在忘象，得象在忘言"，在王弼看来，只有做到了"忘象""忘言"，才能真正"得意""得象"。

总之，王弼将易学与老庄之学结合，解《易》不执泥于"言""象"，使义理阐释的空间得到极大拓展。我们可以说《周易略例·明象》推动了魏晋言意观的表达，但更值得注意的是，它代表着当时重视"言表""象外"的思想潮流。对于天地万物之本体，《庄子》用"道"来表达，并隔绝了"道"与心智活动之关联；《周易·系辞》用"意"来指代，从而将"传道"落实为一种心智活动。加之"意"的涵盖面极广，其"深邃委曲"的部分可囊括所有人内心当中难以言表的情绪、意志和思想，通于天地万物之"道"的"圣人之意"当然也包含在内。因此魏晋以来的"得意忘言"观念完全能突破《庄子》"道"之领域，甚至超出卦象解《易》的范畴，拓展到文艺创作、阅读、交流、个人修养等多个方面，充分凸显其超越言辞、物象，以"意会""心领神会"为目标的属性，获得更大的运用空间。

我们通过分析郭象对《庄子》所作的注，能更清楚地看到这一点。不拘泥于文辞而求其本意成为魏晋以来人们解读文本的重要思路，这在王

---

① 楼宇烈校释《王弼集校释》，第 609 页。

弼那里就已经有所体现。如《论语·宪问》："子曰：君子而不仁者有矣，夫未有小人而仁者也。"孔安国注曰："虽曰君子，犹未能备。"言下之意是孔子也认为君子有不仁者，这与孔子的君子观有冲突。王弼则指出这句话重点在于突出"小人不仁"，"君子而不仁者有矣"只是假借之辞，不能囿于字面意思而作生硬的理解，所谓"假君子以甚于小人之辞，君子无不仁也"（王弼《论语释疑》）。在这方面，郭象注《庄子》表现得更为突出。《庄子》多狂放离奇之言，超凡不常之象，但郭象注庄，无意于训释字词、证材料来源、追踪事件真假，而重在体会其真意。比如对于《逍遥游》中的"鲲鹏"，郭象明言"鹏鲲之实，吾所未详"，接着他提出解读《庄子》的原则：

> 夫庄子之大意，在乎逍遥游放，无为而自得，故极小大之致以明性分之适。达观之士，宜要其会归而遗其所寄，不足事事曲与生说。自不害其弘旨，皆可略之耳。①

郭象主张取其弘旨而遗其文辞的细枝末节，"要其会归而遗其所寄"被汤一介总结为郭象注《庄子》的重要方法——寄言出意。郭象解读《庄子》多用此法，如《逍遥游》"藐姑射之山，有神人居焉"，郭注："此皆寄言耳。"《天地》篇说，尧治天下，伯成子高立为诸侯，等到禹治天下的时候，伯成子高辞诸侯而耕。大禹问其故，子高曰："昔尧治天下，不赏而民劝，不罚而民畏。今子赏罚而民且不仁，德自此衰，刑自此立，后世之乱自此始矣。夫子阖行邪？无落吾事！"郭象认为这些都是《庄子》编造的寄托之言，"贵尧而贱禹"只是表象，不是《庄子》要表达的重点，所以他指出："故当遗其所寄，而录其绝圣弃智之意焉。"此外，《山木》篇注中也明言："庄子推平于天下，故每寄言以出意，乃毁仲尼，贱老聃，上掊击乎三皇，下痛病其一身也。"不难看出，郭象"寄言出意"的方法契合于第二部分所分析的《庄子》"得意忘言"之本旨。

既是注解《庄子》，郭象对"意"的基本态度自然与庄子相同，认为

---

① （清）郭庆藩撰《庄子集释》卷一上《逍遥游》，第3页。

主观的心智、意想不能"体道""传道"。如释"心斋",注曰:"遗耳目,去心意。"释"古之真人,其寝不梦",注曰:"无意想也。"郭象多次表达"道"应当"求之于言意之表"("表"即"外")。然而,这一解读与《庄子》"道不可言"还是有些许差别。首先,"求"之一字便显刻意。其次,"求之于言意之表"的说法,始终让人觉得尚有"言意"横亘在心中。郭象说:"夫言意者有也,而所言所意者无也。故求之于言意之表,而入乎无言无意之域,而后至焉。"这句话也透露出"求之于言意之表"似乎还处于"有言有意"的境界。我们认为,"求之于言意之表"运用了类似于"得意忘言"的思路。超越有形的言、粗略的意,而达到心领神会的状态,这是魏晋言意观的重要内容。郭象受此思想潮流影响,很自然地将其借用并转换到对"道"的阐释上。换句话说,在郭象以至于魏晋时人的观念中,《庄子》提倡的弃绝心智、无言无意、混沌无为的"体道"境界,很容易被转换为主观排斥并超脱"言""象"的刻意的心智活动。有两个地方也能从侧面印证这一点。

其一,《则阳》篇正文"言而足,则终日言而尽道",郭注曰:"求道于言意之表则足。"正文"言而不足,则终日言而尽物",郭注曰:"不能忘言而存意则不足。"言下之意是"忘言而存意则足"。故将两条注语相对比,可知郭象在一定程度上肯定了"存意"对于"求道"之作用。

其二,《田子方》篇言孔子见温伯雪子,不发一言,子路问其因。孔子说:"若夫人者,目击而道存矣,亦不可以容声矣。"原文没有解释"目击"与"道存"之间的关系,清宣颖云:"目触之而已知道在其身。"① 所言似过于形而下,按其文意,孔子与温伯雪子不发一言地交流应当是超越言辞和心意的。而郭注"目裁往,意已达,无所容其德音也"则将其落实到了"意会""心领神会"的层面。

魏晋以来的论者容易把"意"当作借助言辞却又超越言辞,内含高妙心智活动和精神体验,甚至与"道"相通的重要概念。故上述两例正可被视为魏晋"意"之观念在《庄子》注文中不经意的流露。虽然庄子"道不能言传,不可意会"的主张与魏晋重"意会"的思路有所抵牾,但

---

① (清)宣颖撰《南华经解》卷二十一《田子方》,《续修四库全书》第957册,第505页。

也不可否认,《庄子》书中大量的言辞、事例与人们高妙的心智活动和精神体验深相契合,且因此而吸引眼球。如庖丁讲自己解牛"以神遇而不以目视",重神遗形的境界就为魏晋人所乐道。再如前文所说的"目击道存",陆德明《释文》引西晋司马彪的解释:"见其目动而神实已著也。"郭象、司马彪将"道存"转换成"意已达""神已著",重视的均是主体超乎"言""象"的心灵体验。正如郭象《庄子序》所说:"虽复贪婪之人,进躁之士,暂而揽其余芳,味其溢流,彷佛其音影,犹足旷然有忘形自得之怀。""忘形"是对"言""象"的超越,"自得"则指向主体实实在在的精神满足和审美体验。这一思想进路接受了庄子忘言之旨,发挥其高蹈超逸的主体精神,同时又因重视主体的心智和精神体验,而未落入庄子"道"论那种无言无意的虚空之境。忘形而重"神韵""意会",重主体超越"言""象"的"自得",正是魏晋以来审美文化的重要体现。如人物品评之重神韵,绘画强调"以形写神"(顾恺之语)[1],"取之象外"[2],书法"点画之间皆有意,自有言所不尽"[3]。魏晋时期一种特殊的表达行为——"啸",也被赋予超越"言""象"的真意。《世说新语·栖逸》记载,阮籍与真人通过"啸"来交流,南朝梁刘孝标引《竹林七贤论》曰:"观其长啸相和,亦近乎目击道存矣。"总之,《庄子》为魏晋人提供了"得意忘言"的理论资源和"意会""神遇"的典范事例,激发出魏晋不拘"言""象"的审美精神和不循常理、超凡脱俗的雅士风流。

四 文学思想领域的"言""象""意"

"言不尽意"论主要针对天地万物的深邃道理,以及人内心中的幽微之意而言。日常交流和创作大都不会涉及那些玄之又玄的东西,因而通常情况下,言当然能达意,甚至能尽意。语言、文字、文学都是为了"达意"而产生的,后人再怎么强调"言不尽意",都不能否认"言能达意"的基本事实。在先秦两汉的文学理论中,"志""情"作为诗歌产生的内

---

① (唐)张彦远撰《历代名画记》卷五,上海人民美术出版社,1964,第111页。
② (南齐)谢赫撰《古画品录》,人民美术出版社,2016,第8页。
③ (唐)张彦远撰《法书要录》卷一《晋王右军自论书》,人民美术出版社,1984,第5页。

在要素，时常被提及，其受到的关注度远大于"意"。如《尚书·尧典》"诗言志"，《毛诗大序》"诗者，志之所之也""情动于中而形于言"等都是传统文论的主流表述，但这不代表"意"被完全忽视。首先，从内涵上讲，"意"就是"志"，《说文解字》说："意，志也。"先秦典籍当中时常出现"志""意"并称的情况。因此"诗言志"自然包含了"诗达意"这层内涵。其次，先秦两汉的典籍也有类似"诗达意"的表述，如《国语·鲁语下》："诗所以合意，歌所以咏诗也。"《史记·五帝本纪》将《尚书·尧典》的"诗言志，歌永言"写作"诗言意，歌长言"，这应非司马迁个人的改字行为，以理推之，大概当时本就有"诗言意"的版本，司马迁只是据所见之版本录入而已。《史记集解》引东汉马融之言："歌，所以长言诗之意也。"最后，先秦两汉人已经非常重视"言"与"意"渠道的双向畅通。一方面，作者要用言辞准确表达自己的"意"，不应当伪饰。《吕氏春秋·八览·离谓》就说："言者，以谕意也。言意相离，凶也。"又说："言不欺心，则近之矣。凡言者，以谕心也。"语言文辞要是主体心意的真实反映。扬雄"言心声，书心画"说的也是"言不欺心"的道理。另一方面，读者阅读作品，目的在于通过作品获得作者之"意"。《说文解字》云："察言而知意也。"既然以"知意"为目的，就要不被表面文辞所迷惑。《孟子》"不以文害辞，不以辞害志"（这里的"志"完全可换成"意"），《庄子》"得意忘言"都是这个意思。对于儒家学者来说，"知意"的主要目的在于"论世""观人"，如扬雄所言："声画形，君子小人见矣。""言"—"意"这条路通畅了，儒家对道德伦理的阐发才进行得下去。

综上，从"言所能达"这个角度来说，"意"与"情""志"等概念实可互通，它们共同构成了先秦两汉常规的"言意观"。而到了魏晋时期，"言不尽意"论受到充分关注，"意"当中"深邃委曲"的部分被拿来大加探讨，这使得"意"超越言辞的内涵得到凸显。音乐、啸、绘画、书法，以至于沉默冥想都可以成为顺利回避文辞，达到"神交""意会"境界的方式。文学作品的创作和阅读必须借助文辞，故比之于音乐、绘画、沉默冥想，文学领域遭受"言不尽意"论的冲击更大更直接。如何在"寻言""忘言"之间找到突破口，衍生出富有价值的文学理论，并有效总结相关创作实践，这是古人长期面临的问题。对阅读而言，不执泥于文辞索解而领会其意（也即得意忘言），是相对容易做到的，王弼注《论语》、郭象注《庄子》时都有所呈现。再如陶渊明《五柳先生传》："好读书，不求甚解，每有会意，便欣然忘食。"此语更具有文学阅读"心领神会"的意味。对创作而言，如何把"言不尽意"转换成对某种创作经验的总结，或者某种创作要求、法则，是更贴近文学核心且比"得意忘言"更有难度的问题。

魏晋玄学（包括言意之辨）给文学带来的影响是多方面的，要从这多方面的影响中摸索出一条有助于文学创作，凸显传统文学优秀特质的路，并不容易。魏晋时期有不少作者直接将"言不尽意""得意忘言"的观念通过诗歌表达出来，比如，何劭《赠张华》："奚用遗形骸，忘筌在得鱼。"卢谌《赠刘琨诗》："谁谓言精，致在赏意。不见得鱼，亦忘厥饵。遗其形骸，寄之深识。"陶渊明《饮酒》其五中的最后两句："此中有真意，欲辨已忘言。"这些都是玄言入诗的体现。由此可见，玄学给诗歌带来的不一定是"忘言""心领神会"的文学审美境界，也有可能是质实少味的玄理陈述。当时不少士人沉溺于对玄理的表达，而未能着意探究文学创作方面的问题。陆机的《文赋》是最早探讨文学创作的专论。他在序言中说："恒患意不称物，文不逮意。"我们很容易将"文不逮意"与魏晋"言不尽意"论联系起来，以证明陆机受到了魏晋言意观的影响。在不否认这层因素的同时，也要注意，"手不能写心""词不能达意"是任何创作者都会体验到的情形。陆机只是根据最普遍的创作经验来谈"文不逮意"，所以他非但没有将"意"玄理化，还在正文当中力求解决"文如何顺畅地达意"这个难题。序言中的"曲尽其妙"，正文中的"穷形而尽相"都透露出陆机认为心中之"意"是可以通过文辞来传达的。遇到实在不能言传的微妙之"意"，陆机也仅仅通过"盖轮扁所不得言，亦非华说之所能精"这两句话点到即止了。相对而言，《文赋》对运思过程的描述，如"伫中区以玄览""收视反听，耽思旁讯，精骛八极，心游万仞"等，倒有几分老庄的色彩。老庄那种摒弃外界干扰、乘物游心的境界非常契合文学构思时的状态。南朝刘勰《文心雕龙·神思》讨论创作运思的过程，同样吸收了老庄的理论和话语，同样提出"文不逮意"的问题并尝试解决。结果还是跟陆机一样，说到最后发现这个问题得不到根本解决，只好搁笔不讲："思表纤旨，文外曲致，言所不追，笔固知止。"

正如《文心雕龙·神思》所展现的那样，从作者角度探讨"文如何达意"，必然会将原因归结到作者的学识、才情，甚至天赋上面，但培养学识、锻炼才情等大原则并不能直接转化为具体的文辞运用方面的要求。我们认为魏晋"言不尽意"论对文学思想的最大促动不在于激发论者探讨"文辞怎样达意"，而在于引导论者直面如下问题：如何让读者通过言辞感受到言辞本身给予不了的"意"。《文心雕龙·隐秀》中的"隐"指出了一种创作思路，"隐也者，文外之重旨者也"，"隐之为体，义生文外，秘响傍通，伏采潜发"。大意是强调文辞的运用要达到一种效果：在表面词意之外，至少还要有一层供读者领悟或体会的意涵，该意涵是隐约的，而非显豁的。做到了这一步，才能使文章富有余味，正如刘勰《文心雕龙·隐秀》篇赞语所言："深文隐蔚，余味曲包。"

就创作而论，先秦两汉时期不少作品已具有"言外之意"，部分评论语句也表达出"言近旨远"的观点，如刘安称屈原《离骚》"称文小而其指极大，举类迩而见义远"。但总体而言，尚未有论者将其提升到指导创作的文学思想层面。比如《诗经》中"兴"的手法，郑玄的解释围绕着政治伦理："见今之美，嫌于媚谀，取善事以喻劝之。"钟嵘《诗品序》则揭示出"兴"富有文学性的意涵："文已尽而意有余，兴也。"在钟嵘看来，"兴"的作用在于让读者感受到表面文辞之外的绵长"滋味"，达到的效果就是"使味之者无极"。

总之，刘勰、钟嵘等南朝文论家从不同视角阐述了"用有尽之言表达无尽之意"的文学主张。该主张在后世不断得到发挥，如唐皎然《诗式·重意诗例》云："两重意已上，皆文外之旨。……但见情性，不睹文字。"《二十四诗品·含蓄》云："不著一字，尽得风流。"所谓"不睹文字""不著一字"均是指"文学作品能让读者体会无尽妙意，甚至忘掉了文辞痕迹"这一极高的创作境界。此类论调并非停留于理论层面的悬空之语，而是基于以往创作经验的总结，且在一定程度上能够延伸出某些创作法则。提倡"言有尽而意无穷"，那就要避免直抒胸臆的、逻辑的、学理性的表达。在诗歌中直述道理、直陈情感，都容易使"意尽于句内"。

如陶渊明《饮酒》其五中的"此中有真意,欲辨已忘言"就是直接的、无余味的陈述。严羽批评宋人"以文字为诗,以议论为诗,以才学为诗"也是因为这样的创作打破了"言有尽而意无穷"的诗歌美感。

受"言有尽而意无穷"观念的驱动,"直言尽意"被否定,"借象传意"随之成为最被重视的创作方式。人类在长时间的生活过程中,与外物产生各种各样的情感和审美关联。外物在人头脑中的"象"也就不是纯客观的映现,而是渗入了主体的情感因素和审美体验,升华为"意象"。"象"(以及由象组成的境)因此具有激发主体情志的功能。《诗经》中的"兴"正是通过"象(境)"感发情志,以代替直露的表达。陶渊明《饮酒》其五中"采菊东篱下,悠然见南山。山气日夕佳,飞鸟相与还"的好处便在于,诗人把这幅图景展现出来,让读者自己去感受,而不是直说我的田园生活有多惬意。这四句要比"心远地自偏""此中有真意,欲辨已忘言"更有含蓄蕴藉的味道。质言之,诗歌借助于"象",可使读者在直面作品时,迅速将语言文辞层面的阅读活动转换成身心的体会,进而达到"得意忘言"的目的。

当"象"能直接与阅读主体发生情感和审美关联时,表面文辞的逻辑性、线性要求就随之降低,这在很大程度上拓展了诗歌创作的空间和自由度。有一类诗便纯靠意象组合,将某些"象"挑选出来放在一起,不经过任何关联词的连缀,便足以勾起读者情思,《天净沙·秋思》即为显例。意象之间因没有关联而产生一定的间隔和空白,从表层结构来看则是独立、隔断的,事实上这非但无碍于对诗意的理解,反倒能给予读者体会和想象的空间。陆游《巢山》云:"景物自成诗。"这句话用来描述"象"与"诗"之关系,再恰当不过。通过景物(以及"象")的直接呈现,可使本来显豁的"意"隐而不发,达到"言有尽而意无穷"的效果。哲学领域"言不尽意"之"意"主要是针对"深邃委曲"那部分而言的,而诗学中"言有尽而意无穷",要处理的不只是"幽微难言"之"意",那些本可以轻松直说的"显豁"之"意",也应当以"富有余味""含蓄蕴藉"的方式展现出来。古人抓住该原则,形成了一种创作思路。唐僧齐己的《风骚旨格·诗有六断》,其一曰"不尽意",他举了一个诗例:"此心只在相逢说,时复登楼看远山。"上句言"此心只在相逢说",

按理而论，接下来当表达未能相逢之愁思，但下句没有把诗意说破，而是
以登楼看山的场景结尾，所有的情绪都已经蕴藏在末句营造的场景当中，
意蕴悠远，这就是"不尽意"。旧题王昌龄的《诗格》更将此种写作方法
总结为"含思落句"（见《诗格》"十七势"第十"含思落句势"）：

> 含思落句者，每至落句，常须含思，不得令语尽思穷。或深意堪
> 愁，不可具说，即上句为意语，下句以一景物堪愁，与深意相惬便
> 道。仍须意出成感人始好。昌龄《送别诗》云："醉后不能语，乡山
> 雨霏霏。"又落句云："日夕辨灵药，空山松桂香。"又："墟落有怀
> 县，长烟溪树边。"又李湛诗云："此心复何已，新月清长江。"①

"上句为意语，下句以一景物堪愁"实为中国古代诗歌中常见的手
法。其中最典型的是上句提问（或有提问之意），下句不直接回答，而接
以景物的描写。比如王勃《滕王阁诗》："阁中帝子今何在？槛外长江空
自流。"再比如贺铸《青玉案》："试问闲愁都几许？一川烟草，满城风
絮，梅子黄时雨。"在诗词的结尾用这种手法，确能使"言尽而意长"。当
然，以景寄意也不一定要在问句之后，比如听人弹琴作乐，曲终之后，若
直言赞美，反倒浅薄无味，将眼光转向景色，更能带出无穷回味。如钱起
《省试湘灵鼓瑟》："曲终人不见，江上数峰青。"白居易《琵琶行》："曲终
收拨当心画，四弦一声如裂帛。东船西舫悄无言，唯见江心秋月白。"
唐代李翱有一首《赠药山高僧惟俨》：

> 练得身形似鹤形，千株松下两函经。
> 我来问道无余说，云在青霄水在瓶。②

最后一句其实也是通过景物来回答上句之问，意在言外，颇有回味。
诗人向高僧问道，高僧一句话不说，只是指了指天上的云和瓶里的水，好

---

① 旧题王昌龄《诗格》，张伯伟撰《全唐五代诗格汇考》，第 156 页。
② （宋）计有功辑撰《唐诗纪事》卷三十五《李翱》，第 536 页。

像回答了，又好像没有回答。答案是什么，全靠个人的领悟。佛教经常有这种禅机妙悟，特别是南派禅宗（慧能）强调顿悟，刹那就心领神会。我们会发现，这种方式跟诗歌重言外之意的意象表达是很相似的。在这方面，佛教思想（特别是禅宗）跟道家思想有相通的地方。《大梵天王问佛决疑经》中有一个故事，大梵天王引若干眷属向世尊献上金婆罗花，世尊一言不发，手拿着金婆罗花，瞬目扬眉，大家都不知道世尊此举何意，只有迦叶破颜微笑，于是世尊就把佛法传与迦叶。这个故事说明语言是无用的，关键在于心领神会。庄子也有类似的表达，他说对于外物，不要用耳朵来听，要用心来"听"，甚至也不要用心来"听"，要用"气"来"听"。佛家还有一个类似的故事：

> （达摩）迨九年，已欲西返天竺。乃命门人曰："时将至矣。汝等盍各言所得乎？"时门人道副对曰："如我所见，不执文字，不离文字，而为道用。"师曰："汝得吾皮。"尼总持曰："我今所解。如庆喜见阿閦佛国。一见更不再见。"师曰："汝得吾肉。"道育曰："四大本空，五阴非有。而我见处，无一法可得。"师曰："汝得吾骨。"最后慧可礼拜后，依位而立。师曰："汝得吾髓。"①

达摩的众弟子中，水平最高的就是那个一句话不说的慧可，可见"不说"比"说"更强。这两个故事强调的都是要破除对语言文辞的执念。当然，创作不可能一个字不写，一句话不说，佛家思想的启示在于尽量用最简单的物象蕴含诗意，让读者忘掉外在的文辞，从而进入纯美的艺术境界。用佛家的话来说就是"舍筏登岸"，这一说法与庄子"得意忘言"的意象学说异曲同工。再举一个诗例，王维《辛夷坞》："木末芙蓉花，山中发红萼。涧户寂无人，纷纷开且落。"简单的二十个字，勾勒出自在自为的纯美境界，这首诗甚至让我们感觉到人的语言是多余的，自然（意象）自己就能生发出诗意的世界。明胡应麟《诗薮》说李白的五言绝句是"天仙口语"，王维"却入禅宗"，称赞王维《鸟鸣涧》《辛夷坞》

---

① 顾宏义译注《景德传灯录译注》卷三，上海书店出版社，2010，第126页。

这样的作品"读之身世两忘，万念皆寂"①。诗境入于禅境，后人因此称王维为"诗佛"，他的很多作品也都具有佛家意趣。再如《酬张少府》："晚年唯好静，万事不关心。自顾无长策，空知返旧林。松风吹解带，山月照弹琴。君问穷通理，渔歌入浦深。"最后一联用的就是"含思落句"。清王士禛《带经堂诗话》评论："王、裴辋川绝句，字字入禅。……妙谛微言，与世尊拈花，迦叶微笑，等无差别。"②又说："舍筏登岸，禅家以为悟境，诗家以为化境，诗禅一致，等无差别。"③还说："唐人五言绝句，往往入禅，有得意忘言之妙，与净名默然，达摩得髓，同一关捩。"④由此可见，"得意忘言"的意象学说对古代诗歌和古代诗学的深远影响。

推荐阅读及参考文献：

1. 林希逸著，周启成校注《庄子鬳斋口义校注》，中华书局，1997。
2. 郭庆藩撰《庄子集释》，中华书局，1961。
3. 汤用彤：《言意之辨》，《魏晋玄学论稿》，上海古籍出版社，2001。
4. 汤一介：《郭象与魏晋玄学》，湖北人民出版社，1983。
5. 周裕锴：《中国古代阐释学研究》，上海人民出版社，2003。
6. 陈伯海：《"言"与"意"——中国诗学的语言功能论》，《文学遗产》2007年第1期。
7. 陈引驰：《"言意之辨"导向文学的逻辑线索》，《文艺理论研究》1994年第2期。
8. 蔡彦峰：《玄学"言意之辨"与陆机〈文赋〉的理论建构》，《文艺理论研究》2009年第2期。
9. 张沛：《王弼〈易〉注对"汉代象数"的舍弃与保留》，刘大钧主编《大易集旨》，上海科学技术文献出版社，2016。

---

① （明）胡应麟撰《诗薮》内编卷六，中华书局，1958，第115页。
② （清）王士禛撰《带经堂诗话》卷三《微喻类》，人民文学出版社，1963，第83页。
③ （清）王士禛撰《带经堂诗话》卷三《微喻类》，第83页。
④ （清）王士禛撰《带经堂诗话》卷三《仁兴类》，第69页。

第五章

"脉"与中国古代文论

　　"脉"是在中国古代文论体系中占有一席之地的重要范畴。古人在对各类文学作品的分析、品评以及文学观点的阐述中多涉及"脉"这一术语。如唐皎然《诗式》"诗有四不"云："才赡而不疏，疏则损于筋脉。"宋楼昉《崇古文诀评文》评柳宗元《东池戴氏堂记》："脉络相生，节奏相应，无一字放过。"① 我们评论小说，也时常用"草蛇灰线，伏脉千里"等语。与另一范畴"气"相比较，"脉"虽然在文论中被运用的频率有所不及，但文章不可无"气"，也不可无"脉"，从这个意义上说，"脉"与"气"虽内涵有异，然在创作和鉴赏中皆是不可或缺的要素。

　　文论中的"脉"究竟为何意，或答曰：文章脉络。此类看似爽快的回答仅仅是毫无创见的叙述，并不能让我们了解到"脉"字的本来含义，以及其表象下所隐藏着的富有深意的内容。中国古代文论具有独特的话语方式，相关术语都是古人凭着自己阅读、学习的经验进行理解并运用到文论中的。他们大多不会像西方学者那样不断反思、还原事物和意识的本质，并以逻辑的观念代替经验内容，使学术定义精确、逻辑清晰。相反，中国古代文论范畴的内涵是开放性的，可以不断扩展、衍生，它们相互区别却又界限模糊，共同构成了庞大的中国古代文论范畴体系。古人不擅长用精确的定义来描述对象本身，以至于此类具有开放性内涵的术语很难用一两句的定义来解释清楚。然而，经验性的论述并非臆断，术语的原义以

---

① （宋）楼昉撰《崇古文诀评文》，王水照编《历代文话》，第 476 页。

及不同时代的知识背景和文学思潮都对术语的丰富内涵产生深刻的影响。厘清了这条自本义发起，经由不同阶段丰富和衍生的线索，自然就把握住了它的内涵。

一 "脉"意涵的产生与演变

"脉"亦写作"脈"。"永"字的篆体为"□"，"辰"的篆体为"□"，一般古文字的字形方向不固定，所以"□"与"□"并无差别，二者属于同形字。金文中多有将"永"写作"辰"者，如匽公匜将"永"写作"□"，郜嬰壶将"永"写作"□"。后来才以"□"表示"永"，以"□"表示"辰"，二者的含义也有了区别。《说文解字》释"□"："长也，象水巠理之长。"释"□"："水之邪流别也，从反永。"南唐徐锴《说文解字系传》云："永，长流，反即分辰也。"清段玉裁《说文解字注》云："邪流别，则正流之长者较短而巠理同也，故其字从反永。"对于"□"如何引申出"长远"的意思，清饶炯《说文部首订》云："指事，炯案，说解当云水正流也，象水巠理屈曲续流之形……凡正流者为水长，因又借长久义。"[1] 何琳仪《战国古文字典：战国文字声系》释"永"："从人，从行，会人行路远长之意。"[2] "行"字的甲骨文为"□"，像十字路，其本义为"道路"，"永"之甲骨文"□"（甲六四一）像人行于路上，因而有远长之意。或认为"永"是"泳"的原字，会人潜行水中之意，而长远乃其假借义。

不论如何，以上诸说皆以"永"训"长远"，而"辰"因从反"永"而得出"邪流别"之意。当然也有学者提出质疑，如清徐灝《说文解字注笺》云："反'永'为'辰'，然'永'字象形近于泛设，当是反'辰'为'永'，'辰'像水分流，反之则为合流，故训为长矣。"[3] 众说的分歧都在于"永"字"长远"之意的来历，以及与"辰"之先后关系，对于"辰"本义的阐释则基本无差异。裘锡圭《文字学概要》将当"水

---

① （清）饶炯：《说文部首订》，丁福保编《说文解字诂林》第 12 册，中华书局，1988，第 11286 页。
② 何琳仪：《战国古文字典：战国文字声系》上册，中华书局，1998，第 626 页。
③ （清）徐灝撰《说文解字注笺》，《续修四库全书》第 226 册，第 460 页。

长"讲的"永"视为象事字，将"辰"视为象物字，这是很有道理的。①
从字形上看，〲像水有分流，"辰"之含义由此而来。何谓"邪流别"，
清段玉裁《说文解字注》云："流别者，一水岐分之谓，《禹贡》曰：漾
东流为汉，沇东流为沲，江东别为沱。此言流别之始。……流别则其势必
邪行，故曰邪流别。"清王筠《说文解字句读》云："释水曰：水自河出
为灉，济为濋，汶为澜，洛为波，汉为潜，淮为浒，江为沱，涡为洵，颍
为沙，汝为喷，凡此皆所谓别也，出于大水而别流也。谓之邪流者，如河
之正流为正，灉自河出者，视河为邪，非谓河流必正东正西，灉流必倾邪
也。既已别出，即是分辰。"至此我们知道，一水直下而无分支显然不能
称之为"辰"，但仅言某一支流也未能囊括"辰"的全部含义。它展现出
"一水岐分"的整个状态，虽其意义重在"邪流"，然"一水"实为本
源，包含"正流"映照出"别流"势必邪行的特点，二者不可或缺。

从以上论述还可以得到一条信息，不论是"〲"从反"永"，还是
"〲"从反"辰"，"辰"字的本义源于物象（水流别）的结论是十分肯
定的。然而，赋予"辰"以"邪流别"的含义并加以运用的时间相比于
"永"字要晚。前面已述，在古文字里"辰""永"无别。金文中的
"辰"字皆作"永"（长久、长远）用，而无用以表达流别、分派的意
思。② 这说明当时"辰"的本义还没能被广泛运用。后来在"辰"左边加
上"氵"，即"派"。清段玉裁《说文解字注》云："辰与水部派音义皆
同，派盖后出耳。"清沈涛《说文古本考》云："派，即辰字之俗。"③ 在
汉字发展过程中，为明确字义，避免混淆，在已有文字基础上加意符的现
象颇为常见。"派"字的出现大概是为了明确"辰"的本义（水之流别）
而在其左边加上意符"氵"。

与之类似，古人在"辰"旁边加上"血"字，即成"衇""衇"。或
将"辰"从"月"（意为肉）形成"脈"字。受古文字的影响，"脈"又
可写作"脉"。这几个字意义相同，皆用以特指人身体之血脉。

---

① 参见裘锡圭《文字学概要》，商务印书馆，1988，第141页。
② 参见丁福保编《说文解字诂林》第12册，第11286页。
③ （清）沈涛撰《说文古本考》，《续修四库全书》第222册，第431页。

承上所言，"脉"字的本义是从"辰"字而来，加"血""月"这类意符，即为了明确其引申义。故《说文解字》言"（脉）血理分邪行形体者。从辰、从血，衇或从肉"。清王筠《说文解字句读》云："衇如木石之有理，故曰血理。幕络一体，故曰邪行。"河流是外在的物象，其态势较易为人所把握，血脉属于生命体内部机能，必待人之知识水平和原始医学发展到一定程度才能对其有直观理解。人之血脉遍布全身，恰似河流有正有邪，有合有分。故先出现"辰"，后引申至"脉"是理所当然的事。

按照"永"—"辰"—"脉"这条文字发展线索，"脉"字的出现晚于"永""辰"。但在先秦典籍中仍可找到运用"脉"以表示其本义甚至引申义的例子。《春秋左传》（僖公十五年）云："乱气狡愤，阴血周作，张脉偾兴，外强中干；进退不可，周旋不能。"《周礼·天官冢宰》云："凡药，以酸养骨，以辛养筋，以咸养脉，以苦养气，以甘养肉，以滑养窍。"以上两例言脉皆指人体之血脉。《国语》言脉者有三例，兹列于下：

1. "农祥晨正，日月砥于天庙，土乃脉发。"韦昭注："脉，理也。"①

2. "弗震弗渝，脉其满眚，谷乃不殖。"韦昭注："震，动也。渝，变也。眚，灾也。言阳气俱升，土膏欲动，当即发动变写其气。不然，则脉满气结，更为灾病，谷乃不殖也。"②

3. "且夫制城邑若体性焉，有首领股肱，至于手拇毛脉。"③

韦昭是三国时期人，他在注《国语》，特别是解释"脉"字时不免受到个人知识水平和时代学术文化的影响，出现以今释古的情况。但我们仅按其句意，也可以看出"土乃脉发"与"脉其满眚"并非指"身体血脉"，乃"脉"之本义延伸。按韦昭之注解，"脉其满眚"意为"脉满气

① 徐元诰撰《国语集解》，中华书局，2002，第16页。
② 徐元诰撰《国语集解》，第17页。
③ 徐元诰撰《国语集解》，第499页。

结",这与《春秋左传》中言"张脉偾兴"意思相近,不同的是前者论述对象为自然物象,后者为人之身体。联系前引第三条,这种引申的痕迹或许更为明显,此句直接将"制城邑"与人的身体相类比,指出"制城邑"也有"股肱""手拇""毛脉"。

"脉"字的出现应当是将人身体中的血液流动与水之流别状态相比附的结果,它的产生不必也不尽然与古代医学挂钩。但也不可否认,"脉"内涵的丰富、脉学体系的完善与古代中医学的发展密不可分。《史记·扁鹊仓公列传》言扁鹊"特以诊脉为名","至今天下言脉者,由扁鹊也",此文还述及扁鹊以脉象诊断病候的实例。在马王堆出土的医学典籍《足臂十一脉灸经》《阴阳十一脉灸经》中,论及人体的 11 条经脉,并且将疾病与经脉联系起来,出现了脉症法。《黄帝内经》中对"脉"则有更为丰富的论述。质言之,在战国初期脉学已经具有一定的体系特征。

在已经成熟的经脉理论中,"脉"既包括邪行于形体之"血理",更反映了一整套精微的人身脉络系统。《灵枢·经脉》分列 12 条经脉,并将其首尾相接,形成经脉气血循环的理论体系。每条经脉都只是整个循环系统中的一部分,"脉"之概念也由笼统地指幕络全身的血理通道引申为细指经脉体系的某一部分。这样的变化虽然未伤及"脉"之本义,却也显示出"分流邪行"这层意思已不在脉学中占据主要地位了。可见"分流邪行"之意主要是在由"辰"到"脉"的转换中发挥作用,当中医学要借"脉"来构建其体系时,它的这层最原始的含义则渐渐消隐。非但如此,主次之别不再是脉络之特点,相比而言,脉学更重视经脉的起止行径和前后的相贯。因为只有各条脉络都贯通才能保证整个循环系统的畅通无阻。如《灵枢·经脉》云:"肺手太阴之脉,起于中焦,下络大肠,还循胃口,上膈属肺,从肺系横出腋下,下循臑内,行少阴心主之前,下肘中,循臂内上骨下廉,入寸口,上鱼,循鱼际,出大指之端;其支者,从腕后直出次指内廉,出其端。"《吕氏春秋·达郁》所言"血脉欲其通也……精气欲其行也,若此则病无所居而恶无由生矣"直接点出血脉通贯对保持健康身体的重要性。

中医学对脉之解释主要包括三个方面:一是指脉管,即气血运行之通道；二是指脉搏、脉象；三是指切脉、诊脉之法。这三个方面以第一个为最基础也最重要，因为只有在明确了"脉"是什么之后，才能在理论上分析脉象及其与病候的关系。《素问·脉要精微论》云："夫脉者，血之府也。"《素问·宣明五气篇》云："心主脉。"指出脉是血液聚集之处，并且血液在脉中之循环主要靠心脏的推动，故《素问·六节藏象论》云："心者，生之本，神之变也；其华在面，其充在血脉。"这与现在所言之血管极为相似。此外，脉还是气运行的通道，《灵枢·决气》云："壅遏营气，令无所避，是谓脉。"营气即运行于脉中之精气，《灵枢·邪客》云："营气者，泌其津液，注之于脉，化以为血，以荣四末，内注五脏六府。"人之经络遍布全身，在中医学上各有名目：经脉是整个经络系统中直行的干线，包括十二经脉和奇经八脉；络脉即由经脉分出的布于全身的分支，络脉之分支便为孙络（或孙脉）。经络是血气行经的通路，对滋养身体、维持生命都有极为重要的作用。气脉畅通则有益身体健康，脉中血不流行必会产生病变，脉短气绝更危及人的生命。可见，中医学中所言之脉并不能完全等同于现代医学所说的血管，比之于能够明晰血管、淋巴、神经等系统的特质以及相互间差异的现代医学，中医学中之"脉"显得更为神秘玄奥。

总结以上对中医学脉论的分析，我们可以得到四条有利信息：第一，"脉"由"分流邪行"之本义引申到实指人身体的每一条脉；第二，将"脉"与人体之"气"联系起来，出现"气脉"一词；第三，注重脉络中血气运行的连贯性；第四，出现了"经脉""络脉""筋脉"等概念，这对其后古代文论中对"脉"之运用有深刻影响。

"脉"字除了表示人体经络之外，还可借以表示大自然之脉理。前面提到《国语》中"土乃脉发""脉其满眚"即指此类。在古人看来，自然万物与人体具有同构性，可以将用之于身体的医学理论比附到大自然中，抑或以宇宙天地的运行来指导人的行为以及对医理之认识。这种相互的影响无时无刻不在进行着。"地脉"一词最早出现在《史记·蒙恬列传》中："恬罪固当死矣。起临洮属之辽东，城堑万余里，此其中不能无绝地脉哉？此乃恬之罪也。"其中"地脉"的含义或指大地有土气循行，或指地表之连绵起伏。《吴越春秋·越王无余外传》云："行到名山大泽，召其神而问之山川脉理。"堪舆学的发展丰富了大自然之"脉"的意义，它更加重视大地之上山水的形势。堪舆学家将山的走向称为"龙"或"龙脉"，称其为"龙"是因为山之走势如龙之腾云一样时起时伏、忽隐忽现、变化莫测。称其为龙"脉"则是指山在外形上连绵起伏，地气则始终相贯。在堪舆学典籍中有时也直接称其为"山脉"，如《管氏地理指蒙·干流过脉》云："是知河以聚山脉，而江以断山脉。"① 而对于水脉，《管子·水地》云："水者，地之血气，如筋脉之流通者也。"《论衡·祀义篇》云："水，犹人之有血脉也。"将地上之水喻为人体筋脉中之血气。这不仅是由于江河流别与血脉相似，更在于水能够滋养万物。故水的起伏流灌对万物生存、人居环境至关重要。堪舆学将江河的流向称作"水龙"，其意义与"龙脉"类似。如同血脉一样，水脉之含义虽然也包括江河的脉系，但更多时候指水流的分布及静态形势。如《博物志校证》云："骆驼知水脉，遇其处辄停不肯行，以足蹴地，人于其蹴处掘之，辄得水。"② "脉"由"辰"引申而来，"辰"原指水之流别，而现在将"脉"比附到江河上时，它不再突出显示其原义。相比而言，"派"（有派生、派别之意）与"辰"在含义上更相近。

综上，"脉"由自然界取象而来，并在古代医学发展过程中获得丰富的内涵，形成中医学经络体系。人们对人体经脉的理解又影响到他们对大自然的看法，出现了"山脉""水脉"等概念，这与术数堪舆的发展有着密切的关系。然而，上述由自然到医学，再到堪舆的叙述方式只是为了更方便地解释"脉"之演变。这一单向的逻辑过程并不能完全以时间的先后来替代。人们在实践活动中，取象于自然、认识人体结构以及将自然与人之精神与形体相互类比等现象并无明显的先后次序。比如言"土乃脉发"之《国语》就比很多言人体血脉的典籍出现得早。故可以说"脉"之含义是在古人象天法地思想的基础上，在中医学以及堪舆术数等学说的相互渗透和影响下逐步丰富和完善的。

---

① （魏）管辂撰《管氏地理指蒙》，《古今图书集成》第 47 册，中华书局、巴蜀书社，1985，第 57976 页。
② 范宁校证《博物志校证》卷八，中华书局，1980，第 97 页。

二　古代文论中"脉"之引入及早期运用

最早将"脉"引入文学批评的是刘勰。《文心雕龙·章句》云:"启行之辞,逆萌中篇之意;绝笔之言,追媵前句之旨。故能外文绮交,内义脉注,跗萼相衔,首尾一体。"此二句很好理解,即言文章要前后相接、意义连贯。需要注意的是,若将"内义脉注"理解为文章内部的义脉贯注,则不恰当。此引文后半部分四言句句式均为二二,即"外文/绮交,内义/脉注,跗萼/相衔,首尾/一体",意义单位与节奏单位是一致的。详言之,"绮"是指有花纹的丝织品,"文绮"不是一个有既定含义的词。这里的"外文绮交"是说外部的文辞像丝织品一样纵横交错、富有文采。故"内义脉注"也并非重在将"义"与"脉"连称而成为专门术语,其意是说文章内部的意义像脉络一样贯注于整篇文章。此处的"脉注"是借义于血脉贯注整个生命体,抑或是水脉贯注山川大地,今不可得知,但这种类比的痕迹是极为明显的。

刘勰《文心雕龙·章句》主要讨论"章""句""字"之间的关系。"章"是在结构和意义上都完整独立的基本单位。"句司数字,待相接以为用",同样,一章由若干句组合而成,在"章总一义"的前提下,每一句都应当作为体现整章之义的枢纽,成为"章"这一完整独立单位的有机组成部分。其言"章之明靡,句无玷也",即指出不要因为句子的缺陷引起篇章文义的晦涩杂乱。如何处理章句之间的关系呢?刘勰所云"启行之辞,逆萌中篇之意;绝笔之言,追媵前句之旨"就是说上文要为下文意义的生发作好铺垫,下句也要承接上句之旨。如此,前后文、上下句之间形成意义相连的态势。刘勰很注重前后意义的顺次相连,如云"跗萼相衔""事乖其次,则飘寓而不安""搜句忌颠倒,裁章贵顺序"等,故其言"内义脉注",也是从上下文意依次承接、连贯的方面来说的。

另外,《文心雕龙·附会》也有一段与"脉"相关的文字,如下:

　　　　且才分不同,思绪各异,或制首以通尾,或尺接以寸附,然通制者盖寡，接附者甚众。若统绪失宗，辞味必乱，义脉不流，则偏枯文体。①

　　承前所言，如果只着眼于上下句之间的顺次相接，而忽略全篇的义理统摄和章法安排，就好比记流水账，散漫无归，丝毫凸显不出文章的主旨，更与"章总一义"的准则背道而驰。故刘勰之论必定不会斤斤于句与句之间的前后承接，《文心雕龙·附会》篇中"且才分不同，思绪各异，或制首以通尾，或尺接以寸附，然通至者盖寡，接附者甚众"这几句话更是直接表明了态度，比起"尺接以寸附"者，"制首以通尾"更为难得。注重文章的通盘考量甚于枝节的连接，刘勰的这一倾向不言自明。接下来"若统绪失宗，辞味必乱，义脉不流，则偏枯文体"几句话是对前言的进一步说明。创作时若没有照应全文的宗旨和统一的结构安排，那文意必然杂乱，不能够前后贯通，所以在刘勰看来，"总文理、统首尾、定与夺"是与义脉的流贯直接相关的。从用语角度来看，我们可将这里的"义脉"视为合成词（即意义的脉络），但还是能从中发现用文章义脉类比人体血脉的痕迹。所谓"偏枯文体"的"偏枯"本是用于形容人体病症（有的解释为半身不遂），人体血脉不通，必然有偏枯之症。刘勰用"脉""偏枯"来形容"文章"，这是建立在人体与文体同构同理的认识论基础上的。

　　在唐五代，仅有的几条"脉"论语句出现在皎然《诗式》、旧题贾岛《二南密旨》、王叡《炙毂子诗格》、徐夤《雅道机要》等四部诗格著作当中。唐皎然《诗式·诗有四不》云："才赡而不疏，疏则损于筋脉。"日本名僧遍照金刚《文镜秘府论》引《文笔势·论体》云："文体既大，而义不周密，故云疏。"又云："若事不周圆，功必疏阙。"可知皎然是说在进行文学创作时，若过分显露自己的才情，而忽略文章内部的结构，则会导致其意义不连贯、事理不周详。如果说刘勰的《文心雕龙》中还留有将文章意义连贯与人体血脉相比附的痕迹的话，那皎然的《诗式》则直接反映出文章本身就是有"筋脉"的整体。也就是说这一时期的文论

---

① 范文澜注《文心雕龙注》卷九《附会》，第651页。

家在运用"脉"字评论诗文时,不再需要通过人体脉络或者山川脉理等直接的比附来完成(尽管这种直接的比附在后来的著作中多有出现)。

唐王叡《炙毂子诗格》有"一篇血脉条贯体",该条目之下云:

> 李太尉(李德裕)诗云:"远谪南荒一病身,停舟暂吊汨罗人。"此诗首一句发语,次一句承上吊屈原。"都缘靳尚图专国,岂是怀王厌直臣。"此二句为颔下语,用为吊汨罗之言。"万里碧潭秋景静,四时愁色野花新。"此腹内二句,取江畔景象。"不捞渔父重相问,自有招魂拭泪巾。"此二句为断章,虽外取之,不失此章之旨。①

此诗四联含义一连而下,旨意明确,无隔断之感。王叡认为这便是"血脉条贯"的典型之作。又,"两句一意体"下云:

> "如何百年内,不见一闲人。"此二句虽属对,而十字血脉相连。②

此联诗可视为不算很工整的流水对,上下两句句意承接,共同表达了诗句的主旨,若将其割裂,单看上句或者下句,都不能得其全意。"句病体"下云:

> "沙摧金井竭,树老玉阶平。"上句五字一体,血脉相连。若"树"与"玉阶"是二物,各体血脉不相连。③

这无非是说"沙摧"导致"金井竭",二者有事义上的联系,故血脉相连;而"树老"与"玉阶平"之间没有事义上的联系,故血脉不相连。可以看出,诗论家论及"血脉"时总是指向作品事件的合理承接,以及内在义理的连续。这与《文心雕龙》讲"义脉",《诗式》言"筋脉"内

---

① (唐)王叡撰《炙毂子诗格》,张伯伟撰《全唐五代诗格汇考》,第388页。
② (唐)王叡撰《炙毂子诗格》,张伯伟撰《全唐五代诗格汇考》,第391页。
③ (唐)王叡撰《炙毂子诗格》,张伯伟撰《全唐五代诗格汇考》,第391页。

涵大致相同。五代徐夤《雅道机要》专有"叙血脉"一条:"凡为诗须洞贯四阙,始末理道,交驰不失次序。"① 讲的也是事义要融通,要符合情理。另外,旧题贾岛《二南密旨》云:"四时物象节侯者,诗家之血脉也。"此处言物象隐喻对诗歌创作、解读来说,必不可少。如用"雷"比教令,"孤云"比贫士等,为诗家常用手法。隐喻的重要性便如人之血脉,不可或缺,缺少对物象隐喻的了解,那对诗歌的解读就不能通畅。可见,《二南密旨》所言之"血脉",依旧立足于作品的连贯性。

综上而言,在宋以前的文学批评中,"脉"论尚未形成规模。作为首次在刘勰笔下出现的文论概念,与"兴""神""气""势"等概念相比,"脉"在《文心雕龙》中的地位可以说是微不足道。唐代诗论家的偶一用之也未能提升"脉"的理论地位。极少的事例容易让我们做出如下判断:刘勰等人只是为了表述的形象,偶然性地用到了"脉"这个字,内中并没有何种必然性可挖掘,但此言不完全准确。

首先,认为文学作品与人体一样,具有完整的、统一的生命特性,这是自先秦而来的同构思维的必然表现。古人论文,讲求外在结构的完整,故律诗有首、颔、颈、尾四联之说,文章则有头、项、心、腹、腰、尾之论;讲求内在的生命力,故有以血、脉、骨、气、心等术语来论文。以人体喻文,不是一蹴而就的,而是经历了漫长的发展和丰富的过程。但是,如果我们确定这种生命化的类比和丰富是古代文学批评发展的必然结果,那就得承认,"脉"这个术语,即便刘勰不用,它进入文学批评也是迟早的事情。

其次,魏晋六朝是中国古代文学形式批评的形成期,文论家将焦点集中到对文类、风格、创作原则等诸多形式的批评方面,由此,文学创作的运思、作品的章法、用句、用字等都被纳入探讨的范围。作品的连贯性自然就是探讨文学创作的题中应有之意。比如陆机《文赋》云:"或仰偪于先条,或俯侵于后章。或辞害而理比,或言顺而义妨。离之则双美,合之则两伤。考殿最于锱铢,定去留于毫芒。苟铨衡之所裁,固应绳其必当。""仰偪于先条""俯侵于后章"都是前后文层次不分明引起的弊病,

---

① (五代)徐夤撰《雅道机要》,张伯伟撰《全唐五代诗格汇考》,第 446 页。

这与刘勰"启行之辞,逆萌中篇之意;绝笔之言,追媵前句之旨"恰成对照。陆机于此提出言辞通顺与义理顺畅时常不一致的问题,认为当仔细权衡使二者皆美,而不是为了构筑言辞的通顺而有碍文义。陆机这里已经言及文章表面语意的通顺和内在义理流贯的问题,可以说是为刘勰《文心雕龙》中《章句》《镕裁》《附会》诸论导夫先路,黄侃《文心雕龙札记》便认为"此文所言安章之术虽简,实足包括舍人三篇之言"①。唐代诗格作品的主要目的就在于探讨诗歌作法,引入"脉"字,偶然当中也自有其必然因素。

总之,文学批评一旦讨论到具体的文学创作,那文意、文辞的顺畅必定是首先考虑到的基础性问题。古人在探讨文意、文辞的顺畅时,确实不一定要用"脉"这个术语,比如皎然言作诗"时时抛针掷线,似断而复续",以线为喻,形象说明了诗歌创作的要求。然而,比起背后有中医学、堪舆学,以至于象天法地思维支撑的"脉"范畴,"线"的理论内涵和文化积淀明显不及。可见,"脉"之所以能成为描述文章连贯性的重要范畴,一方面是因为传统的同构思维给予了"脉"深厚的文化内涵,另一方面是因为"脉"之含义(贯通性)实实在在地契合了人们对文学作品意义连贯状态的描述。

三 文论中"脉"范畴的多层面衍生

自宋而下,文论中"脉"的运用渐多,宋以后的论家对诗文创作方法的持续关注,以及文学批评文献的剧增,都不同程度地促进了"脉"论的发展。不论怎样说,"脉"之内涵与文学作品的本质规律具有较高的契合度,才是"脉"之所以能够成为文论范畴的根本因素。二者的契合使得古代文学批评中的"脉"论不断丰富,与"脉"相关的派生范畴也就越来越多。从术语来源上讲,大体可分为两类。其一,"脉"内涵的丰富少不了中医学、堪舆学的助力,文论中的一些术语即从中医学、堪舆学引入,如气脉、血脉、过脉、急脉、缓脉、伏脉、发脉、落脉、来龙去脉等。其二,还有部分派生范畴是由相关文学术语与"脉"结合而成,如

---

① 黄侃:《文心雕龙札记》,上海古籍出版社,2000,第145页。

文脉、语脉、句脉、意脉等。"脉"之派生范畴除了反映出用语多样化之外，还反映出"脉"的指涉面越来越广，与文学思想的关联也越来越紧密。从文学作品的内在气韵到外在文辞，都成为"脉"描述的对象。换言之，"脉"具有了描述文本内在结构和外在结构的能力。因此我们可以说，文论中的"脉"没有停留在如"叶脉"般简单的表层比附上，"脉"与其派生范畴一同构筑了立体化、多层次的文学批评话语体系。

（一）内在气韵的融通——血脉、气脉

古人论文重视内在精神、气韵，此属文学作品的深层结构，它通过章节字句等表层结构体现出来，但又不流于文辞之表面。便如人体之血脉、气脉，由内生发出来，是贯注生气之大要。

"血脉"本是中医学术语，指人体中血液流经的通道，大致可理解为现代意义上的血管。人体血脉往复循环、遍布全身，是维持生命的关键。唐王叡《炙毂子诗格》将事义连贯视为诗之"血脉"，五代徐夤以"始末理道，交驰不失次序"描述血脉，把血脉贯通之于生命的意义搬到文论上来。宋及其以后，诗论中言"血脉"者渐多，吴沆、姜夔将诗歌作品与人体相比拟，强调诗有"血脉"，这体现了古代诗论的生命化特性。同时，古代文论中多以贯通、连属描述血脉，此种描述是基于对作品的整体把握，它建立却又超脱于结构、纲目之上，被视为文学作品内在、无形的存在状态。宋楼昉《崇古文诀评文》评诸葛亮《后出师表》："一篇首尾多是说事不可已之意，所以不可已者，以'汉贼不两立，王业不偏安'故也。血脉联属，条贯统纪，森然不乱。"① 赞《后出师表》"血脉联属"，既点出了文章情理叙述的"条贯统纪"、结构的"森然不乱"，更揭示出一意贯穿全文的内在要求。文学作品诸要素相互关联，共同构成了有机统一、生气贯注的整体，便如人之血脉贯注全身，使其容光焕发。统一体的完美呈现是其内部诸要素共同作用的结果，若有些许缺陷，则有伤血脉。如明谢榛《四溟诗话》责韩愈诗句"露排四岸草，风约半池萍"道："下句清新有格，上句声调龃龉，使无完篇，则血脉不周，病在一臂故

---

① （宋）楼昉撰《崇古文诀评文》，王水照编《历代文话》，第 468 页。

尔。"① 前后连贯之意在"血脉"范畴中占据核心位置，既将"血""脉"二字相连，那它必然具有"体现文学作品融贯统一的生命特性，展示其整体生气"的倾向。是以元倪士毅《作义要诀》论作文之法则曰："有开必有合，有唤必有应；首尾当照应，抑扬当相发；血脉宜串，精神宜壮。如人一身，自首至足，缺一不可。"② 清方东树评汉魏人之作品亦曰"血脉贯注生气"③。故在文论中，"血脉"成为文学生命化特征之揭橥。

在中医学理论中，"气脉"表示人体血气的流通路径；在堪舆学中，则表示大地之气的运行。以"气脉"之贯通来品评诗文实为常见，如宋包恢《书抚州吕通判开诗稿后》云："盖八句之律，一则所病有各一物一事，断续破碎而前后气脉不相照应贯通，谓之不成章……今耐轩续稿似独不然，观其八句中语意圆活悠长，有蕴藉，有警策，气脉贯通而无破碎断续之病。"④ 其所言气脉超脱于物事等表层结构，同时也指出表层结构的破坏有损于作品内在气韵的圆转。文章之气由首至尾，如山脉绵延，应避免隔断、短促，故气脉绵长为作文之一要。《朱子语类》云："陆教授谓伯恭有个文字腔子，才作文字时，便将来入个腔子做，文字气脉不长。"⑤朱熹所言依旧是超脱于表面结构之上的。作为元范畴，"气"具有形而上的特征，且有足够的能力使其派生范畴染上自己的色彩，故"气脉"亦具有偏向于形而上层面的倾向。清方东树直接将"气脉"与创作技法相对，他在《昭昧詹言》中云："然徒讲义法，而不解精神气脉，则于古人之妙，终未有领会悟入处，是识上事。"⑥ 然而，"气脉"绝不可能完全统属于"气"之下，在注重其文学本体、形而上的层面的同时，它形而下的技法层面也理应得到重视，对此方东树在后文中作了更为细致的分析：

有章法无气，则成死形木偶。有气无章法，则成粗俗莽夫。大约

① （明）谢榛撰《四溟诗话》卷四，人民文学出版社，1961，第99页。
② （元）倪士毅撰《作义要诀》，王水照编《历代文话》，第1499页。
③ （清）方东树撰《昭昧詹言》卷一，第27页。
④ （宋）包恢撰《敝帚稿略》卷五《书抚州吕通判开诗稿后》，《景印文渊阁四库全书》第1178册，第761页。
⑤ （宋）黎靖德编《朱子语类》第8册卷一百三十九，中华书局，1986，第3321页。
⑥ （清）方东树撰《昭昧詹言》卷一，第9页。

诗文以气脉为上。气所以行也，脉缩章法而隐焉者也。章法形骸也，脉所以细束形骸者也。章法在外可见，脉不可见。气脉之精妙，是为神至矣。俗人先无句，进次无章法，进次无气。数百年不得一作者，其在兹乎！①

钱仲联《释"气"》一文指出："气脉是作品潜在的精神和用以驾驭章法脉络的艺术的统一体。"② 人各有气，不同的人的作品自有不同的气韵脉法，气带有主体创作的精神特质，脉则勾连创作之章法技巧。如此，以"气脉"来描述作者、作品的创作特点是极其恰当的。总而言之，"气脉"可以指涉章法，但其描述作品深层结构的倾向更为明显，章法安排的目的就在于气脉流转，清方东树所言"章法在外可见，脉不可见"，即承认了脉与作品内在结构的关联。

（二）意义、道理的连贯——意脉、义脉③、脉理

任何文学作品都具备内在的文意，创作和阅读的过程可以分别看成是作者将一己之意付与文字，读者再从中获取文意的过程。古人云"言不尽意""词不达意"、作诗讲究"言外之意"等皆是从语言与文意之关系来阐述的。不论是立言尽意还是追求言外之意，"意"终究是创作主体所要表达的东西，也是贯注于文学作品的必然要素。元方回《瀛奎律髓》云："以意为脉，以格为骨，以字为眼。"④ 点明了"意"要如人体脉络一样贯穿整体。故而对文学作品来说，"意脉"是指作品内在意义的连贯状态；对文学创作或者阅读欣赏的过程来说，"意脉"则表现为作者自己以及作品对读者所引起的思想的流动、情感的展开。

在论诗重意的宋代，"意脉"得到格外的重视。宋周紫芝《竹坡诗话》记载：

---

① （清）方东树撰《昭昧詹言》卷一，第30页。
② 钱仲联：《释"气"》，《梦苕庵清代文学论集》，齐鲁书社，1983，第237页。
③ "义脉"一词当是出现得最早的"脉"论范畴。其若指文章的内容含义，自可归入"意脉"之中；若指文章包含的义理，则又不出"脉理"之范围。刘勰提出"义脉不流"，但后来的论家没有推而广之、大加运用。故下文不再赘言。
④ （元）方回选评，李庆甲集评校点《瀛奎律髓汇评》下册，上海古籍出版社，2005，第1512页。

《病起》一诗云："病来久不上层台，窗有蜘蛛径有苔。多少山茶梅子树，未开齐待主人来。"此篇最为奇绝。今乃改云："为报园花莫惆怅，故教太守及春来。"非特意脉不伦，然亦是何等语。①

此诗未改之时明白如话，诗意也顺畅清晰，改后诗意婉转隐晦，上下稍有隔阂。同时代的吴可在《藏海诗话》中评吴申李诗句"潮头高卷岸，雨脚半吞山"道："然头不能卷，脚不能吞，当改'卷'作'出'字，'吞'作'倚'字，便觉意脉连属。"② 且不论以上两者各自的论断是否合理，不难看出前者重在全诗的意义分明、连贯，后者则着眼于句意的合理、通顺。他们都反映出诗歌意义连贯的重要性，这是具有一定道理的。从中也可以看出"意"的囊括性极强，所指可大可小，字义的推敲、句子的组合、段落的连贯皆可归到"文意"上来，而其目的在于全篇之意通贯一体，无有隔断。

"脉理"这一范畴也不为古代文论所独有，在其之前已经被广泛运用于中医学、堪舆学等领域，且"脉"与"理"有一定的共通性。《说文解字》云："理，治玉也。"《战国策》云："郑人谓玉未理者为璞。"可知"理"原义即对玉进行剖析。玉石的条纹处最易破裂，治玉者必须顺玉之纹（文）而剖之，故以"理"表示玉石之条纹。其引申义指称对象内容，抑或形式上的规律性、规定性。而对于"脉"，《说文解字》云："血理分邪行体者。"简言之，"脉"即血理，王筠《说文解字句读》云："衇，如木石之有理，故曰血理。"《国语》云："土乃脉发。"三国韦昭注曰："脉，理也。"二者都指出了"脉"与"理"的共通性。在古代文论中，"理"是指文章语言形式、内容意义上分合、连属的状态，这与文之"脉"所指相同。然这只是文学作品所体现的"理"的一个方面，文章所包含的情理、义理虽与文"脉"密不可分，然到底还是居于文"脉"之外。文学作品广义上的"理"包括了"文理""情理""义理"等，而"脉"仅仅是其中一个方面。此外，"理"经由历代文人学者的阐述、发

① （宋）周紫芝撰《竹坡诗话》，（清）何文焕辑《历代诗话》，第357页。
② （宋）吴可撰《藏海诗话》，丁福保辑《历代诗话续编》，第340页。

挥，早已成为富有深刻意义的哲学范畴，其形而上的内涵远甚于"脉"，而"脉"始终停留在形而下的层面。因此，一方面我们可将"脉理"这一范畴看成"脉""理"二字的同义复用，但另一方面也要明白在这个范畴表达的意义中，"脉"重在贯通，而"理"重在遵循。

宋张耒《答李推官书》云："自唐以来至今，文人好奇者不一。甚者或为缺句断章，使脉理不属。又取古书训诂希于见闻者，捋扯而牵合之，或得其字不得其句，或得其句不得其章，反复咀嚼，卒亦无有，此最文之陋也。"① 缺句断章、语意突发而来，戛然而止，无首无尾，定然谈不上脉络通贯，上下文理连属。即便"得其字不得其句，或得其句不得其章"，也是有碍于脉理连属的。朱熹为《中庸集解》作序，以为："唯哀公问政以下六章，据《家语》，本一时问答之言，今从诸家，不能复合。然不害于其脉理之贯通也。"脉络通贯与文理连属本身就是一体的，以贯通等语描述"脉理"自然常见，不必多述。

明汤显祖《孙鹏初遂初堂集序》云："（文章）位局有所，不可以反置；脉理有隧，不可以臆属。"② 清刘熙载《艺概》云："词中承接转换，大抵不外纡徐斗健，交相为用，所贵融会章法，按脉理节拍而出之。"③ 词自有其章法和声律要求，若声律为节拍，那章法就为词之"理"，填词必须按其固有的文体特性和章法布置。"脉理有隧""按脉理节拍而出之"都是未发之前对其规律特性的遵循，故其重亦在"理"这一方面。唐杜甫《薄暮》诗云："江水长流地，山云薄暮时。寒花隐乱草，宿鸟探深枝。故国见何日，高秋心苦悲。人生不再好，鬓发自成丝。"清仇兆鳌《杜诗详注》评曰："上四暮景，下四暮情。此诗纵横看来，意无不合。晚花隐色喻己之混迹，夕鸟归林方己之避乱。此虽写景，而兼属寓言。故国生悲仍与流水相应，白头兴叹又与暮云相关。脉理之精细如此。"此诗脉络井然，且章法细致、情理精微，可知诗文之要不仅在于连贯，其精细之处亦当如脉络之行，无所不至。将"精细"视为文之"脉"的一种全

---

① （宋）张耒撰《张耒集》卷五十五《答李推官书》，中华书局，1990，第829页。
② 徐朔方笺校《汤显祖诗文集》卷三十一《孙鹏初遂初堂集序》，上海古籍出版社，1982，第1060页。
③ （清）刘熙载撰，袁津琥校注《艺概注稿》卷四《词曲概》，中华书局，2009，第530页。

新的描述固无不可，但文理之绵密、情理之精微才是仇氏对杜甫这首诗最主要的评价，而脉络连贯显然被囊括在这样的评价之内，因为它是文理与情理达到完美统一和展现的内在前提。

（三）语义、句法的勾连——语脉、句脉

所谓积字成句、积句成篇，字句是作品的基本单位。古人论"脉"，不少是从字句的勾连上来说的。从词语的组合上来看，"语脉"显然是评论诗文时特有的范畴。宋王得臣《麈史》云："杜审言，子美祖父也。则天时以诗擅名，与宋之问倡和，有'雾绡青条弱，风牵紫蔓长'，又'寄语洛城风与月，明年春色倍还人'。子美'林花着雨胭脂落，水荇牵风翠带长'，又云'传语风光共流转，暂时相赏莫相违'。虽不袭取其意，而语脉盖有家风矣。"① 虽言杜甫之诗未窃审言之意，而所举的四联诗在句法和用语上实有相似之处，此即王氏所言之"语脉"。

朱熹好以"语脉"论"四书"等经典，《中庸或问》析"小人之中庸"一句："王肃、程子悉加'反'字，盖叠上文之语……若论一章之语脉，则上文方言君子中庸而小人反之，其下且当平解两句之义以尽其意，不应偏解上句而不解下句，又遽别生他说也。"此即从上下文之语意出发，分析典籍中脱文衍字的情况，再如下面两则：

> 洛书九数而五居中，洪范九畴而皇极居五，故自孔氏传训皇极为大中而诸儒皆祖其说。余独尝以经之文义语脉求之，而有以知其必不然也。盖皇者，君之称也；极者，至极之义，标准之名，常在物之中央而四外望之以取正焉者也。故以极为在中之准的则可，而便训极为中则不可。②
>
> 韩退之作《蓝田县丞厅壁记》……莆田方崧卿得蜀本，数处与今文小异，其"破崖岸而为文"一句，继以"丞厅故有记"，蜀本无"而"字，考其语脉，乃"破崖岸为文丞"是句绝。文丞者，犹言文具备员而已，语尤奇崛，若以丞字属下句，则既是丞厅记矣，而又云

---

① （宋）王得臣撰《麈史》卷中，《丛书集成初编》第208册，商务印书馆，1937，第32页。

② （宋）朱熹撰《皇极辨》，《朱熹集》第7册，四川教育出版社，1996，第3743页。

"丞厅故有记"，虽初学为文者不肯尔也。①

受印刷水平等各种原因的限制，古代典籍中多有纰漏，阙文、衍文、错置等现象时有发生，影响人们阅读和整理文献，故以上下文意进行本校、理校是版本校勘、修正纰漏的好方法。"语脉"在此类论述中时有出现，正如《四库全书总目》"《诗庸》十五卷"所言："推敲字义，寻求语脉。""寻求语脉"是文章考辨的重要手段，在写作和阅读过程中自然要考虑到。一方面，对于作品本身，要求其语意通顺，语脉连贯；另一方面，人是文学创作和鉴赏的主体，对文章语意、句意、文意的把握，乃阅读和鉴赏过程中必不可少的步骤，这也是了解前人著述、思想之必备。故朱熹云："读诗，且只将做今人做底诗看，或每日令人诵读，却从旁听之。其话有未通者，略检注解看，却时时诵其本文，便见其语脉所在。"②

由上可知，以"贯通""连属""分明"描述"语脉"仍旧是古代文论中最为常见的。除了具有"脉"范畴的一般性意义外，"语脉"往往从字义、句意等细处着眼，指称文学作品语意的连贯及其态势，它因而具有较大的实用性。"语脉"在古人评析、注疏经典时运用颇多，而在文学评论，特别是纯理论的文学论著中极少出现，这是它本身的特性所致。

"句脉"所指着重在句子结构以及上下句意方面。秦观云："赋家句脉，自与杂文不同。杂文语句，或长或短，一在于人。至于赋，则一言一字，必要声律。凡所言语，须当用意曲折研磨，须令协于调格，然后用之。不协律，义理虽是，无益也。"③ 此处的"句脉"便是指文章的句式以及内部的语言声律结构，并且秦观在此指出它与文章之义理无涉。再如宋张耒云："古今人作七言诗，其句脉多上四字而下以三字成之，如'老人清晨梳白头''先帝天马玉花骢'之类。而退之乃变句脉以上三下四，如'落以斧斤引纆徽''虽欲悔舌不可扪'之类是也。"④ 此皆是以句子

---

① （宋）洪迈撰《容斋随笔》，上海古籍出版社，1996，第 673 页。
② （宋）黎靖德编《朱子语类》第 6 册卷八十，第 2083 页。
③ （宋）李廌撰《师友谈记》，中华书局，2022，第 20 页。
④ （宋）张耒撰《明道杂志》，《全宋笔记》第 2 编第 7 册，大象出版社，2006，第 10 页。

内部、句子之间的连贯方式来表达"句脉"之含义。虽然其脱离不了句意、文意，但更侧重形式上的连贯状态。

除了上述派生范畴外，"文脉"与"脉络"算是最为普泛的"脉"论范畴，古代文学之"脉"论所讨论的对象就是文，即文章之"脉"。在中医学中"脉""络"有别，但将其移到文论上，其所指则完全相同，"脉"即"脉络"。严格说来，它们不是"脉"之派生范畴，实即"脉"范畴本身。文论中所言"经脉"与"脉"实为一意，"命脉"近于"血脉"，是指创作的关键步骤和作品之关锁。"筋脉"近于"筋节"，虽注重脉络贯通，但偏向于文章曲折而具有的顿挫和灵动感，"骨脉"则注重作品的力度。

四 "脉"与古代文学创作论例说

由前面的分析可知，"脉"及其派生范畴构成了一个描述文学作品内在气韵、外在结构的话语小体系。这里则需要指出，"脉"以及其派生范畴不是纯粹用于文学鉴赏的术语，他们的出现与古人对文学创作的关注、文学创作论的形成与发展密切相关。也就是说，古代文论中的"脉"及其派生范畴不仅停留在描述文学作品气韵、文辞流贯的鉴赏层面，它们还与某些具体切实的创作规律、创作法则相联系，介入具体的创作层面，形成内涵丰富但又未落入抽象玄奥之境的创作论范畴。这里将从"转""断""缓""急"几个方面加以论述。

（一）"转""断"与"血脉""过脉"

大地之山脉，连绵起伏，气势恢宏。古人喜将"山"与"文"相类比，诸如"山似论文不喜平""文似看山不喜平"云云，体现出对文章起伏、转折的重视。尽管古代有不少如欧阳修《醉翁亭记》般以文气平缓取胜的作品，但对文章要如山脉一样有高低起伏、曲折之势的认识却也是诸多文论家一致认同的。没有相当的创作功底，只将自己的主意平平推出，如叙家常，文章也就平平无奇，缺乏对读者的吸引力。作文讲求曲折起伏，也就是反对一味地平顺。何谓平顺，简言之，即下句（下文）沿着上句（上文）的意思而来。而反对平顺，则意味着在文章的某些地方，下句（下文）不沿着上句（上文）的意思发挥。如此，我们大致可以用一个"转"字来概括文章脉络曲折起伏的具体形式。

清王元启《惺斋论文》云:"一意相承曰接,两意相承曰转。"① 这句话点出了"转"之要义。首先,上句与下句(或上文与下文)表达的意思要有不同。其次,要达到"转"之效果,前后句子分属两意还不够,关键在于"相承",转折处上下两意若不能相承,则不免支离。"转"一方面可以使文章中的事、意得到推进,另一方面也能让文章有顿挫感和力度,从而避免因过于平顺而带来的疲弱之感。犹如书法,清刘熙载《艺概》论草书,言其"尤重筋节,若笔无转换,一直溜下,则筋节亡矣"②,这句话也可用来形容文学创作。以"筋节"来描述"转"也较为恰当,刘熙载《艺概》在论经义时对"筋节"的论述颇有新意:"题有筋有节。文家辨得一'节'字,则界画分明;辨得一'筋'字,则脉络连贯。"③ 所言虽然针对经义之题目,但对"筋""节"的阐释恰好符合古人对文学作品"转"的要求。转折之处上下文意要有变化,这是"节";而变化之中又必须有一以贯之的中心思想和情感基调,这是"筋"。总之,在文章的构思和行文过程中,"转"非常关键。如何让文意有转折、起伏,同时又要保证气韵流贯,是文学创作中非常重要的问题。如元范德机《木天禁语》论"五言长古篇法"④,列出"分段""过脉""回照""赞叹"四个关键词,并有如下阐述:

先分为几段几节,每节句数多少,要略均齐。首段是序子,序了一篇之意,皆含在中。结段要照起段。选诗分段,节数甚均,或二句,或三句、四句、六句、八句,皆不参差。杜却不甚如此太拘,然亦不太长不太短也。次要过句,过句名为血脉,引过次段。过处用两句,一结上,一生下,为最难,非老手未易了也。回照谓十步一回头,要照题目,五步一消息,要闲语赞叹,方不甚迫促。长篇怕杂

---

① (清)王元启撰《惺斋论文》,王水照编《历代文话》,第 4156 页。
② (清)刘熙载撰,袁津琥校注《艺概注稿》卷五《书概》,第 660 页。
③ (清)刘熙载撰,袁津琥校注《艺概注稿》卷六《经义概》,第 826 页。
④ (元)范德机撰《木天禁语》,(清)何文焕辑《历代诗话》,第 745 页。

乱,一意为一段,以上四法,备《北征诗》,举一隅之道也。①

按范德机之意,长篇五古可分为几段,每一段表达的意思不同,段与段之间若没有过渡句转换连接,就会有割裂之感,导致整首诗血脉不畅。在意义转折、隔断的地方,用两句诗承上启下(过处用两句,一结上,一生下),乃全篇血脉贯通之关键,所以范德机称"过句名为血脉"。他还指出过句"为最难,非老手未易了也",足见其对过句的重视。范德机所言之"过脉",未必是"过句名为血脉"的简称,而很可能是从堪舆学借鉴过来的术语。"过脉"也称"过峡",指山形跌断或两山交接之处,地之气脉由此而过。管辂《管氏地理指蒙》云:"干流过脉。"注曰:"干流过脉虽属二义,其实是一串,因跌断处可以过流,而水退却即干,脉从此过,故曰干流过脉。"② 将其引入文学批评后,"过脉"则表示作品之中承上启下的转接之处。用"过脉"来描述文学作品,在范德机之前就已出现,如宋魏天应《论学绳尺》中,宋林子长注:"接上生下是文字过脉处。"③ 古人论文论诗,"过脉"一词时有出现,这说明上下句意承接之处确实为文论家的一个关注点。杜甫《奉陪郑驸马韦曲》其二云:

> 野寺垂杨里,春畦乱水间。美花多映竹,好鸟不归山。
> 城郭终何事,风尘岂驻颜。谁能与公子,薄暮欲俱还。④

该诗前四句写景,后四句抒情。情景之间靠"好鸟不归山"一句转换关联。故明王嗣奭《杜臆》云:"前四句历叙景之胜,而以'好鸟不归山'作上下过脉。鸟犹知恋,而城郭风尘,伤生伐性,薄暮而公子欲还,可以人而不如鸟乎?而吾亦安能与之俱?"⑤ 再如杜甫《陪诸贵公子丈八沟携妓纳凉晚际遇雨二首》,第一首末二句为"片雪头上黑,应是雨催

---

① (元)范德机撰《木天禁语》,(清)何文焕辑《历代诗话》,第745页。
② (魏)管辂撰《管氏地理指蒙》,《古今图书集成》第47册,第57976页。
③ (宋)魏天应编选,(宋)林子长笺解《论学绳尺》卷九,《景印文渊阁四库全书》第1358册,第488页。
④ (清)仇兆鳌注《杜诗详注》卷三《奉陪郑驸马韦曲二首》,第166页。
⑤ (明)王嗣奭撰《杜臆》卷二《奉陪郑驸马韦曲二首》,上海古籍出版社,1983,第68页。

诗",第二首前二句为"雨来沾席上,风急一作恶"。一个"雨"字就把前后两首诗的诗意关联起来。故《杜诗详注》引王嗣奭语:"二首相为首尾,以云雨为过脉。"①

以上是从句子连接文意的角度来说的,此外,用虚字贯通句意以连接文意,也被古人所关注。清李联琇《好云楼初集》卷二十八《杂识》曰:"汰闲字为短句莫甚于柳州,累虚字为长句莫甚于紫阳。其短者欲削肤以存骨也,其长者欲灌血以舒脉也。短不伤脉,长不掩骨,则皆善。"② 非常明确地指出虚字在"灌血舒脉"当中的作用。往前追溯,词作中用虚字的现象在宋代就受到关注,宋沈义父《乐府指迷》云:

> 腔子多有句上合用虚字,如"嗟"字、"奈"字、"况"字、"更"字、"又"字、"料"字、"想"字、"正"字、"甚"字,用之不妨。如一词中两三次用之,便不好,谓之空头字。不若径用一静字,顶上道下来,句法又健;然不可多用。③

清沈祥龙曰:"词中虚字,犹曲中衬字,前呼后应,仰承俯注,全赖虚字灵活,其词始妥溜而不板实。"④ 蔡嵩云注曰:"虚字为词中脉络所系,善用之能使全词气机流动,神理醍醐,极一气呵成之妙。"⑤ 再比如骈文,讲究对仗和擅用事是骈文的两大特征,但对仗的句式固定,在选词用字上有很高的要求,这容易造成句子之间事义联系不甚紧密,以至于影响到文章的意脉流转和气脉的贯通。故而有人批评骈体"皆饾饤浮词",清代一些骈文理论家则主张以虚字流转血脉来进行矫正。孙德谦《六朝丽指》也言"文亦有血脉,其道在通篇虚字运转得法","六朝(骈文)

---

① (清)仇兆鳌注《杜诗详注》卷三《陪诸贵公子丈八沟携妓纳凉晚际遇雨二首》,第173页。
② (清)李联琇撰《好云楼初集》卷二十八《杂识》,《清代诗文集汇编》第682册,上海古籍出版社,2010,第255页。
③ 蔡嵩云笺释《乐府指迷笺释》,人民文学出版社,1963,第73页。
④ 蔡嵩云笺释《乐府指迷笺释》,第73页。
⑤ 蔡嵩云笺释《乐府指迷笺释》,第74页。

之妙，全在一篇之内，能用虚字使之流通"。① 可见虚字恰好能起到勾连上下句、贯通文意的作用。北朝颜之推《颜氏家训》曾说："文章当以理致为心肾，气调为筋骨，事义为皮肤，华丽为冠冕。" 孙德谦据此指责其"独不及血脉，则犹知其一，未知其二也"②。

如果在文意转折的地方，没有运用相关字句进行上下文的承接，那就不免产生文意的断裂或间隔。运用转折句或虚字以避免此类断裂或间隔，是古人通常秉持的见解，但也不仅如是。元范德机《木天禁语》论"七言长古篇法"曰："分段如五言，过段亦如之。稍有异者，突兀万仞，则不用过句，陡顿便说他事。"③ 与长篇五古不同，七古诗意转换之处可以不用过渡句，由诗意的隔断引发的"突兀万仞"之感，很可能带来更高层次的审美效果。但其实长篇五古也可以达到类似境界，清沈德潜《说诗晬语》便云：

> 五言长篇，固须节次分明，一气连属。然有意本连属，而转似不连属者：叙事未了，忽然顿断，插入旁议，忽然联续，转接无象，莫测端倪，此运《左》《史》法于韵语中，不以常格拘也。千古以来，且让少陵独步。④

虽然这种表面文意的顿断能够增强作品的顿挫感和骨力，使文风更加灵活，但也不能因顿断而伤害作品意涵、境界的表达。换句话说，表面的顿断要以深层气韵、意涵的贯通为前提。清李渔《闲情偶寄·重机趣》论填词，云：

> 填词之中，勿使有断续痕，勿使有道学气。所谓无断续痕者，非止一出接一出，一人顶一人，务使承上接下，血脉相连，即于情事截然绝不相关之处，亦有连环细笋伏于其中，看到后来方知其妙。⑤

---

① 孙德谦撰《六朝丽指》，王水照编《历代文话》，第 8452、8453 页。
② 孙德谦撰《六朝丽指》，王水照编《历代文话》，第 8453 页。
③ （元）范德机撰《木天禁语》，（清）何文焕辑《历代诗话》，第 745 页。
④ （清）沈德潜撰《说诗晬语》卷上，人民文学出版社，1979，第 206～207 页。
⑤ （清）李渔撰《闲情偶寄·重机趣》，云南大学出版社，2003，第 17 页。

李渔表达出了不少论者都赞同的观点，即用字句进行形式上的"承上接下"是比较容易做到的，但痕迹明显。真正的"无断续痕"者乃在那些明显的顿断之处（也即李渔所言"情事截然绝不相关之处"），即不用字句进行形式方面的"承上接下"，也能做到文脉暗伏，让读者感受到作品的浑然一体。前文说，虚字的运用能让骈文血脉贯通，此外，清代骈文理论家还强调另外一种境界——潜气内转，即在不用虚字的情况下，也能让文意自然流转。① 扩而言之，对于古代诗文来说，如何做到"表面词义顿断，但内在气韵贯通"，是比"用字句承上接下"更难的创作技能。刘熙载《艺概》便云："章法不难于续而难于断。先秦文善断，所以高不易攀。然'抛针掷线'，全靠眼光不走；'注坡蓦涧'，全仗缰辔在手。明断正取暗续也。"② 方东树《昭昧詹言》论学诗之法，即"以断为贵"，论古人文法之妙，也云：

> 一言以蔽之曰：语不接而意接。血脉贯续，词语高简，六经之文皆是也。俗人接则平顺呆塞，不接则直是不通。韩公曰："口前截断第二句。"太白云："云台阁道连窈冥。"须于此会之。③

其论诗歌章法，说得更为直接："大约诗章法，全在句句断，笔笔断，而真意贯注，一气曲折顿挫，乃无直率死句合掌之病。"④ 从以上分析可以看到，"过脉""血脉"等词语切实地深入创作技法的层面，与"转""断""续"等一同构筑了古人关于文学创作"连贯性"的话语系统。

（二）缓急相济

二元对立是古人习以为常的思维方式，诸如阴阳、刚柔、顺逆等，讲求对立双方的相容相济。写诗作文也是如此，例如"缓"与"急"就是需要相互调和的一对概念。对于文章之缓急，宋张镃《仕学规范》引宋吕祖谦《丽泽文说》云："文字若缓，须多看杂文。杂文须看他节奏紧

---

① 参见吕双伟《清代骈文理论中的风格论》，《文学遗产》2007 年第 4 期。
② （清）刘熙载撰，袁津琥校注《艺概注稿》卷一《文概》，第 183 页。
③ （清）方东树撰《昭昧詹言》卷一，第 28 页。
④ （清）方东树撰《昭昧詹言》卷十七，第 412 页。

处，若意思新，转处多，则自然不缓。"① 其意很明显，立意新奇、转折多则为"急"，意思平实单一、无转折则为"缓"。文章过于"缓"，过于"急"，都不好。如果前文过于"缓"，那后文可以用"急"来调和，反之亦然。对此，明庄元臣在《论学须知》中有一段详细且准确的论述：

> 何谓"缓急相合"？若前面文势来得缓散，则宜急截住之；前面文势来得猛急，则宜缓缓结果他。如《刑赏忠厚之（至）》篇自"古者赏不以爵禄"起，至"刀锯不足以威也"，文势已来得浩漫阔衍，此处就该急收到题目上去，故接云："是故疑则举而归之于仁，以君子长者之道待天下，使天下相率而归于君子长者之道。"此三句有强弩射潮之势，是缓而收之以急也。又如《文公庙碑》云："是气也，寓于寻常之中，而塞乎天地之间，卒而遇之，王公失其贵，晋楚失其富，良平失其智，贲育失其勇，仪秦失其辨。"此段文字极来得猛勇迅利，一两句抵挡不住，如转圆石于千仞之上，非一人之力所能唐突者，故下接云："是孰使之然哉？其必有不依形而立，不恃势而行，不待生而成，不随死而亡者矣。"连下数个"不"字，以透迤其文势，方可以兜住得上五个"失"字。此急而收之以缓者也。②

庄元臣所言清晰明了，不用赘论。对于"缓急相合"这层意思，董其昌则借用堪舆学"急脉""缓脉"的理论予以阐释。其《画禅室随笔·评文》云："青乌家专重脱卸，所谓急脉缓受，缓脉急受，文章亦然。势缓处须急做，不令扯长冷淡。势急处须缓做，务令纡徐曲折，勿得埋头，勿得直脚。"③ 我们用"急脉""缓脉"来解释庄元臣之语，可以说：文章"急脉"当是指立论精警，言语急切之处；"缓脉"当是指详细阐述或言语舒缓的论述之文。在长篇阐述之后，必须有简短精练的语句作为总结，否则就会涣散不定，此即"缓脉急受"；一系列立论性的语句出现后，也必须作详细平缓的论述，否则倍显突兀，此即"急脉缓受"。当

---

① （宋）张镃撰《仕学规范》，王水照编《历代文话》，第 329 页。
② （明）庄元臣撰《论学须知》，王水照编《历代文话》，第 2222 页。
③ （明）董其昌撰《画禅室随笔·评文》，王水照编《历代文话》，第 2429 页。

然，不同体裁、风格的作品，对行文缓急的要求不尽相同，例如檄文须言辞激烈，充满鼓动性，正如刘勰《文心雕龙·檄移》云："插羽以示迅，不可使辞缓。"虽然一些以表现闲适生活为主的文章也能因作者深厚的功力而以平缓的文风取胜，但一般来说，古人更注重脉之缓急相济而形成的富有节奏感、气势浩然的文风。近人来裕恂《汉文典·文章典》评韩愈《讳辨》便是如此：

> "今贺父名晋肃，贺举进士，为犯二名律乎？犯嫌名律乎？若父名晋，子不得举进士，若父名仁，子不得为人乎？"是急脉也。下云："夫讳始于何时？作法制以教天下者，非周公、孔、孟欤？"是缓受也。又："今考之于经，质之于律，稽之以国家之典，贺举进士，为可耶？为不可耶？"是缓脉也。下云："凡事父母得如曾参，可以无讥矣。作人得如周公孔子，亦可以止矣。"是急受也。①

对于诗歌，亦是如此，如沈德潜《说诗晬语》论五言律诗，先言：

> 起手贵突兀，王右丞"风劲角弓鸣"，杜工部"莽莽万重山""带甲满天地"，岑嘉州"送客飞鸟外"等篇，直疑高山坠石，不知其来，令人惊绝。②

然后说："三四贵匀称，承上斗峭而来，宜缓脉赴之。五六必耸然挺拔，别开一境。"③ 玄修《刘融斋诗概诠说（续）》指出："一诗既拿定主意，在首二句中，即将主意提出，急也。"④ 可知沈德潜所言"承上斗峭"即指一二句（首联）突兀而起，将主意接出。首联属"急脉"，颔联自当以"缓脉"受之；颔联既"缓"，颈联则又当承之以"急脉"，所谓"耸然挺拔，别开一境"，即指此而言。对于颔联、颈联的"缓""急"

---

① 来裕恂撰《汉文典·文章典》卷一《文法》，王水照编《历代文话》，第 8571~8572 页。
② （清）沈德潜撰《说诗晬语》卷上，第 213 页。
③ （清）沈德潜撰《说诗晬语》卷上，第 214 页。
④ 玄修：《刘融斋诗概诠说（续）》，《同声》第 2 卷第 1 期，1942 年，第 1~10 页。

关系，沈德潜有细致的描述：

> 上（指颔联）既和平，至此（指颈联）必须振起也。崔司勋《赠张都督》诗："出塞清沙漠，还家拜羽林。"和平矣，下接云："风霜臣节苦，岁月主恩深。"杜工部《送人从军》诗："今君度沙碛，累月断人烟。"和平矣，下接云："好武宁论命，封侯不计年。"《泊岳阳城下》诗："岸风翻夕浪，舟雪洒寒灯。"和平矣，下接云："留滞才难尽，艰危气益增。"如此拓开，方振得起。温飞卿《商山早行》于"鸡声茅店月，人迹板桥霜"下接"槲叶落山路，枳花明驿墙"。周处士朴《赋董岭水》于"禹力不到处，河声流向西"下接"过衡山色远，近水月光低"。便觉直塌下去。①

根据其所举诗例来看，缓脉大致指语言和语意的平和，而急脉应指立意的急切。综上，我们可以归纳"急脉"指言语急切、论断精警、语句不多但立意新奇、转折多的地方，而"缓脉"指言语缓和、论述详密、转折少的地方。古人评论小说少有用"急脉""缓脉"之语，但不代表"急脉""缓脉"不宜用来描述叙事文学。叙事文学的缓急大致可以用详略来概括，叙述缓处自然详尽，急处自然简略。按叙事学的分析，省略和概要可视为"急脉"，场景和停顿可视为"缓脉"。"急脉"可形成一气而下之势，"缓脉"可作细致刻画、描写。尽管现代叙事学已经有不少术语来描述各种叙述技巧，但我们认为，像"急脉""缓脉"等传统批评话语还具有生命力，还能够也应当被运用到各种文学批评中。

五　从"脉"看古代文论范畴的模糊性和开放性

回到"脉"及其派生范畴上来。"血脉""气脉""意脉""脉理""语脉""句脉"等范畴可以被视为"脉"与"血""气""意""理""语""句"等范畴、概念的组合。不难发现，每一种组合方式都使得派生的范畴带上相关范畴、概念的特性，或者说，"血""气"等概念的加

---

① （清）沈德潜撰《说诗晬语》卷上，第214页。

入使得相关派生范畴的意涵在"脉"的基础上产生了特定的偏移。如"血脉"重在指称文学作品不可或缺的要素和对文学评论生命化特征的揭示;"气脉"重在指称对象的气韵流转以及富有主体精神的气质;"语脉"指语义的推敲和上下语意的连贯;"脉理"则偏向于文理与情理、义理的结合;"意脉"指通篇文意的连贯状态;"句脉"侧重句子内部的组合形式。然而,因其都本于"脉",故在含义上有重叠,加之古人论文多凭经验性、直觉判断,此种重叠变得极为突出。我们说"血脉"反映了古人论文的生命化特征,而"气脉"何尝不是如此呢?比之于"血脉",它还更接近于人的主体气质和文章精神。其实将"脉"引入文论的过程本身就带着文论生命化的征象。对于"语脉"和"意脉",汪涌豪说:"未发之前,上下连贯之旨为'意脉';已发之后,前后统属之词为'语脉'。由于语词是用来传达意旨的,故这两者在宋人实际论述过程中并未被分为两橛。"① 未发之前与已发之后本来就难以区分,语词与语意本来就相辅相成,故而言"意脉"处若改为"语脉",于上下文意亦通,言"语脉"处若改为"意脉",也无碍于理解。再如,前面我们说到"语脉"为推敲字义、推寻句意、文意,以订正典籍之缺文、衍文、错置之功用。而清王澍《淳化秘阁法帖考正》云:"'孤不度德'以下二帖皆诸葛传中与昭烈问答语,有一段自'孙权据有江东'以下,与此文脉相接,误置第十卷。"② 在此便将"文脉"代替了"语脉"。

　　"脉"与其相关派生范畴的混用情况在古代文论中相当普遍,非但如此,古人在某些地方是否用"脉"也存在模棱两可的情况。宋吴曾《能改斋漫录·东坡用事切》云:"东坡《和山谷嘲小德诗》末云:'但使伯仁长,还兴络秀家。'盖伯仁乃络秀子耳,洪驹父《哭谢无逸》诗云:'但使添丁长,终兴谢客家。'此学东坡,语尤无谓。添丁,卢仝子,气脉不相属。"③"东坡用事切"一条,宋胡仔《苕溪渔隐丛话》引《能改

---

① 汪涌豪:《中国文学批评范畴及体系》,复旦大学出版社,2007,第260页。
② (清)王澍撰《淳化秘阁法帖考正》,《景印文渊阁四库全书》第684册,第558~559页。
③ (宋)吴曾撰《能改斋漫录》卷三《东坡用事切》,《景印文渊阁四库全书》第850册,第543页。

斋漫录》，宋吴开《优古堂诗话》均有著录，二者皆云"气骨不相属"。或为吴曾录而改之，也或为后人抄录舛误，然于我们了解其意并不相碍。宋戴复古《东谷王子文死，读其诗文有感》云："议论波澜阔，文章气脉长。"① "气脉"一作"气味"，后者用于此也无不可。清吕留良《吕晚邨先生论文汇钞》云："有用古文极熟套头语，而能化腐臭为神奇者，所争在气脉，不在皮毛也。"② 又云："先辈论文必高华。高华如庾、鲍、老杜，称其清新、俊逸，故知所争在气骨，不在词句也。"③ 前后句意相近，两相比较，"气脉"一词运用的严格性便不言自明了。

总之，在分析古代文学"脉"论的时候，既要明白各个范畴之间的内在含义和用法上的侧重，也要清楚其在实际论文中界限模糊。这种范畴边界的模糊性与古人范畴运用的经验性、发散性直接相关，它既有助于"脉"在古代文论中的衍生，同时又是我们分析"脉"的文论意义和理论体系所不得不考虑的因素。

推荐阅读及参考文献：

1. 葛兆光：《汉字的魔方》，复旦大学出版社，2008。
2. 汪涌豪：《中国文学批评范畴及体系》，复旦大学出版社，2007。
3. 钱仲联：《释"气"》，《梦苕庵清代文学论集》，齐鲁书社，1983。
4. 赵昌平：《意兴、意象、意脉》，《唐代文学研究》（第三辑），广西师范大学出版社，1992。
5. 吕双伟：《清代骈文理论中的风格论》，《文学遗产》2007年第4期。
6. 黄鸣奋：《以医喻文刍议》，徐中玉、郭豫适主编《古代文学理论研究》（第二十五辑），华东师范大学出版社，2008。
7. 龚宗杰：《古代堪舆术与明清文学批评》，《文学遗产》2019年第6期。
8. 蒋寅：《医学与中国古代文论的知识背景——以〈黄帝内经〉〈素问〉〈灵枢〉为中心》，《北京大学学报》（哲学社会科学版）2020年第4期。

---

① （宋）戴复古撰《戴复古集》卷三《东谷王子文死，读其诗文有感》，浙江大学出版社，2012，第93页。
② （清）吕留良撰《吕晚邨先生论文汇钞》，王水照编《历代文话》，第3337页。
③ （清）吕留良撰《吕晚邨先生论文汇钞》，王水照编《历代文话》，第3349页。

第六章

司马迁"发愤著书"说及相关话题

　　"假如你吃了个鸡蛋觉得不错，何必认识那下蛋的母鸡呢？"这是钱锺书用来回绝一位英国女士（也是《围城》读者）的话。"吃蛋不必识母鸡"的戏谑之语很形象地表达出了类似于"新批评"的文学观念，读者阅读的是作品，至于作者是谁，完全可以不关心。但是，我们接受的文学教育往往不是这样，在分析作品之前，介绍作者生平是必备环节，了解作者成为我们分析作品的先决条件。在"知人论世"观念占据主流的中国古代，情况更是如此。想来鸡蛋可以无差别地食用，而作品不同。我们吃到一个臭鸡蛋，首先会想到这个鸡蛋坏了，而不会去询问下蛋的母鸡到底经历了什么。但我们阅读作品，却很容易联想到作者的思想、情感、神态、境遇。张惣《幽梦影跋》说："凡一切文字语言，总是才人影子。"①在中国古代文学史上，作者与作品大都如影随形。据说明代内江一女子读了《牡丹亭》，以为作者汤显祖是一位多情的青年才俊，愿托终身，直到亲见其为老翁，才大失所望。当然，这都是文学青年的浪漫遐想。对于研究者而言，作家遭遇与作品成就之间的关系，乃引人深思且经久不衰的话题。文学史上确实有不少生活安定平稳、人生经历顺遂的作家，但是我们了解得更多的，或者说让我们印象更为深刻的，是那些经历坎坷却成就斐然的诗人文士。"愤怒出诗人""哀怨出诗人"等语蕴含着最为常规的文

---

①　（清）张惣：《幽梦影跋》，（清）张潮撰《幽梦影》，中央文献出版社，2001，第 279~280 页。

学创作规律，反映出文学与苦难的天然关联。对于这一创作规律，古人早已着鞭，前有司马迁的"发愤著书"，接着有刘勰的"蚌病成珠"，再有韩愈的"不平则鸣""穷苦之言易好"，欧阳修的"穷而后工"，等等。他们围绕着同一个核心论题不断发表见解，丰富了该话题的内涵。同时，这些文论家每一个观点的提出都有其相应的历史语境，需要我们细致研究。

一 司马迁"发愤著书"的立论背景

于是论次其文。七年而太史公遭李陵之祸，幽于缧绁。乃喟然而叹曰："是余之罪也夫！是余之罪也夫！身毁不用矣。"退而深惟曰："夫《诗》《书》隐约者，欲遂其志之思也。昔西伯拘羑里，演《周易》；孔子厄陈、蔡，作《春秋》；屈原放逐，著《离骚》；左丘失明，厥有《国语》；孙子膑脚，而论《兵法》；不韦迁蜀，世传《吕览》；韩非囚秦，《说难》《孤愤》；《诗》三百篇，大抵贤圣发愤之所为作也。此人皆意有所郁结，不得通其道也，故述往事，思来者。"于是卒述陶唐以来，至于麟止，自黄帝始。①

对于上文中加点的部分，大家必定耳熟能详，甚至已经熟读成诵。这段文字成为勇于与逆境抗争、成就自我的极佳例证，一度在高中作文中反复出现。不过这种简单化的运用容易使我们忽略文本内部的一些问题，甚而导致我们对司马迁"发愤著书"说的意涵理解不深入、全面。例如上述文字在什么背景下说的？意图是什么？里面的例证是否属实？如何理解？这些都需要认真分析。

上述文字出自《史记》最后一篇《太史公自序》。《太史公自序》既是司马迁的个人传记，又是《史记》的"前言"。《太史公自序》结构非常清晰：第一，从上古颛顼讲起，自报家门（这种开篇自报家门的方式有点像屈原《离骚》）；第二，介绍其父司马谈的生平和著述（《论六家要旨》）；第三，讲述自己早期学习和游历的经历；第四，用一大段文字叙述父亲临终遗命，即嘱其修史；第五，通过与上大夫壶遂的对话表明自

---

① （汉）司马迁撰《史记》卷一百三十《太史公自序》，第 3300 页。

己的创作心迹；第六，叙述自己遭李陵之祸后的心理（即上面引用的文字）；第七，逐一介绍《史记》130篇的内容。根据《太史公自序》，可知司马迁在遭遇宫刑之前就已经开始了《史记》的写作，说明李陵之祸本非司马迁创作《史记》的直接动机。

　　那李陵之祸对司马迁的心态和《史记》的继续创作造成多大负面影响呢？《太史公自序》说得很简单："是余之罪也夫！是余之罪也夫！身毁不用矣。"用现在的话来说就是："我完了！"宫刑这一极端的屈辱带来的哀怨、悲愤情绪在《太史公自序》中被一笔带过，而在《报任安书》中，我们能看到作者极其沉痛的呐喊。这篇书信最早被收入班固《汉书·司马迁传》。司马迁受宫刑之后，被任命为中书令。汉武帝和官员之间的文书、口令需要依靠中书令来传达，由此可见武帝对司马迁的信任。比之于太史令一职，中书令明显更受尊宠，班固就言其"尊宠任职"。但问题在于，武帝任命司马迁为中书令，是真的出于对司马迁的重视与信任，还是掺杂了别的原因。西汉萧望之曾说："中书政本，宜以贤明之选，自武帝游宴后庭，故用宦者。"（见《汉书·萧望之传》）若真如其所言，那"宦者"身份就成为司马迁被任命为中书令的一个前提。这无异是在司马迁伤口上撒盐。这个时候，任安写信给司马迁，要他在中书令这个位置上好好干，积极"推贤进士"。有汉武帝盯着，司马迁当然不可能消极怠工，在《报任安书》中，司马迁说自己事情多，没有及时回信，或多或少也反映了这一点。然而，司马迁对因身体残缺之辱而获得的中书令身份是不会产生心理认同的，于是在回信中，他借题发挥，大肆抒发了自己的牢骚。

　　通过《报任安书》，我们能看到司马迁感受到的压力主要有两方面。一是宫刑本身带来的巨大的羞辱感。他在书信中反复表达此种哀怨与愁闷，如"行莫丑于辱先，诟莫大于宫刑""最下腐刑，极矣""以污辱先人，以何面目复上父母之丘墓乎？"《盐铁论》中说道："古者，君子不近刑人。"[1] 让一个刑人去推荐贤能的君子，于司马迁来说，心理上过不了这个坎。所以他感叹："如今朝廷虽乏人，奈何令刀锯之余荐天下豪俊

---

① 王利器校注《盐铁论校注》卷十《周秦第五十七》，中华书局，2015，第648页。

哉?"二是由李陵之祸带来的环境和舆论压力。李陵投降匈奴后,司马迁在武帝面前说了一席话,结果被认为是在替李陵辩解。李陵投降一事,在当时被视为叛国,而司马迁的辩解让周围不知情的人都以为他与李陵有关系。加上武帝也这么定调了,由此形成的强大舆论足以让司马迁百口莫辩。左右亲近,也不为之发一言。司马迁在书信中说:"李陵既生降,颓其家声;而仆又茸以蚕室,重为天下观笑。"可以想见,当时不少人正是将司马迁与李陵放在一起批判与嘲笑的。他下蚕室受宫刑,会被认为是罪有应得,即便伏法受诛,世俗之人也不会对其有所怜惜。所以司马迁在书信中详细解释他为何替李陵说话,以表明自己无私心。面对自己被天下人嘲笑的境况,他唯有暗自感叹:内中隐情难与俗人言。

面对双重压力,司马迁产生了一种心态:活着,就必须继续承受这样的耻辱,要是一死了之,自己的事业、理想、价值都会随之湮灭,并且世人丝毫不会在意:"若九牛亡一毛,与蝼蚁何以异。"司马迁是有家族使命和职业信念感的人,他写作《史记》的动机不是"先父遗愿"四个字就能轻松带过的。司马谈临终前对司马迁的嘱托包含了多层意思:其一,司马氏曾为周王朝的太史,虽然中衰,但司马家任史职的传统不应该在司马迁这里中断,司马迁任太史令,写《史记》自然渗透着极强的家族责任感和荣誉感;其二,不忘记并完成司马谈的遗愿,是司马迁作为人子的职责,也是其孝道的体现,所谓"扬名于后世,以显父母,此孝之大者";其三,作为太史令,应当记录天下历史,使断绝多年的著史传统得以续接,是太史令这一职业责任使然。使命感、责任感、荣誉感这些可能随着司马迁一死了之而湮灭的创作动机,彼时却成为支撑他忍辱负重活下去的信念。除此之外,在不能见重于当世的情况下,司马迁将对自己的价值认同寄托于后世,"立言不朽"的思想深入其心。他在《报任安书》中说道:"古者富贵而名摩灭,不可胜记,唯倜傥非常之人称焉。"比起已经无可挽回的生前事,他更看重身后不朽之名。接着他便重申了《太史公自序》中"昔西伯拘羑里,演《周易》"那段话(字句稍有差异,后文详述部分以《史记》为准)。为便于下文比较分析,先列之如下:

古者富贵而名摩灭,不可胜记,唯倜傥非常之人称焉。盖西伯拘而演《周易》；仲尼厄而作《春秋》；屈原放逐，乃赋《离骚》；左丘失明，厥有《国语》，孙子膑脚，《兵法》修列；不韦迁蜀，世传《吕览》；韩非囚秦，《说难》《孤愤》。《诗》三百篇，大氐贤圣发愤之所为作也。此人皆意有所郁结，不得通其道，故述往事，思来者。及如左丘无目，孙子断足，终不可用，退论书策以舒其愤，思垂空文以自见。①

二　司马迁"发愤著书"说的文本解读

不论是《太史公自序》，还是《报任安书》，我们都能看出司马迁是在极度失望和悲慨的情形下想到并引用上述八个事例的。这是他激励自己活下去的一种方式。回溯历史，在逆境、困厄中实现自己的人生价值，成就不朽之名的圣贤、能人所在多有。虽然司马迁的心迹难与俗人言，但他绝不是一个人在战斗，他通过列举古圣贤的事例来获取心理认同，这可以说是真正的"与古人为友""尚友古人"了。问题在于，有不少读者细绎文本，发现这八个事例不完全属实。如何理解这个问题呢？我们首先对这八个例子进行分析。

"西伯拘羑里，演《周易》。"在今人看来，这个例子可能是传说，未必可信。《史记·周本纪》也说："其囚羑里，盖益《易》之八卦为六十四卦。"言语之间虽不那么肯定，但将其作为例证，大体也说得过去。

"孔子厄陈、蔡，作《春秋》。"孔子是否作了《春秋》，历来有不同意见，但司马迁对此的态度是明确的。《史记·孔子世家》就记载了孔子作《春秋》一事。按时间来说，作《春秋》当在孔子厄于陈、蔡之后。依此，孔子厄陈、蔡与作《春秋》没有内在关联。若认为孔子作《春秋》是在厄于陈、蔡之时，则又与《孔子世家》的记载产生矛盾。

"屈原放逐，著《离骚》。"虽然《史记·屈原列传》对屈原著《离骚》是在楚怀王还是顷襄王时期，是作于被疏远时还是被放逐时，有矛

---

① （汉）班固撰《汉书》卷六十二《司马迁传》，第 2735 页。

盾难解之处①，但宽泛地理解"放逐"二字，这个例子也大体符合事实。

"左丘失明，厥有《国语》。"班固《司马迁传·赞》云："及孔子因鲁史记而作《春秋》，而左丘明论辑其本事以为之传，又纂异同为《国语》。"然《国语》是否作于左丘明失明之后，今已不可晓，此处姑且从之。

"孙子膑脚，而论《兵法》。"《史记·孙子列传》记载，庞涓因担心孙子超过自己，"以法刑断其两足而黥之"，之后孙子在齐王、田忌面前论列兵法。可知此例属实。

"不韦迁蜀，世传《吕览》。"《史记·吕不韦列传》记载，秦始皇赐书吕不韦，令其迁蜀，吕不韦还未迁蜀，就"恐诛，乃饮鸩而死"。如果依照前面几个例子的解释思路，将这句话理解为"吕不韦迁蜀之后，主编了《吕览》"，则明显与史实不符。司马迁要表达的意思应该是：吕不韦虽然身死，但他的《吕氏春秋》得以流传后世。这正好符合司马迁"立言传世以不朽"的观念，也回应了前面"古者富贵而名摩灭，不可胜记，唯倜傥非常之人称焉"这句话。

"韩非囚秦，《说难》《孤愤》。"据《史记·韩非列传》，秦始皇读到韩非的《说难》《五蠹》，感叹"寡人得见此人与之游，死不恨矣"，之后韩非才被囚于秦国，最终被李斯害死。所以，司马迁要表达的意思不是"韩非在囚牢的困顿之中发愤创作了《说难》《孤愤》"，而是说"韩非虽然囚秦身死，但《说难》《孤愤》却流传了下来"。韩非著述甚多，据《韩非列传》记载，就有《孤愤》《五蠹》《内外储》《说林》《说难》等。为何这里偏偏提及《说难》《孤愤》？《孤愤》主要言"法术之士，既无党与，孤独而已，故其材用，终不见明"②。《说难》是讲游说言辞之难，"说者有顺逆之机，顺以招福，逆而制祸"③。司马迁因在汉武帝面前为李陵辩解而遭祸，这正是"说难"的极佳例证。可见司马迁绝不是从韩非的众多著述中随意抽取了《说难》《孤愤》，而是在自己人生经历和心态驱使下的有意罗列。《韩非列传》："申子、韩子皆著书，传于后

---

① 参见汤炳正《〈屈原列传〉理惑》，《与日月争光可也：汤炳正论〈楚辞〉》，生活·读书·新知三联书店，2018，第 7 页。

② （清）王先慎撰《韩非子集解》，中华书局，2013，第 83 页。

③ （清）王先慎撰《韩非子集解》，中华书局，2013，第 91 页。

世,学者多有。余独悲韩子为《说难》而不能自脱耳。"其心迹已表现得很清楚了。

"《诗》三百篇,大抵贤圣发愤之所为作也。""发愤著书"的"发愤"源于此处。根据后文"此人皆意有所郁结,不得通其道也,故述往事,思来者",可知这里的"发愤"是抒发郁结之气的意思。虽然《诗经》中的作品不全如此,但司马迁也没有把话说死,"大抵"二字也勉强可使其论据站住脚。

综上,我们可以看到,司马迁引用的事例,在史实上没有那么缜密和经得起推敲。古人论列事例时,以臆度之,甚至想当然的情况倒也不少,所以司马迁如此罗列,也不足怪,况且我们还应考虑到他在困厄悲愤中扩大同道队伍以自重的主观心情。这段文字首先表达了以下意思:古代很多作品都是作者在困顿之中发愤(抒发愤懑)之作。"发愤"一词只出现于"《诗》三百篇,大抵贤圣发愤之所为作也"这句话,但未尝不可拓展到其他事例。比如屈原著《离骚》就是典型的发愤而为,再如司马迁认为"左丘无目,孙子断足,终不可用,退论书策以舒其愤,思垂空文以自见"(《报任安书》)。这被当成司马迁"发愤著书"说的主要内涵,很多论者由此指出:司马迁揭示了文学创作上的一条重要规律。然而,这只是司马迁想要表达的一个方面。很显见的问题是,所谓的"发愤著书"确实不能囊括司马迁所列举的所有事例,吕不韦和韩非的例子说明司马迁在揭示"发愤著书"规律的同时,也充分强调著书所带来的后世名。因此这段文字融合了"发愤著书"和"立言不朽"两种观念,甚至可以说,司马迁的主要意图在于表达"立言不朽",因为在他遭受困厄,心想着"完了"的情形下,只有坚信"立言不朽",才能赋予困厄之中的著书行为以至高价值,从而激发自己活下去。

司马迁若不遭李陵之祸,未必会作此深刻之论。以此推之,司马迁个人的遭遇和心态也必然影响到他对历史人物和事件的看法。他评范雎、蔡泽,云:"然二子不困厄,恶能激乎?"评虞卿:"虞卿非穷愁,亦不能著书以自见于后世。"对于历史上困顿之人,司马迁时常予以同情之理解,对于隐忍而活之人,更是施以赞许之语,如评伍子胥:"向令伍子胥从奢俱死,何异蝼蚁。弃小义,雪大耻,名垂于后世,悲夫!方子胥窘于江上，道乞食，志岂尝须臾忘郢邪？故隐忍就功名，非烈丈夫孰能致此哉？"最后一句真是沉痛悲壮之语，用在司马迁自己身上也不为过。清袁文典就直说"《史记》一书实发愤之所为作"，书中很多描述的背后，似乎都能看到司马迁的影子：

> 其传李广而缀以李蔡之得封，则悲其数奇不遇，即太史公之自序也。匪惟其传伍子胥、郦生、陆贾，亦其自序。进而屈原、贾生"信而见疑，忠而被谤"，痛哭流涕而长太息，亦其自序也。更进而伯夷积仁洁行而饿死，进而颜子好学而早夭，皆其自序也。更推之而传乐毅、田单、廉颇、李牧，而淮阴、彭越，而季布、栾布、黥布，而樊、灌诸人，再推之而如项王之力拔山而气盖世，乃时不利而骓不逝，与夫豫让、荆轲诸刺客之切肤齿心，为知己者死，皆太史公之自序也。所谓借他人之酒杯，浇胸中之块垒。诚不禁其击碎唾壶，拔剑斫地，慷慨而悲歌也。①

"发愤著书"的话题始于司马迁，但是"发愤而作"的行为和观念却可以往先秦时期追溯。《诗经》中的怨刺作品，屈原的《离骚》等都可以为该话题作注脚。《楚辞·九章·惜诵》"发愤以抒情"一语更是与司马迁之论一脉相承。不论是《尚书》"诗言志"的"志"，还是《毛诗大序》"情动于中而形于言"的"情"，都不回避悲怨的情绪和困厄的言辞。是以"发愤"本就是"诗言志"题中应有之意。也可以这样说，"发愤抒情""发愤著书"乃中国古代诗歌抒情言志观念的一个分支。比之于"情动于中而形于言"，"发愤著书"更强调内心压抑、情绪郁结，不得不喷发的状态。正如司马迁所说："此人皆意有所郁结，不得通其道，故述往事，思来者。"需要注意，郁结之气有两种抒发方式。其一是仅仅将郁结之气作为创作动力，并通过最后获得的成就来发泄。"文王拘而演《周易》"就是这样，"孙子膑脚，而论《兵法》"也是这样。作品本身不

---

① （清）袁文典撰《袁陶村文集》，《丛书集成续编》第 130 册，上海书店，1994，第 409~410 页。

反映作者的遭遇及情绪。其二是除了将郁结之气作为创作动力之外，还直接将其抒发到作品中。"屈原放逐，著《离骚》"即如此。《史记》的创作以第一种为主，但同时也兼具了第二种。

细绎文本还会发现，在司马迁的表述中，似乎"立言"一定能"不朽"，他在困境中写出来的作品一定能传之后世。司马迁举的八个例子，涉及的都是作品已经传之后世的名人。而实际上，古人的作品辞采不彰、文名不显的情况绝不少见。这一方面反映出司马迁建立在深厚功底和卓越才能基础上的高度自信，以及"究天人之际，通古今之变，成一家之言"的坚定志向；另一方面也说明，只讲"发愤著书"，而不指明"困厄中的创作是否以及如何优于逸乐环境下的作品"，只凸显困厄之于创作的独特价值，这在文学理论上始终是不完善的。当然，我们完全不用苛责司马迁，因为他写这段文字的首要目的并不在于完整阐发一个文学理论，而在于借助这个话题，给自己以继续活下去的力量。

三　"穷苦之言易好""穷而后工"文本解读

中国古代不乏命运偃蹇而文学成就突出的作家。此类现象很容易被人注意并予以探讨。比如桓谭《新论》："贾谊不左迁失志，则文彩不发。……扬雄不贫，则不能作《玄》《言》。"贾谊、扬雄的例子隐隐透露出失志有助于萌发文采的观念。钟嵘《诗品·汉都尉李陵诗》："其源出于《楚辞》，文多凄怆，怨者之流。……使陵不遭辛苦，其文亦何能至此。"言下之意，李陵正因遭逢辛苦，才有凄怆之作，而凄怆正是作品动人、出彩之处。再如《文心雕龙·才略》评冯衍"雅好辞说，而坎壈盛世；《显志》《自序》，亦蚌病成珠矣"。用"蚌病成珠"一词来表达"经历困厄而创作出好作品"颇为形象。可以想见，在唐以前，"苦难能激发作家写出好作品"就已经是非常容易被理解，且时不时会被提及的观念。

中唐以后，诗人（文人）命运的话题愈发受人关注，杜甫《天末怀李白》："文章憎命达。"白居易《序洛诗》："文士多数奇，诗人尤命薄。"《李白墓》："但是诗人多薄命，就中沦落不过君。"韩愈在文章中也多次涉及这一话题，其中最为人称道的，当属"欢愉之辞难工，穷苦之言易好"一句，此语出自《荆潭唱和诗序》，原文如下：

　　从事有示愈以荆潭酬唱诗者。愈既受以卒集，因仰而言曰：夫和平之音淡薄，而愁思之声要妙；欢愉之辞难工，而穷苦之言易好也。是故文章之作，恒发于羁旅草野。至若王公贵人，气满志得，非性能而好之，则不暇以为。今仆射裴公开镇蛮荆，统郡惟九。常侍杨公领湖之南，壤地二千里。德刑之政并勤，爵禄之报两崇。乃能存志乎诗书，寓辞乎咏歌。往复循环，有唱斯和。搜奇抉怪，雕镂文字，与韦布里闾憔悴专一之士较其毫厘分寸。铿锵发金石，幽眇感鬼神。信所谓材全而能巨者也。两府之从事与部属之吏属而和之。苟在编者，咸可观也。宜乎施之乐章，纪诸册书。从事曰："子之言是也。"告于公，书以为《荆潭唱和诗序》。①

　　与《太史公自序》《报任安书》一样，《荆潭唱和诗序》并非一篇专论文学的文章，所以我们需要清楚韩愈是在什么背景下立论的。当时荆南节度使裴均、湖南观察使杨凭发起了一个唱和活动，形成了一本唱和诗集——《荆潭唱和诗》，请韩愈为之作序。在唐代，为他人诗集、唱和集作序的情况非常普遍，随之带来的一个现象就是，序文的模式化非常突出。为别人作序，不免要客套、吹捧一番，先以"文之时用大矣""诗文唱和非常有意义"等"体面语"开头，然后再介绍诗集的情况，进而对这些作品进行夸奖，以呼应开头的"体面语"。于邵《华阳属和集序》、权德舆《唐使君盛山唱和集序》都是这么个写法。对于《荆潭唱和诗》，采取这样的写法理所当然，但韩愈偏不。他开篇就说"和平之音淡薄，而愁思之声要妙。欢愉之辞难工，而穷苦之言易好也"。这两句话很出彩，作者把"和平之音""欢愉之辞"与"愁思之声""穷苦之言"相对比，贬抑前者而推重后者。这一判断建立在韩愈文学经验的基础上，且用精粹的语言把前人知之但未明言的观点揭露出来了。在用"是故文章之作，恒发于羁旅草野"一句作总结之后，又说道："至若王公贵人，气满志得，非性能而好之，则不暇以为。"循其文意，韩愈认为穷苦之人能写

---

① 刘真伦、岳珍校注《韩愈文集汇校笺注》卷十《荆潭唱和诗序》，中华书局，2010，第1121～1122页。

出好作品的原因在于"有空闲"。文学也是一门技艺，需要投入相当的时间去积累素材、锻炼文辞、打磨篇章。富贵之人往往没空干这些事（不暇以为）。接着，韩愈笔锋一转，说裴均、杨凭不同于一般的王公贵人，他们非但政事干得好，在闲暇之时还能"存志乎诗书，寓辞乎咏歌"，"搜奇抉怪，雕镂文字，与韦布里闾憔悴专一之士较其毫厘分寸"。这句话正好回应了"穷困之人因有时间专一于创作，故能写出好作品"这一观点。大体而言，"穷苦之言易好"的原因主要有二：一是感愤郁积的穷愁之语有足以打动人心的力量，就如朱自清所说"悲剧的情调易感人"①；二是穷苦之人能专一于创作。对大多数论者来说，第一个原因更受关注，那为何韩愈偏偏强调后者？我们并不是说韩愈思考不完善，没有充分留意"悲剧的情调易感人"这个基本的接受心理。问题的关键在于，《荆潭唱和诗序》是一篇序文，而非探讨"穷苦之言易好"的专篇论文。韩愈的立论必须遵从于他的写作对象和行文逻辑。作者既然要用"穷苦之作胜于富贵之言"的论调开篇，那后文就必须进行一次反转，表明裴均、杨凭等人的富贵之言足以与穷苦之作一较高下。若从"悲剧的情调易感人"这个角度进行发挥，后文便难以接续下去。而从"专一于创作"的角度入手，富贵之人与穷苦之人就能够达成对话并相互较量，后文对裴均、杨凭诗作的褒扬才能成立。

我们往往会把《荆潭唱和诗序》当成阐述"文人命运与成就的关系"的诗学名篇，却没有真正注意到它是应酬之序文，由此不免对韩愈观念产生一定的误解。不论怎样，"穷苦之言易好"经韩愈提出后，成为体现"文人命运与成就的关系"的常用语，被后人不断阐发。除了韩愈《荆潭唱和诗序》之外，欧阳修《梅圣俞诗集序》是另一篇经常被提及的诗学文献，欧阳修在这篇文章中提出的"穷而后工"的说法也多被人关注，现将开头部分录之如下：

> 予闻世谓诗人少达而多穷，夫岂然哉？盖世所传诗者，多出于古穷人之辞也。凡士之蕴其所有而不得施于世者，多喜自放于山巅水

---

① 刘晶雯整理《朱自清中国文学批评研究讲义》，天津古籍出版社，2004，第48页。

涯。外见虫鱼、草木、风云、鸟兽之状类，往往探其奇怪。内有忧思感愤之郁积，其兴于怨刺，以道羁臣、寡妇之所叹，而写人情之难言。盖愈穷则愈工。然则非诗之能穷人，殆穷者而后工也。①

《梅圣俞诗集序》也采取了集序最常见的结构，先借助一个诗学话题开篇，然后转到对梅圣俞的评论上来。被誉为宋诗开山祖师的梅圣俞长期在州县任职，仕宦不显。欧阳修常叹其"穷"，如《水谷夜行寄子美圣俞》："梅穷独我知，古货今难卖。"所以，为梅圣俞的诗集作序，"命穷"实为欧阳修首先能想到的话题。"诗人命多穷""诗人少达而多穷"乃中唐以来颇为盛行的观念，欧阳修开头一句便表示不赞同这句话。客观地说，中国古代的诗人当然不是都"穷"，其中的达者可谓不少。不过，欧阳修第一句话如此表述的目的并不只是为了揭示"诗人不都穷"的客观实际，来给以往的表述纠偏，这一点后面再谈。接下来，欧阳修解释了人们为什么会认为"诗人多穷"——"世所传诗者，多出于古穷人之辞"。言下之意即穷苦之作具有更高的流传度。具有高流传度的原因当然是作品出彩，欧阳修特意用了"工"这个字来表示作品的出彩，可见"穷而后工"与韩愈"穷苦之言易好"表达的是一个意思。不过，欧阳修的阐释方向与韩愈有所差异，韩愈强调的是穷者能"专一于创作，雕镂文字"，欧阳修则言"内有忧思感愤之郁积，其兴于怨刺，以道羁臣、寡妇之所叹，而写人情之难言"，可见他更注重愁苦感愤之作的感染力。

在以"殆穷者而后工"作结之后，欧阳修没有继续对这个话题进行发挥，而是转到了对梅圣俞的评论上来。其中说道："若使其幸得用于朝廷，作为雅颂，以歌咏大宋之功德，荐之清庙，而追商、周、鲁颂之作者，岂不伟欤！"欧阳修为什么不相信"诗人多命穷"，原因正在这里。中国古代几乎没有专业的诗人、作家，绝大部分士人的人生目标不是当个诗人文士，而是经世致用、治国平天下。自称"诗是吾家事"的杜甫，也曾想着"致君尧舜上，再使风俗淳"。因此"穷"与"失志"、"不遇"

---

① 洪本健校笺《欧阳修诗文集校笺》卷四十二《梅圣俞诗集序》，上海古籍出版社，2009，第1092~1093页。

是同样的意思，对于古代士人来说，"穷"不是好事。欧阳修不赞同"诗人多命穷"，正是因为不希望否定梅圣俞以及与之类似的诗人见重于世、发挥才能的可能性。从行文上说，开头反对"诗人多命穷"的那句话也正好与下文梅圣俞见用于朝廷的假设之词相呼应。"世徒喜其工，不知其穷之久而将老也！可不惜哉！"对欧阳修来说，文学作品的传世价值尚不能弥补士人失志所带来的心理损失。因此，欧阳修的"穷而后工"之论除了强调悲怨之作"写人情之难言"之外，背后还有无数"失志之人"的身影，以及"当用于世"的士大夫情结。

面对同一个话题，《梅圣俞诗集序》的思想表达与韩愈《荆潭唱和诗序》有很大不同，此种不同立足于具体的语境和行文要求。相较而言，《梅圣俞诗集序》与韩愈《送孟东野序》相似性更多。孟郊也是个穷愁之人。韩愈在这篇文章中提出的"不平则鸣"不专指穷愁之鸣，结尾说："抑不知天将和其声，而使鸣国家之盛邪，抑将穷饿其身，思愁其心肠，而使自鸣其不幸邪？"这几句话已然表明心迹。比之于出彩、感人的穷愁之鸣，实现个人价值的"得志之鸣"才是士人更希望得到的。

四 诗能达人与穷而自信

欧阳修反对"诗人命多穷"，也就暗含了"诗人命达""诗能达人"的观念。宋人对此多有表达，如许棐《挽沈晏如》："不信诗人一例穷。"[1] 胡次焱《赠从弟东宇东行序》更是列举了 22 个例子，从"以诗蒙科第""以诗转官职""以诗蒙宠赍""诗可完眷属""诗可以蠲忿恚""诗可以行患难"六个方面批驳了"诗人多穷"之论[2]，并表明"人生穷达在命不在诗""穷而归咎于诗，达而归功于诗，非知命者"。在宋代，"诗能穷人"与"诗能达人"两种论调就已并行。如祝穆所编类书《古今事文类聚》就同时汇聚了"因文致穷""诗能穷人""诗能达人"相关的事例和文章。诗话中"诗能穷人""诗能达人"的事例也记载了不少。明

---

[1] （宋）许棐撰《梅屋集》卷一《挽沈晏如》，《景印文渊阁四库全书》第 1183 册，第 197 页。

[2] （宋）胡次焱撰《梅岩文集》卷三《赠从弟东宇东行序》，《景印文渊阁四库全书》第 1188 册，第 549 页。

代王世贞作《文章九命》，列举了文人九种不好的命运——贫困、嫌忌、玷缺、偃蹇、流窜、刑辱、夭折、无终、无后。清初王晫作《更定文章九命》，一反王世贞之论，罗列了文人九种好的命运——通显、荐引、纯全、宠遇、安乐、荣名、寿考、神仙、昌后。这代表着诗人命运话题在后世得到了不断的发挥和阐释。

我们确实也能发现一种现象，即比之于"诗能达人"，"诗能穷人""诗人命穷"具有更大的传播度。这种传播不是基于客观事实，而是基于一种非常重要的接受心理——愁苦悲慨之作比和平嬉笑之作更能打动人心，诗人的穷愁之态也给予读者以更深刻的印象。这也可以说是古人对"诗人薄命"的选择性集体认同①。此种心理促进了许多优秀的穷愁作品的传播，但同时也可能导致一种无病呻吟、故作穷愁之态的创作现象。张耒就曾说："世之文章多出于穷人，故后之为文者，喜为穷人之辞。"② 此种现象在古代文学中实不少见。

前文已说，在韩愈、欧阳修，以至于中国古代大部分士人那里，"达则兼济天下"是最好的实现自我价值的方式。"穷"往往是出于不得已。如何"处穷"，是一个值得深入探讨的话题。就文人而言，可以像司马迁那样，将困厄穷愁转化为著书的动力，并通过"立言不朽"的信念填补因穷愁带来的失落与遗憾，甚而可以将困厄穷愁视为激发自己创作的财富。此种心态下的言行和作品虽然会因其悲怨的底色而打动人心，但有时候也不免显得沉重和苦大仇深。还有一类文人，"穷则独善其身"，穷而自适，甚至本就无意仕进，不以世人所言之"穷"为穷。于是在困厄愁苦之外，"穷"者拥有，但富贵者未必拥有的人生境界、状态被充分强调。孙应时《胡文卿樵隐诗稿序》云：

> 苏长公曰："无竹令人俗。"又曰："士俗不可医。"余尝欣然诵之，以为真宇宙间妙语。噫！无竹者尚尔，况于不能诗者，其俗且奈何哉。古今诗人，其学未必皆合于道，其言未必皆当于用，要其风流

---

① 参见吴承学《中国古代文体学研究》上编第五章"诗人的宿命"，人民出版社，2011，第99~105页。
② （宋）张耒撰《张耒集》卷四十八《送秦观从苏杭州为学序》，第752页。

意度，定自不俗。如幽兰之芳，野鹤之洁，使人一见辄洒然意消。故夫诗人多穷，无他，以其不俗，故穷。①

可以发现，"穷"与"达"的价值判断在这里发生了变化。称赞达者、惋惜穷者的功利化标准已不复存在，取而代之的是重视风流雅致，贬低世俗之气的文艺化标准。诗人因其"穷"而脱离了富贵者本有的俗气，从而在这套非功利的评价标准中获得了高度的认同和自信。"穷"得只剩下山川花月、诗酒琴棋，反倒脱离了世俗喧嚣。更重要的是，山川花月、诗酒琴棋使得诗人的艺术精神被无限放大，进一步抵消世俗之"穷"带来的失落。宋诗中多有反映诗人拥有自然风物的句子，如范仲淹《南楼》："天会诗人情，遗此高高月。"陈与义《赠傅子文》："豺虎不能宽远俗，山川终要识诗人。"张镃《四月上浣日同僚约游西湖十绝》其二："层云特为诗人喜，添起山头四五峰。"周紫芝《雪后步至江亭》："天将此段付诗人，世间那有闲风月。"用陈渊《和司录行县道中偶风雨有感之作六首》其六中的诗来总结，就是："江山似为诗人设。"从闲雅生活和文艺境界上说，拥有江山风月的诗人已经不能算是"穷"了。晚明无锡的一位地方文人华淑，无意仕进，他编了一部小品文丛书《闲情小品》，其中的《题〈文章九命〉后》说道：

> 贫贱愁苦，天地之清气也，清与清合，故文士往往辄逢之；富贵荣显，天地之浊气也，浊与清别，故文士往往辄违之。……解者曰：天道甚平，予之以福泽者，靳之以文章；予之以文章者，靳之以福泽。少陵云："名岂文章著。"悲哉乎其自解也。余尝上下千载，彼肥皮厚肉，坐拥富贵者，类皆声销气沉，寒烟衰草其归灭没。独文人诗士，其流风余韵，尚与山川花月相映不已，天又未尝不厚偿之矣。②

---

① （宋）孙应时撰《烛湖集》卷十《胡文卿樵隐诗稿序》，《景印文渊阁四库全书》第1166册，第636页。

② （明）华淑撰《题〈文章九命〉后》，《闲情小品》，国家图书馆藏明刻本，第十三叶。

这段文字可谓把诗人文士穷而自信的心态完全表露了出来。文中透露的不朽观念表面上看与司马迁"古者富贵而名摩灭，不可胜记，唯倜傥非常之人称焉"等语如出一辙，实则有所差别。司马迁的"立言不朽"立足于文章著述能"究天人之际，通古今之变"，有着类似于曹丕"文章经国之大业"的世用价值判断。而华淑强调的是"流风余韵，尚与山川花月相映不已"这一无关世用价值的艺术境界。总而言之，在诗人如何处穷这个问题上，悲愤如屈原、司马迁，恬淡自适如陶渊明，都用具体的言行找到了让自己不朽的方式。

推荐阅读及参考文献：

1. 钱锺书：《管锥编》（三），生活·读书·新知三联书店，2001。

2. 吴承学：《中国古代文体学研究》，人民出版社，2011。

3. 巩本栋：《"诗穷而后工"的历史考察》，《中山大学学报》（社会科学版）2008 年第 4 期。

4. 唐志远：《司马迁"发愤著书"说新探》，胡晓明主编《古代文学理论研究》（第三十三辑），华东师范大学出版社，2011。

5. 田瑞文：《身份与言说：太史公、中书令与〈史记〉书写——以〈文选·报任少卿书〉篇首异文为中心》，《上海大学学报》（社会科学版）2018 年第 1 期。

第七章

曹丕《典论·论文》

与前代相比，魏晋南北朝的文学有了很大的发展。以"自觉"二字概括魏晋文学的地位，成为论著和教材中常见的表述。追溯该说法的源头，则会发现，"文学自觉"说的提出与人们对《典论·论文》的认识直接相关。铃木虎雄《魏晋南北朝时代的文学论》一文提出"魏代文学自觉说"，依据便是《典论·论文》突破了前代道德论的文学观，标志着"有关文学的独立评论已经兴起"。鲁迅在《魏晋风度及文章与药及酒之关系》一文中说"曹丕的时代是'文学的自觉时代'"，也把《典论·论文》中"诗赋欲丽""文以气为主"等见解作为依据。尽管后来有不少学者对"《典论·论文》体现了文学自觉"这一说法提出质疑，但始终不能否认《典论·论文》在文学批评史上的独特价值。

一 《典论》的成书及流传

曹丕（187~226），字子桓，沛国谯（今安徽亳州）人，曹操次子。建安二十二年（217）被立为魏王世子，延康元年（220）继位为魏王、丞相，同年十月代汉自立，国号魏，都于洛阳，改元黄初。《典论》是曹丕着力撰写的一部论著。对于它的成书时间，有不同说法，其中创作于建安二十二年到二十四年（217~219）的说法接受度较高①。现在已经见不

---

① 另也有《典论》作于黄初元年（220）、建安十六年前后等说法，参见孙明君《曹丕〈典论·论文〉甄微》，《清华大学学报》（哲学社会科学版）1998年第1期。

到《典论》的完整内容，根据相关文献记载，我们可确定《典论》的流传主要有以下三条脉络。

一是写本流传。《三国志·吴书·吴主传》记载，孙吴黄武元年（即曹魏黄初三年）春，陆逊大破蜀军，"临陈所斩及投兵降首数万人。刘备奔走，仅以身免"。在这段文字之后，裴松之引胡冲《吴历》："（孙）权以使聘魏，具上破备获印绶及首级、所得土地，并表将吏功勤宜加爵赏之意。文帝报使，致鼲子裘、明光铠、骓马，又以素书所作《典论》及诗赋与权。"在《三国志·魏书·文帝纪》部分，裴松之注文再次用胡冲《吴历》："（魏文）帝以素书所著《典论》及诗赋饷孙权，又以纸写一通与张昭。"这里有两个信息需要留意，其一，孙权向曹丕讨赏，曹丕除了送鼲子裘、明光铠、骓马之外，还特意将自己的"大作"《典论》赠予孙权，赠书的行为蕴藏着什么政治意涵，不得而知，但我们清楚的是，此举足见曹丕对自己这部论著的重视。其二，曹丕的时代没有印刷术，想要作品广为流传，誊抄是唯一的办法。曹丕不可能把《典论》的底稿送出，他是先用素（即绢帛一类的丝织品）誊抄一份，赠予孙权，又用纸誊抄一份，给予孙吴大臣张昭。此后的文献极少有《典论》写本流传的记载，《隋书·经籍志·子部》著录"《典论》五卷，魏文帝撰"。《旧唐书·经籍志》《新唐书·艺文志》同，但《宋史》未见著录。大概在宋代，《典论》写本亡佚。

二是刻石流传。《三国志·魏书·明帝纪》记载，太和四年（230）二月戊子："（魏明帝）诏太傅三公，以文帝《典论》刻石，立于庙门之外。"《搜神记》也有类似记录："及（魏）明帝立，诏三公曰：先帝昔著《典论》，不朽之格言。其刊石于庙门之外及太学，与石经并，以永示来世。"裴松之在《三国志·魏书·三少帝纪》的注文中引用了《搜神记》中的这段文字，并指出："臣松之昔从征西至洛阳，历观旧物，见《典论》石在太学者尚存，而庙门外无之。问诸长老，云晋初受禅，即用魏庙，移此石于太学，非两处立也。窃谓此言为不然。"然石碑不论立于太庙还是太学，都体现出魏明帝对《典论》的推崇。郦道元《水经注》

记载魏明帝所刊《典论》有碑六块。到了东晋末戴延之则见其"四存二败"①，至《隋书·经籍志·经部》也载有"一字石经《典论》一卷"。后来，石刻亦亡。

三是通过他书的摘录得以流传。《典论》中的部分内容因《三国志》《昭明文选》《北堂书钞》《艺文类聚》《太平御览》等书的引用而得以保存，但大都是零散的片段。其中《昭明文选》《太平御览》收录了《典论·论文》，也正因为他书的收录，我们才能看到中国文学批评史上首篇专篇文论的整体面貌。

二 《典论·论文》文本解读一：文人相轻

《文选》五臣注说曹丕《典论》有二十篇。按理来说，每篇均应有篇题，然因文献缺失，绝大部分篇题已不可知。对于这篇文章，《文选》直接署"典论论文"，而《太平御览》只说是"魏文帝《典论》"，未列篇名。曹丕自己在正文中说"故能免于斯累而作'论文'"，依此，"论文"应当就是这篇文章的题目。"论文"这个题目很大，大到刘勰要用五十篇，约三万七千字的篇幅来展开讨论，但《典论·论文》只有不到六百字，可见曹丕这篇文章必定有所侧重，而非面面俱到地阐述。五臣注还说："文事有此篇，论文章之体也。"其实，不论是《典论·论文》的主要内容，还是我们依据文本推测出来的写作意图，都非"文章之体"四字所能概括。该文涉及的诸多话题、观念，都需要在全篇的结构中进行解析：

> 文人相轻，自古而然。傅毅之于班固，伯仲之间耳，而固小之，与弟超书曰："武仲以能属文为兰台令史，下笔不能自休。"夫人善于自见，而文非一体，鲜能备善，是以各以所长，相轻所短。里话曰："家有弊帚，享之千金。"斯不自见之患也。
>
> 今之文人，鲁国孔融文举，广陵陈琳孔璋，山阳王粲仲宣，北海徐干伟长，陈留阮瑀元瑜，汝南应玚德琏，东平刘桢公干。斯七子

---

① 《太平御览》转引东晋末戴延之《西征记》，中华书局，1960，第2654页。

者，于学无所遗，于辞无所假，咸以自骋骐骥于千里，仰齐足而并驰。以此相服，亦良难矣。盖君子审己以度人，故能免于斯累而作"论文"。①

开头这部分不阐释"文"的内涵、渊源（可对比刘勰《文心雕龙·原道》），而径直从"文人相轻"讲起。"文人相轻"四个字劈空而来，似有突兀之感。曹丕如此落笔，当有其深意。在古代文论史上，话题的提出大略有两个动机：一是该话题所揭示的现象古已有之，作者希望根据自己的历史见闻，对该现象进行经验总结；二是受到当下某种现实环境、某些事件的激发，从而对该话题发表见解。《典论·论文》兼具了这两个动机。"自古而然"表明曹丕在发表"文人相轻"话题之前，对相关历史现象进行了观察和总结，而他所举的例子颇可玩味。

班固之文才、名气自不用说。傅毅，字武仲，汉章帝时为兰台令史，与班固、贾逵等人共同整理东汉藏书。曾作《显宗颂》十篇，由此"文雅显于朝廷"（《后汉书·文苑传》）。在时人以及曹丕眼中，班傅二人的文才、文名是旗鼓相当的。《后汉书·文苑传》还说窦宪任大将军后，以傅毅为司马，以班固为中护军，"宪府文章之盛，冠于当世"。这也能说明班固、傅毅文才并为世重。用现在的话来说，班固与傅毅为同事，服务于同一个帝王（或上官），且同样会写文章（能属文）。这个背景阐述可以帮助我们了解曹丕"文人相轻"论的基本意涵。"相轻"的态度通过批评式的语言表现出来，但批评并不都意味着"相轻"。比如班固批评屈原"露才扬己"，批评司马相如《封禅》"靡而不典"，这恐怕不能称之为"文人相轻"。班固批评的人不少，曹丕单单选中傅毅，原因之一当在于：班固和傅毅是同时代人，且有一定关系（同事）。所以曹丕的"文人相轻"论可以理解为：同时代有一定关系的文人互相轻视、批评的现象。再看班固批评傅毅的内容，先言傅毅"以能属文为兰台令史"，然后再批评其"下笔不能自休"。但"下笔不能自休"似乎不是能文者的要害。想来傅毅在文才方面没有予人把柄，班固也只能找一些次要的问题说说，内

---

① （魏）曹丕撰《典论·论文》，郭绍虞主编《历代文论选》，第 60 页。

中透露一种酸气，以及因对方文名日盛而带来的不畅快之感。由此可知曹丕的"文人相轻"论还包括一层意思："相轻"往往夹杂着个人情感和主观偏见，不是客观理性的批评。在"文非一体，鲜能备善"的前提下，"人善于自见"这句话正好解释了"文人相轻"所内含的主观偏见。

曹丕虽然说"文人相轻，自古而然"，但他最终目的是回应他所在的时代和环境下的问题。对当下现实的考虑，才是他发表"文人相轻"论，甚至写下《典论·论文》的直接原因。对于时之文人，曹丕罗列了孔融、陈琳、王粲、徐干、阮瑀、应玚、刘桢七人，建安"七子"的提法即源于此，这一提法直接影响了后来的文学史叙述。曹丕说七子"以此相服，亦良难矣"。言下之意是：这七个人上演了当时的"文人相轻"。《典论·论文》及其他文献没有记载七子是如何互相评价的。七子归附曹操的时间不一，如孔融附曹是建安元年（196），陈琳附曹是建安十年（205），最晚的要数王粲，他于建安十三年（208）附曹。在附曹之前，他们已经声名在外。附曹之后，孔融主要居于许都，且早在建安十三年（208）就被曹操杀掉，其余六人除了随军出征外，大体居于邺城。居邺期间，六子与曹丕、曹植时有燕集。《三国志·魏书·王粲传》记载："始文帝为五官将，及平原侯植皆好文学。粲与北海徐干字伟长、广陵陈琳字孔璋、陈留阮瑀字元瑜、汝南应玚字德琏、东平刘桢字公干并见友善。"六子的关系，有点类似班固与傅毅的关系。这群以文章知名的人物，表面上互相友善，内心却未必真正佩服对方文才。"咸以自骋骥骤于千里，仰齐足而并驰"表现出六子争先恐后以文才相竞的状态。对此，曹植《与杨德祖书》说得很清楚：

> 昔仲宣独步于汉南，孔璋鹰扬于河朔，伟长擅名于青土，公干振藻于海隅，德琏发迹于大魏，足下高视于上京。当此之时，人人自谓握灵蛇之珠，家家自谓抱荆山之玉。吾王于是设天网以该之，顿八纮以掩之，今悉集兹国矣。[1]

---

① 赵幼文校注《曹植集校注》卷一《与杨德祖书》，中华书局，2016，第 226 页。

对自己文才的自信难免带来自大、自满的心理，故曹丕所言"善于自见""各以所长，相轻所短"绝非无的放矢。曹植还举了一个例子，陈琳不擅长创作辞赋，但偏偏要说自己的辞赋跟司马相如水平差不多。曹植认为这是"画虎不成反为狗"并作书讥嘲，陈琳没有领会其意思，反倒说曹植夸奖他的文章。

在反映建安文人自大、自满及相轻方面，《典论·论文》与《与杨德祖书》正可相互参看。曹植认为"世人之著述，不能无病"，被批评者需要持以理性、谦虚之态度，所谓"有不善者，应时改定"。同时，批评者也不能妄加指摘。原因有二，首先，批评者应当具有突出的创作能力和文学修养，这能保证评论的水准。像刘季绪（刘表之子）自己写作水平不行，却好"诋诃文章，掎摭利病"，必定难以让人信服。对此，曹植说了一句名言："盖有南威之容，乃可以论于淑媛；有龙渊之利，乃可以议于断割。"倘若真如其所言，那世上能批评别人的人寥寥可数。美食家未必是好厨子，这是再浅显不过的道理，所以很多人认为曹植这句话说得太极端。对于这句话的理解，我们不可以"以辞害志"。因为曹植此言针对的是刘季绪那样不知自己斤两而妄加指摘的论者，其意图在于指出批评者应当有相当的创作经验和水平，且自知、自见，如此方可避免无端的诋诃。其次，即便自己的水平再高，也要清楚"人各有好尚"，"兰茞荪蕙之芳，众人所好，而海畔有逐臭之夫；咸池六茎之发，众人所同乐，而墨翟有非之之论"，不能将自己的喜好强加于他人。

曹丕的表述虽与曹植有异，但基本态度是一致的。曹丕说："盖君子审己以度人，故能免于斯累而作'论文'。"这句话除了指出避免"文人相轻"的方法——"审己以度人"，还潜藏着一层意思：曹丕自己对七子的评论是客观而公允的，是"君子"之论。通过这句话，曹丕不仅使自己跳出了"文人相轻"的窠臼，还展现出超越于七子之上的高姿态。这种姿态部分源于曹丕作为文论家的理性与自觉，同时也应当有曹丕作为世子、作为建安文人核心，指点文坛的身份意识。

根据以上分析，我们可以将曹丕的"文人相轻"理解为：同时代的（甚至是有联系的）文人对对方及作品带有主观偏见的贬低和指摘。此类现象很多，这里可举一例，《北史·魏收传》记载魏收经常"讥陋"邢邵的文章，邢邵又云：“江南任昉，文体本疏，魏收非直模拟，亦大偷窃。”魏收听到后，说：“伊常于沈约集中作贼，何意道我偷任。”这是非常典型的文人互相轻视、诋毁的例子。

“文人相轻”经曹丕提出后，在后世逐渐发展为文学批评史上非常流行的话题，其意涵也有所拓展，比如文人与文人之间带有贬责意味的戏谑之词，以及过分的批评，都可能被视为“相轻”。魏晋南北朝时期，“文人相轻”话题和现象的兴起，一方面受到当时人物品评风气的影响，另一方面也与文人自负、自满的个性直接相关。“文人相轻”很大程度上源于文人自负的心理，而文人自负的事例在魏晋南北朝时期就有不少。如谢灵运：“天下才有一石，曹子建独占八斗，我得一斗，天下共分一斗。”① 袁淑见谢庄《赤鹦鹉赋》，云：“江东无我，卿当独秀。我若无卿，亦一时之杰。”② 王融谓刘孝绰：“天下文章，若无我，当归阿士。”③ 虽然都是夸耀别人，但自负之心态也溢于言表。再如南朝张融“善草书，常自美其能。帝曰：‘卿书殊有骨力，但恨无二王法。’答曰：‘非恨臣无二王法，亦恨二王无臣法’”④。此外张融还尝叹：“不恨我不见古人，所恨古人又不见我。”⑤ 南朝汤惠休对吴迈远说：“我诗可谓汝诗父。”⑥ 吴迈远也是个自负的人，《南史》记载：

> （吴）迈远好自夸而蚩鄙他人，每作诗，得称意语，辄掷地呼曰：“曹子建何足数哉！”超闻而笑曰：“昔刘季绪才不逮于作者，而好抵诃人文章。季绪琐琐，焉足道哉？至于迈远，何为者乎？”⑦

此类例子在魏晋南北朝以后更是不胜枚举，如杜甫祖父杜审言便是极

① 今存唐前文献未见这一说法，参见张继定《“天下才共一石，曹子建独得八斗”出处考辨》，《台州学院学报》2018 年第 5 期。但这几句话即便不是谢灵运所说，也能被视为古代“文人自负”现象的一种典型表达。
② （梁）沈约撰《宋书》卷八十五《谢庄传》，中华书局，1974，第 2167~2168 页。
③ （唐）姚思廉撰《梁书》卷三十三《刘孝绰传》，中华书局，1973，第 479 页。
④ （唐）李延寿撰《南史》卷三十二《张融传》，中华书局，1975，第 835 页。
⑤ （唐）李延寿撰《南史》卷三十二《张融传》，第 835 页。
⑥ 周振甫译注《诗品译注》，中华书局，1998，第 95 页。
⑦ （唐）李延寿撰《南史》卷七十二《檀超传》，第 1766 页。

其自负之人,《旧唐书》记载:

> 乾封中,苏味道为天官侍郎,审言预选。试判讫,谓人曰:"苏味道必死。"人问其故,审言曰:"见吾判,即自当羞死矣!"又尝谓人曰:"吾之文章,合得屈、宋作衙官;吾之书迹,合得王羲之北面。"①

以上都可以说是"文人相轻"的典型例证,大量的相关事例必定导致人们对文士产生一种刻板印象,"相轻"也就被当作文人习气,是文人浮薄、矜夸的表现。

附带一说的是,除了"文人相轻"外,曹丕还引发了另外一个话题。在《与吴质书》中,他说道:"观古今文人,类不护细行,鲜能以名节自立。"大概从东汉中后期开始,兴起了对文人德行的批评,曹丕这句话可以说是对此颇为精炼的概括,此后论者不绝。刘勰《文心雕龙·程器》专论文人的自我修养,列举了十六个事例来表现文人之疵,其中涉及建安时期的人物:"文举傲诞以速诛,正平狂憨以致戮,仲宣轻脆以躁竞,孔璋偬恫以粗疏。"颜之推《颜氏家训·文章篇》更是一口气罗列三十六例以说明"文人多陷轻薄"。宋人用更凝缩的语言,将此现象称为"文人无行"。如果说"文人相轻"还可能因戏谑的表达而带来趣味性,从而获得较为宽松的存在空间。那"文人无行"就因其与文人的德行修养、政治前途直接挂钩,而演变为一个沉重且严肃的话题。

三 《典论·论文》文本解读二:评论七子

> 王粲长于辞赋,徐干时有齐气,然粲之匹也。如粲之《初征》《登楼》《槐赋》《征思》,干之《玄猿》《漏卮》《圆扇》《橘赋》,虽张、蔡不过也,然于他文,未能称是。琳、瑀之章表书记,今之隽也。应玚和而不壮,刘桢壮而不密。孔融体气高妙,有过人者。然不

---

① (后晋)刘昫等撰《旧唐书》卷一百九十上《文苑传》,第4999页。

能持论，理不胜辞，以至乎杂以嘲戏。及其所善，扬、班俦也。①

　　这段文字即曹丕所认为的避免了"文人相轻"的公允之论，可以分为两部分来解读。

　　首先，曹丕对王粲、徐干、陈琳、阮瑀的点评主要着眼于文类（即今人眼中的体裁）。对于辞赋创作，曹丕标举王粲、徐干。二人的辞赋作品得到论者的认可，这是没有问题的。比如刘勰《文心雕龙·诠赋》论列历代赋家，于建安时期就只介绍了王粲和徐干："仲宣靡密，发篇必遒；伟长博通，时逢壮采。"曹丕说徐干"时有齐气"，"时"当作"时常"解，"齐气"指齐地所具有的自高、舒缓的风气。颜师古说："齐人之俗，其性迟缓，多自高大以养名声。"② 由于徐干所存赋作无一完篇，我们难以从作品角度验证"齐气"之内涵。曹丕虽对徐干之"齐气"不太满意，但还是认为他的辞赋能与王粲匹敌，进而指出他们的某些作品能与张衡、蔡邕比肩。"然于他文，未能称是"当是兼指王、徐二人。"他文"或可理解为除了王粲《初征》《登楼》《槐赋》《征思》、徐干《玄猿》《漏卮》《圆扇》《橘赋》之外的作品，也可理解为除了王粲、徐干辞赋之外的其他文类。按其文意，第二种理解较为恰当。曹丕在前文就已说过"文非一体，鲜能备善"，王粲、徐干长于辞赋而弱于他文则正与曹丕"鲜能备善"的论点相合。那王粲、徐干是仅仅长于辞赋吗？显然不是。王粲的诗歌就为刘勰所称道，《文心雕龙·明诗》言其兼善四言、五言诗（"兼善则子健、仲宣"）。《文心雕龙·才略》更说："仲宣溢才，捷而能密。文多兼善，辞少瑕累。摘其诗赋，则七子之冠冕乎！"也是同时推崇王粲的诗歌和辞赋。钟嵘《诗品》评王粲五言诗："方陈思不足，比魏文有余。"《典论·论文》独称其辞赋而不及其诗歌，似有偏颇。曹丕《与吴质书》云："仲宣独自善于辞赋。"也是如此。这里面是否有曹丕的主观偏好，不得而知。徐干虽也创作诗歌，但影响不及其辞赋。《文心雕龙·才略》说"徐干以赋论标美"，"赋"即辞赋，"论"指徐干所

① （魏）曹丕撰《典论·论文》，郭绍虞主编《历代文论选》，第60页。
② （汉）班固撰《汉书》卷八十三《朱博传》，第3400页。

著《中论》。曹丕在《与吴质书》中也称赞徐干《中论》"词义典雅"。可见《典论·论文》对王粲、徐干的评论并不全面。循其文意,这里当是为了承续"文非一体,鲜能备善"之观念,所以仅突出辞赋这一重点,于诗歌、《中论》等作品,则略而不谈了。

"琳、瑀之章表书记,今之隽也。"《与吴质书》也有类似的表达:"孔璋章表殊健,微为繁富。……元瑜书记翩翩,致足乐也。"刘勰《文心雕龙·章表》也说:"琳瑀章表,有誉当时。"曹丕对陈琳、阮瑀的点评依旧建立在"文体偏善"的观念之上,"今之隽也"暗含着"然于他文,未能称是"的潜台词。

其次,曹丕对应玚、刘桢、孔融的点评着眼于作者秉性及作品风格。一般而言,作者有什么样的秉性(气),便会产生什么样的作品。换言之,作品所体现的气韵、风格与作者的气性是相通的。曹丕对应玚、刘桢的评语"和而不壮""壮而不密"既是对作者之"气"的点评,也是对其文章风貌的判定。"和"大意是指声调或内容的和谐,"壮"是指壮盛之气。"和而不壮"即指应玚的作品和谐平缓而缺乏强劲壮盛之气。"和"是其优点,"不壮"是其缺点。相对而言,刘桢之"气壮",古今论者多有认同。谢灵运《拟魏太子邺中集刘桢诗序》言刘桢:"卓荦偏人,而文最有气。"《文心雕龙·体性》言:"公干气褊,故言壮而情骇。""气褊"简言之即"气性大"。曹丕《与吴质书》云:"公干有逸气,但未遒耳。""逸气"即奔放、壮盛之气,这里的"遒"不宜理解为"遒劲",而应是"完美""大成"之意。曹丕是说刘桢的作品有奔放之气,但还不够完美,其表达的意思与"壮而不密"基本相同。气性大(有壮盛之气)的人创作的文章往往任性使气,少有雕琢,少有细密的安排。颜之推在《颜氏家训·文章篇》中作了一个形象的比喻,他说写文章就像骑马,"虽有逸气,当以衔勒制之,勿使流乱轨躅,放意填坑岸也"。刘桢的缺点就在于仅凭其壮盛之气为文,少节制、安排,所谓"不密",便体现在这里。钟嵘《诗品》就批评刘桢"气过其文,雕润恨少",此言恰可与"壮而不密"相互印证。

在任性使气方面,孔融比刘桢可谓有过之而无不及。范晔《后汉书》言其"负其高气,志在靖难,而才疏意广,迄无成功"。《后汉书》还说,当孔融发现曹操雄诈之心后，不能忍受，"发辞偏宕，多致乖忤"，最后被曹操以"大逆不道"之名杀害。孔融为人狂傲任性，为文则气势充沛、锋芒外露。刘勰称赞他的《荐祢衡表》"气扬采飞"，另如《与曹操论盛孝章书》《肉刑议》等，都是"气盛"之作。曹丕赞其"体气高妙，有过人者"，实非虚言。然而，像孔融这样任性使气之人，缺点也不少。就其创作而言，纵气而无节制，发论豪宕但缺深思。往往逞口舌之快，论证过于轻率，甚至"杂以嘲戏"，虽言语新奇、有气势，但经不起推敲。用《典论·论文》的话来说就是"不能持论，理不胜辞"。语多戏谑，是孔融言论的一大表现，徐众《三国评》提到，因为受到孔融的嘲讽，是仪把自己的姓都改了（见《三国志·吴书·是仪传》注）。对于曹丕纳袁熙妻甄氏一事，孔融直接写信给曹操，编造"武王伐纣，以妲己赐周公"的荒唐事例来讥讽对方。曹操主张禁酒，孔融作书难之，其中说道：

> 酒之为德久矣。古先哲王，类帝禋宗，和神定人，以济万国，非酒莫以也。故天垂酒星之耀，地列酒泉之郡，人著旨酒之德。尧不千钟，无以建太平。孔非百觚，无以堪上圣。樊哙解厄鸿门，非豕肩钟酒，无以奋其怒。赵之厮养，东迎其王，非引卮酒，无以激其气。高祖非醉斩白蛇，无以畅其灵。景帝非醉幸唐姬，无以开中兴。袁盎非醇醪之力，无以脱其命。定国非酣饮一斛，无以决其法。故郦生以高阳酒徒，著功于汉；屈原不餔糟歠醨，取困于楚。由是观之，酒何负于治者哉？①

这段文字排列诸多事例，一气而下，蓬勃劲健，但是大都经不起推敲。如说尧若不喝酒，不能建太平之世，孔子不喝酒，就称不上圣人，简直是胡言乱语。曹操回信，列举喝酒误事的例子以反驳孔融。孔融再次回复：

> 徐偃王行仁义而亡，今令不绝仁义；燕哙以让失社稷，今令不禁

---

① 俞绍初辑校《建安七子集》，中华书局，1989，第22~23页。

谦退；鲁因儒而损，今令不弃文学；夏、商亦以妇人失天下，今令不断婚姻。①

这段文字照样气势凌然、词义高妙，但就其立论而言，几乎是毫无道理的胡搅蛮缠。

总之，曹丕在点评建安七子文学才能的同时，也指出了各自的不足，从而回应了前文的"文人相轻"论，七子各有长短，才会导致"善于自见""各以所长，相轻所短"。曹丕对王粲、徐干、陈琳、阮瑀的点评，强调的是文类的多样性，常人不能兼备。对应场、刘桢、孔融的点评，则重在指出"人各有气"，形成的作品各有风貌，长于此则短于彼，一个人不可能掌握所有创作风格。这两方面正好开启了下面的"四科八体"论和"文以气为主"之说。

四 《典论·论文》文本解读三：四科八体

常人贵远贱近，向声背实；又患暗于自见，谓己为贤。

夫文本同而末异，盖奏议宜雅，书论宜理，铭诔尚实，诗赋欲丽。此四科不同，故能之者偏也，唯通才能备其体。②

"贵远贱近"一词非曹丕首创，《汉书·扬雄传》记载，王邑、严尤两人闻雄死，问桓谭："子常称扬雄书，岂能传于后世乎？"桓谭回答"必传"，并说道："凡人贱近而贵远，亲见扬子云禄位容貌不能动人，故轻其书。"桓谭还举了个例子，他说老子的《道德经》薄仁义，非礼学，但是后世有的人把《道德经》看得比"五经"还要高。言下之意，古人的东西再差，都会被看作好东西。桓谭的言论虽带有个人偏见，但他所指出的以古为贤、贵古贱今的心理是相当普遍的。王充在《论衡·齐世》中用大量文字批判"贵古贱今"思想，他说画工喜欢画前代之士，而不肯画当今之士，就是"尊古卑今"的心理在作祟。又说："当今说道深于

① 俞绍初辑校《建安七子集》，第24页。
② （魏）曹丕撰《典论·论文》，郭绍虞主编《历代文论选》，第60页。

孔、墨，名不得与之同；立行崇于曾、颜，声不得与之钧。何则？世俗之性，贱所见，贵所闻也。"王充还举了个例子，张竦（字伯松）之所以对扬雄《太玄》《法言》等著作不屑一顾，是因为二人同时代，"与之并肩，故贱其言"，由此猜测："使子云在伯松前，伯松以为金匮矣。"

大概在东汉末年，贵古贱今的现象已为人所关注。以此而言，曹丕的"文人相轻"说应当是在桓谭、王充等言论的影响下，对贵古贱今现象的反思。他用的词是"贵远贱近"，这里的"远""近"主要指时间距离，当然也可指空间距离、人际关系的距离。须注意，曹丕反对"贵远贱近"，不代表他赞成"贵近贱远"，"评价作家作品，要根据客观情况进行理性判断，不要受时代、距离远近的影响"，这才是曹丕要表达的意思。所以反对"贵远贱近"，并非否定文章著述传之久远的价值。从文本内部来看，对于"贵远贱近，向声背实"这两句话，曹丕着重的是"贱近"和"背实"，这正好与"暗于自见，谓己为贤"构成"文人相轻"内在原因的两个方面——前者指不能理性客观地看待周围的作家和作品，后者指不能理性客观地看待自己。

接下来正式进入对"四科八体"的讨论。"文本同而末异"，何为"本同"，曹丕没有细说，以臆度之，不论什么文章、何种文类，都是将作者内心的所思所想用文字表达出来，一言以蔽之，即"文源于心"。在重视"气"的语境下，也可以说"文源于气""文主于气"，曹丕就持此见解。不论是"心"还是"气"，都反映出文章的创作根源、形成机制是相同的。文章的创作根据场合、对象、目的、功用的不同而产生分化，生发出不同的文类，每一种文类都有自己的行文规则和风格要求。"奏议宜雅，书论宜理，铭诔尚实，诗赋欲丽"这几句话引人注目的地方在于，在文学批评史上第一次集中罗列了这么多文类，并指出各自的风格要求（这当然是依据现存文献来判断的）。它意味着东汉末年以来，诸多文类的风格问题已经受到关注。曹丕接下来说："此四科不同，故能之者偏也，唯通才能备其体。"所谓"四科"当指奏议、书论、铭诔、诗赋，"唯通才能备其体"的"体"则指这"四科"各自的风格，即"雅""理""实""丽"。而今人总结的"四科八体"之"八体"乃奏、议、书、论、铭、诔、诗、赋八种文章体裁，与曹丕所言之"体"（风格）不是一回事。

"奏"是臣子向皇帝的进言,"议"乃议论政事之文,二者隶属于公文,自然要求文辞雅驯。"书论宜理"的"理"指思理细致严密,对于论说文,首要的要求必定是词句严谨、文意周密。这里的问题在于"书"如何理解,若解释为书信,似乎不对路,因为书信中闲聊家常的内容很多,不一定以说理为主。另一种说法是,"书论"是一个词,指"议论性的子书及单篇文章"①,该解释放在"书论宜理"这句话中,是说得通的。"铭""诔"用于记述死者功业德行,当然要求文风质实,不徒饰华辞。需要注意的是,从表面上看,"雅""理""实",既可指行文风格,又可指内容。前文是依据行文风格做的解释。就内容而言,"奏议宜雅"指"奏议"在内容、材料方面的雅正。"书论宜理"指"书论"以说理为主。"铭诔尚实"指"铭诔"选材要真实。不过,曹丕罗列"四科八体",目的在于强调每一种文类有自己的创作壁垒,故"能之者偏"。与行文风格相比,仅凭内容实在构不成壁垒,因此我们可以说:"雅""理""实"主要是对其行文风格上的要求。

在对"四科八体"的讨论当中,"诗赋欲丽"是最受后人关注的一句。在汉代,《诗经》被当作诗歌标杆,被尊为儒家经典,主导了人们对诗的认识。讽谏意义、道德伦理等成为汉儒论诗时必然涉及的内容。而曹丕这里单单从"丽"(形式之美)的角度来论诗,则与以往大不相同。由此,很多人认为曹丕的"诗赋欲丽"只强调艺术标准("丽")而不涉及道德标准(教化、讽谏、雅正等),摆脱了伦理教化的束缚,突破了儒家诗教观。这个说法需要稍加辨析。

首先,从作者曹丕的身份和立场来说,他并没有反对传统诗教观的理由。曹丕称帝后第二年,下令尊崇孔子二十一世孙孔羡为宗圣侯,命人修复孔庙,并作《追崇孔子诏》。黄初五年,作《轻刑诏》,其中说道:"吾备儒者之风,服圣人之遗教。"毕竟作为帝王,曹丕不会放弃儒学这一有助于治国理政的思想资源。他创作《典论·论文》时虽未称帝,但以副君之重,也不至于站在儒学、经学的对立面。于儒家的诗教观念,也不会

① 王运熙、顾易生:《中国文学批评通史——魏晋南北朝卷》,上海古籍出版社,1996,第38页。

有反对之词。如果说创作便娟婉约的诗歌，是曹丕私下文艺喜好的体现，尚可不顾及儒家诗教观；那创作《典论》，则是曹丕希望将自己的观念、思想公布于公共场合、政治空间（他曾以皇帝的名义将《典论》赐予孙权），曹丕不可能在文中表露出轻视，甚至反对儒家诗教观的态度。另外，曹丕在《典论·论文》中称赞文章乃"经国之大业，不朽之盛事"，此语与诗教观不但不抵牾，反倒还有很高的契合度。

其次，从行文上说，曹丕没有在这里强调诗歌价值的必要性。阅读古代文论作品，不能仅根据"作者没有表达某观点"这一事实，就得出"作者轻视（或反对）某观点"的结论。因为观点的表达会受到行文要求的约束。曹丕在这里讨论的是"本同末异"中的"末异"，目的是从文类繁多、风格要求不一的角度来阐释"文人相轻"的根源，而不是专门、全面地分析诗歌的创作要求和风貌。换句话说，"四科八体"讲的就是各个文类在形式、风格方面上的偏向，如果将文学价值加进去，就会与行文逻辑矛盾。试想，如果将"诗赋欲丽"改为"诗赋丽以则"，"则"字所表达的价值原则再被纳入"末异"的序列当中，就明显不合适。

最后，从关系上说，思想价值与文辞形式并非水火不容的对立体。汉人对诗歌、辞赋思想价值的强调有很多，不用赘言。就"丽"这个字而言，汉人已经开始用它来形容辞赋。如班固《汉书·扬雄传》有"蜀有司马相如，作赋甚弘丽温雅""（赋）极丽靡之辞""辞莫丽于相如"等语。曹丕用"丽"来形容诗歌，反映出时人对诗歌形式美的追求，卞兰《赞述太子赋》就称赞曹丕"作叙欢之丽诗"①。大致而言，这里的"丽"是指作品建立在文辞基础上的明丽风貌，与纯粹雕琢、堆砌辞藻的浮华之风不可等量齐观。钟嵘《诗品》评价汉代古诗："文温以丽。"所言与曹丕"诗赋欲丽"之"丽"相近。就像扬雄所说那样："诗人之赋丽以则。""丽"所代表的形式要素与"则"所代表的诗教价值不矛盾，甚至可以兼容。只不过，在以价值为评判标准的场合、语境下，文辞形式被置于价值序列的末端，甚至被置于思想价值的对立面予以批判，制造出了二者对立的假象。因此，不必以内容形式相对立的观点来审视曹丕的"诗

---

① （唐）欧阳询撰《艺文类聚》卷十六《储宫》，中华书局，1999，第 294 页。

赋欲丽"说。

综上，"曹丕'诗赋欲丽'突破了儒家诗教观"的观点容易让人造成误解，我们可以换一种说法：以曹丕为代表，人们可以暂时撇开文学价值、意义方面的老话，关注到文体形式方面的问题。曹丕《典论·论文》不是以形式批评取代价值批评，也不是完全脱离传统价值理论，它只意味着思想价值批评不再一统文学批评之天下，而形式批评已经开始崭露头角，并逐步占据一席之地。

五 《典论·论文》文本解读四：文气说

> 文以气为主，气之清浊有体，不可力强而致。譬诸音乐，曲度虽均，节奏同检，至于引气不齐，巧拙有素，虽在父兄，不能以移子弟。①

在中国古代文化中，"气"是一个非常重要的概念，意涵复杂，涵盖面极广。它除了指涉水汽、云气、湿气等具象的、形而下的东西外，还被抽象化，成为描述宇宙运行、万物（包括人体）精神状态的重要范畴。撇开宇宙天地不说，就以人而言，"气"之重要性也是不言而喻的。说到人体之"气"，最容易想到的是"呼吸之气"。《礼记·祭义》郑注说："气，谓嘘吸出入者也。"有呼吸则生，无呼吸则死。这一生理现象足以让古人感受到气的重要性，以及"气"与生命体的密切关联。当然，古人眼中人体之"气"的意涵要广阔深邃得多。首先，"气"充盈于人体，是人体生理性存在的主要表征。《庄子·知北游》说："人之生，气之聚也。聚则为生，散则为死。"《管子·枢言》说："有气则生，无气则死。"其次，"气"还与人的性情、心理表现相关。孔子说："君子有三戒：少之时，血气未定，戒之在色；及其壮也，血气方刚，戒之在斗；及其老也，血气既衰，戒之在得。"（《论语·季氏》）人之"气"影响到人之性情、言行，"气"由此也带上了与主体精神相通的个性色彩。有先天而生，不可移易之气；也有后天习得，不断培养之气。

---

① （魏）曹丕撰《典论·论文》，郭绍虞主编《历代文论选》，第60~61页。

　　就历史真实情况来说，引"气"入文学批评，曹丕未必是第一人；但就理论的接受度而言，将桂冠戴在曹丕头上，也未尝不可。他说徐干"时有齐气"，孔融"体气高妙"，刘桢"有逸气"，均是针对徐、孔、刘三人的秉性而言。前一段"四科八体"从"文"的角度立论，阐述文类多种多样，要求不一；此段则将焦点转向"人"（作者），阐述每个人的"气"（秉性）不同，且不能改易。是以，"文以气为主"之"气"，实指作者之"气"，而非文章之"气"。这句话等同于"文主于气""文源于气"，即文章的创作靠作者内在之"气"的驱使而成，作者有什么样的"气"，便会形成什么样的文章。曹丕这一段是从"人各有气"的角度来分析"文人相轻"的原因，他必定强调每个人的"气"是难以更改、变易的。就像杜甫难有李白之豪迈，李白也难有杜甫之沉郁。故曹丕接下来自然会说"气之清浊有体，不可力强而致"。"气之清浊有体"也就是"人各有气"，曹丕用"清""浊"来代表不同的"气"，应该没有特别的意图，也没有褒扬"清气"贬抑"浊气"的意思。他的重点在第二句"不可力强而致"，这句话点明了"气"的稳定性、不可变动性。我们单拎"不可力强而致"，很容易得出"曹丕立论偏颇"的结论。认为他过于重视"气"（秉性）的先天性，而忽略了学习、交往、实践等后天行为对创作主体个人性格、精神面貌的影响。客观地说，主体的性格和文章创作风貌既有稳定性，也有变动性。社会环境、个人经历、自我的培养都能影响创作主体的某些性格，引起文章创作风貌的变化。这个道理并不深奥，曹丕岂会不知？他之所以强调"气"（秉性）稳定性的这一面，明显是为了服从"人各有气"的论证逻辑和行文要求。

　　有意思的是，在论证"人各有气，不可移易"时，曹丕没有举文章创作方面的例子，而是用音乐来打比方。吹奏同一首歌，音调、节奏都是固定的，但由于每个人的"气"不同，各有巧拙，吹奏出来的效果自然不一样。"虽在父兄，不能以移子弟"让我们想起《庄子·天道》中轮扁所说的："臣不能以喻臣之子，臣之子亦不能受之于臣。"不过前者是为了回应"（气）不可力强而至"，而后者则强调"道不可言传"，立论语境大有差别。

　　曹丕的"文以气为主"为"以'气'论文"开拓了一片领地，但他没有深耕广种。在创作之前，主体之"气"如何培养？在创作过程中，如何将主体的"气"转化到作品上来？创作完成之后，如何用"气"来描述文学作品？这些都不是《典论·论文》关心的问题。对于古人的"文气论"，这里稍作补充。

孟子有著名的"知言养气"说，《孟子·公孙丑上》云：

> "敢问夫子恶乎长？"曰："我知言，我善养吾浩然之气。""敢问何谓浩然之气？"曰："难言也。其为气也，至大至刚，以直养而无害，则塞于天地之间。其为气也，配义与道，无是，馁也。"①

与曹丕强调"气"的稳定性不同，孟子所言之"气"重在后天的培养，是通过个人的习得，"配义与道"之后形成的至大至刚的浩然之气。孟子"养气"说本非论文，但我们阅读《孟子》其文，确实能感受到其"浩然之气"所带来的文章盛壮的风貌。苏辙《上枢密韩太尉书》说："文者气之所形。文不可学而能，气可以养而致。孟子曰：'我善养吾浩然之气。'今观其文章，宽厚宏博，充乎天地之间。"韩愈的"气盛言宜"说亦承续孟子"养气"说而来，他在《答李翊书》中讲道：

> 虽然，不可以不养也。行之乎仁义之途，游之乎《诗》《书》之源，无迷其途，无绝其源，终吾身而已矣。气，水也；言，浮物也。水大而物之浮者大小毕浮，气之与言犹是也。气盛，则言之短长与声之高下者皆宜。②

韩愈所说的"气盛"是指在读儒家之书、行儒家之道的过程中养成的浩然正气。只要以儒家的仁义道德充实自己，那文章也就不难而自至了。所谓"言之长短与声之高下者皆宜"或是针对骈文而说，骈文讲究对偶、声律而过分追求文字和声律形式会导致文气疲弱。故韩愈主张以养

---

① （宋）朱熹撰《四书章句集注》，第 232~233 页。
② 刘真伦、岳珍校注《韩愈文集汇校笺注》卷六《答李翊书》，第 700~701 页。

气药之，气盛则文思泉涌，所作之文不刻意于文辞声律亦能通畅顺达。韩愈的"气盛言宜"说颇为后世称许，刘克庄便称赞道："此论最亲切。李、杜是甚气魄，岂但工于有韵者及古体乎？"① 然而，单看"气盛则言之短长与声之高下者皆宜"这句话，难免让人误解。韩愈似乎在跟对方说写文章只要有"气"就行，这就好像一个成名的歌唱家安慰五音不全的学唱者，说唱歌只要有感情就行。我们做这个不太恰当的比方，意在说明"气盛言宜"潜藏着一个事实：读诗书除了能"养气"外，还对增长个人学识以及在潜移默化中形成一定的写作技法具有重要作用，正所谓"读书破万卷，下笔如有神"。韩愈文章技法纯熟，气势凌然，这与他"游于诗书之源"密不可分。就像黄庭坚"嬉笑怒骂，皆成文章"一语，也是针对有创作功底的苏东坡来说的。不学无术的痞子，再怎么盛气凌人，也"骂"不出一篇好文章来。

"气盛言宜"可以说是对"文以气为主"的另一种阐释，这也表明，古人对"文气"的讨论完全超出了《典论·论文》的范围。不过我们从曹丕的论述中还是能看到，仅凭盛壮之气，不一定能写成好文章。他说刘桢"壮而不密"、孔融"理不胜辞"，都有这层意思。"养气"只是创作之前提，而创作过程涉及章法的安排、意脉的流动等具体行文要求，这些不是仅靠"气"就能完成的。古人的一些言论对"文以气为主"等论有纠偏之效，兹举几例如下。

第一，作文主要目的在"达意"，是以提出"文以意为主"。如南朝范晔云："常谓情志所托，故当以意为主，以文传意。以意为主，则其旨必见；以文传意，则其词不流。"② 杜牧云："凡为文以意为主，以气为辅，以辞彩章句为之兵卫。未有主强盛而辅不飘逸者，兵卫不华赫而庄整者。四者高下圆折，步骤随主所指。"③

第二，文章重在"理"，提倡"文以理为主"。黄庭坚云："好作奇语

---

① （宋）刘克庄撰《后村诗话》后集卷二，中华书局，1983，第60页。
② （南朝宋）范晔撰《狱中与诸甥侄书》，沈约《宋书》卷六十九《范晔传》，第1830页。
③ 何锡光校注《樊川文集校注》卷十三《答庄充书》，巴蜀书社，2007，第872页。

自是文章病，但当以理为主，理得而辞顺，文章自然出群拔萃。"① 宋楼钥云："发为文词，以理为主，以意为先，体制具备，关键严密，简而有法，不为绮丽之习。"② 宋代理学盛行，世界之本源是"理"，"气"属于形而下者。"气之所聚，理即在焉，然理终为主。"③ "理"之升格、"气"之降格必然影响到文论上。理学家论文也以"理"为主，这与他们主张"文以载道"是息息相关的。

第三，仅凭激荡之气肆意挥洒，如平原放马，不免芜蔓驳杂，故须以"法"约之。如宋吴子良说："为文大概有三，主之以理，张之以气，束之以法。"④ 清方东树《昭昧詹言》说："有章法无气，则成死形木偶。有气无章法，则成粗俗莽夫。"⑤

总之，通过上述简要的分析，我们可以了解曹丕"文以气为主"之含义，以及古代"文气"说的主要内容，同时还能看到，古人围绕文章创作的问题形成了"气""意""理""法"等诸多范畴，而这些范畴正是我们把握古代文学理论的关键。

六 《典论·论文》文本解读五：文章价值观

盖文章，经国之大业，不朽之盛事。年寿有时而尽，荣乐止乎其身，二者必至之常期，未若文章之无穷。是以古之作者，寄身于翰墨，见意于篇籍，不假良史之辞，不托飞驰之势，而声名自传于后。故西伯幽而演《易》，周旦显而制《礼》，不以隐约而弗务，不以康乐而加思。夫然则古人贱尺璧而重寸阴，惧乎时之过已。而人多不强力，贫贱则慑于饥寒，富贵则流于逸乐，遂营目前之务，而遗千载之功。日月逝于上，体貌衰于下，忽然与万物迁化，斯志士之大痛也！

融等已逝，唯干著论，成一家言。⑥

---

① （宋）黄庭坚撰《与王观复书》，《黄庭坚全集》第 2 册，四川大学出版社，2001，第 470 页。
② （宋）楼钥撰《宝谟阁待制献简孙公神道碑》，《全宋文》第 265 册，第 336 页。
③ （宋）朱熹撰《答王子合》，《朱熹集》第 4 册，第 2366 页。
④ （宋）吴子良撰《荆溪林下偶谈》卷二，王水照编《历代文话》，第 558 页。
⑤ （清）方东树撰《昭昧詹言》卷一，第 30 页。
⑥ （魏）曹丕撰《典论·论文》，郭绍虞主编《历代文论选》，第 61 页。

曹丕在前文评论建安七子、罗列"四科八体"，强调"文以气为主"，都是围绕"文人相轻"主题展开的论述。这一段则完全抛开"文人相轻"，将话题转到"文章价值"上来。第一句"盖文章，经国之大业，不朽之盛事"简直就是标举文章价值的最佳标语。"经国之大业"充分突出文章的治世价值，是就空间角度立论的。那么"经国之大业"仅仅是一句宣传口号，还是意指曹丕提倡那种发挥文章治世之用的创作导向？这里不好下结论，因为《典论·论文》除了蜻蜓点水般地提了这么一句，再无解释。后面的大段文字主要围绕"不朽之盛事"来展开，对"经国之大业"也无集中回应。

"立言不朽"的观念渊源有自，先秦叔孙豹的"三不朽"论——"太上有立德，其次有立功，其次有立言"（《左传·襄公二十四年》），影响深远。司马迁遭受宫刑，能激发他继续创作《史记》的也是"立言不朽"的思想。曹丕致信王朗，说道："生有七尺之形，死为一棺之土，唯立德扬名，可以不朽，其次莫如著篇籍。"所言与"三不朽"如出一辙。由此可见曹丕"（文章）不朽之盛事"算不上什么新鲜论调。

需要注意，曹丕所言的"文章"指什么？结合"四科八体"说，可推测曹丕所言之"文章"包括但不限于奏、议、书、论、铭、诔、诗、赋。结合"其次莫如著篇籍"，以及《典论·论文》中"寄身于翰墨，见意于篇籍"，还可知曹丕所言之"文章"不仅指单篇作品，更指成部的论著。他在《与吴质书》中称赞徐干"著《中论》二十余篇，成一家之言，词义典雅，足传于后，此子为不朽矣"。《典论·论文》最后一句也说："唯干著论，成一家言。"在"立言不朽"的著述序列中，"成一家言"的论著地位明显高于诗赋篇章。曹丕称赞徐干《中论》不朽，似乎暗含自己的《典论》也当传不朽之名的意图。曹丕的声名当然不只寄托于篇章论著，作为副君和帝王，若能在立德、立功之外，立言以传之后世，便能达成其"三不朽"之令名。此一身份所带来的心态与曹植、建安七子不同。曹植《与杨德祖书》也有一段关于文章价值的言论：

　　辞赋小道，固未足以揄扬大义，彰示来世也。昔扬子云先朝执戟之臣耳，犹称壮夫不为也。吾虽薄德，位为藩侯，犹庶几戮力上国，流惠下民，建永世之业，流金石之功，岂徒以翰墨为勋绩，辞赋为君子哉！若吾志未果，吾道不行，则将采庶官之实录，辩时俗之得失，定仁义之衷，成一家之言，虽未能藏之于名山，将以传之于同好。①

曹植认为自己首要的人生目标是"建永世之业，流金石之功"，如果这条向上之路被堵，那就"采庶官之实录，辩时俗之得失，定仁义之衷，成一家之言"，而辞赋只是小道，虽"未易轻弃"，终究不能"揄扬大义，彰示来世"。曹植的想法与曹丕有同有异。相同点在于，他们都重视"成一家之言"的论著的传世价值。不同点在于，曹丕以副君和帝王身份，已拥有功业，不用过分强调，他在《与王朗书》中也只是用"唯立德扬名，可以不朽"一句带过，没有渲染；而曹植则显示出大部分人臣的姿态和价值观念。由此带来一种推测，曹丕的"文章不朽"论不是真的推崇文章的传世价值，而是为了"安慰在争夺太子失败中的曹植的"②，让曹植安心去搞自己的"一家之言"，"一家之言"也可不朽，故不要奢望"建永世之业"了。

以建功立业为首要之务，此路不通，则退而著述。这是士人常有之心态。《三国志·魏书·杜恕传》记载，一个叫阮武的人对杜恕说：面对"有其才而无其用"的遭遇，不如在闲暇之时，"可试潜思，成一家言"。后来杜恕撰有《本论》八篇、《兴性论》一篇，确可称为"成一家言"。这是不用于世、退而著述的典型例子。然而，士人大都不会屈居于"文人""作家"这个狭小的位置。吴质《答魏太子笺》批评陈琳、徐干、刘桢、应场等人"于雍容侍从，实其人也。若乃边境有虞，群下鼎沸，军书辐至，羽檄交驰，于彼诸贤，非其任也"。该文作于建安二十三年（218），彼时陈、徐等人均已故去。吴质的批评代表了当时质疑建安文人能力的一种声音，倘若陈、徐等人听到这样的批评，必定不高兴，会认为自己有经邦济世之才，却遭轻视，不被重用，由此不免激起不满情绪。于是这又带来另一种推测，曹丕的"文章不朽"论主要是为了安抚以七子

---

① 赵幼文校注《曹植集校注》卷一《与杨德祖书》，第 227~228 页。
② 傅刚：《论建安文学批评的发生》，《文学评论》2019 年第 1 期，第 175 页。

为代表的建安文人，让他们安心于翰墨篇籍①。当翰墨篇籍足以让自己不朽时，就没必要因不能建功立业而心怀不满。

以上两种解读都是围绕《典论·论文》及相关历史背景作政治层面的推测，至于它们是否合理，见仁见智。还需要说明的是，曹丕这句话即便有现实针对性，也不阻碍它成为反映文人"立言不朽"普遍心理的名言，后人对曹丕原话的接受度足以说明问题。曹丕接下来所说的"年寿有时而尽"，也不像纯粹的政治话术，而更像是渗透着自己见闻经历的真实感受。东汉末年，战火频仍，瘟疫数起。陈琳、徐干、刘桢、应玚均死于建安二十二年（217）的疫病。士人的凋零给曹丕带来极大震动，《与王朗书》曰："疫疠数起，士人雕落，余独何人，能全其寿？"《与吴质书》也说："昔年疾疫，亲故多离其灾，徐、陈、应、刘，一时俱逝，痛可言邪？"忆及当时燕游之乐，不胜感叹："少壮真当努力，年一过往，何可攀援，古人思秉烛夜游，良有以也。"从中我们能看到《古诗十九首》所体现的年寿不永、及时行乐的心态。士人之薄命促使曹丕进一步思考人生的价值与意义，而"以文章为无穷"正是他面对年寿不永深感无奈时的一种寄托。他为徐、陈诸子编集，也有着因文存人，以传后世的想法。所以，对于"盖文章，经国之大业，不朽之盛事"这句话，恐不能以单一的政治动机看待。

曹丕的"文章不朽"论还表达了比司马迁"发愤著书"说更完善的观念，由于个人遭遇的影响，司马迁更突出困厄环境对作者创作的激发，以及著作之"不朽"所带来的对生前困厄的价值补偿。曹丕言"文章不朽"，远没有司马迁那么愤愤。他考虑到"文章"之价值不但超乎年寿，还超乎富贵荣乐。"西伯幽而演《易》"很可能取自司马迁"西伯拘而演《周易》"，表达了"困厄中著述以传不朽"之观念，接着曹丕又举"周旦显而制《礼》"的例子，以说明显耀安乐者照样应该用力著述，其著述同样能传之后世。后文"不以隐约而弗务，不以康乐而加思"，"贫贱则慑于饥寒，富贵则流于逸乐"云云，均是对这一观念的反复诉说。曹

---

① 孙明君：《曹丕〈典论·论文〉甄微》，《清华大学学报》（哲学社会科学版）1998 年第 1 期，第 38~39 页。

丕的论述兼顾了隐约与康乐，贫贱与富贵，显得公允平和得多。然而，我们不能批判司马迁考虑不周，也不能说曹丕的论述代表观念的进步。他们只是在不同的角度、立场和心态下发表了恰如其分的言论而已。

推荐阅读及参考文献：

1. 〔美〕宇文所安：《中国文学思想读本：原典·英译·解说》，王柏华、陶庆梅译，生活·读书·新知三联书店，2019。

2. 傅刚：《论曹丕曹植文学价值观的一致性及其历史背景》，古代文学理论研究编委会编《古代文学理论研究》（第十一辑），上海古籍出版社，1986。

3. 孙明君：《曹丕〈典论·论文〉甄微》，《清华大学学报》（哲学社会科学版）1998 年第 1 期。

4. 汪春泓：《论曹丕〈典论·论文〉》，《江苏大学学报》（社会科学版）2002 年第 3 期。

5. 彭玉平：《论"文人相轻"》，《中山大学学报》（社会科学版）2004 年第 6 期。

6. 潘华：《〈典论·论文〉之"气""体"辨正》，《文学遗产》2016 年第 3 期。

7. 党月瑶、熊湘：《文人与德行：中国古代相关话题的生成与演变》，《中国人民大学学报》2018 年第 5 期。

8. 张岳林、杨洋：《"文章"经国与"作者"自觉——〈典论·论文〉原文学批评的话语建构》，《文艺理论研究》2019 年第 1 期。

9. 傅刚：《论建安文学批评的发生》，《文学评论》2019 年第 1 期。

10. 李飞：《论六朝时期"道"作为文艺批评概念的四种意义》，《北京大学学报》（哲学社会科学版）2021 年第 4 期。

第八章

刘勰《文心雕龙》

曹丕、陆机凭借各自的开创之功，在文学批评史上占据显要位置。但《典论·论文》《文赋》以及魏晋南北朝时期的很多文论作品大都是专篇，而非专书。真正成功且具开创性的文论作品专书当属刘勰的《文心雕龙》和钟嵘的《诗品》。章学诚《文史通义·诗话》便说："《诗品》之于论诗，视《文心雕龙》之于论文，皆专门名家，勒为专书之初祖也。"评价不可谓不高。与曹丕、陆机等文学大家相比，刘勰、钟嵘的文学创作并没有在文学史上激起多少浪花，但他们撰写的《文心雕龙》《诗品》却是文学批评史绕不开，且需要花大量篇幅专章介绍的重点，其价值甚至在《典论·论文》《文赋》之上。专就《文心雕龙》而言，它集系统性、完备性和理论深度于一体，真可谓"体大而虑周"（章学诚语），称之为中国古代文学批评史上最重要的著作也丝毫不为过。后世文论著作，几乎无有与之比肩者。鲁迅在《诗论题记》中将其与亚里士多德的《诗学》并称："篇章既富，评骘遂生。东则有刘彦和之《文心》，西则有亚里斯多德之《诗学》。解析神质，苞举洪纤，开源发流，为世楷式。"《文心雕龙》受后世论家之重视，由此可见一斑。

一 刘勰生平及《文心雕龙》的写作与传播

关于刘勰生平经历的信息不多，主要出自《梁书·文学下·刘勰传》。据该书记载，刘勰，字彦和，东莞莒人。这里所说的应当是刘勰的祖籍。东莞莒县即今山东莒县，永嘉之乱后，东莞沦陷，非晋朝所有。于是东晋明帝侨立南东莞郡于南徐州，镇京口（今江苏镇江），当时北方渡江避难的人多居于此，故刘勰的先祖当在永嘉之乱时移居京口。刘勰的祖父刘灵真，是刘宋司空刘秀之的弟弟，父亲刘尚当过越骑校尉：

> 勰早孤，笃志好学。家贫不婚娶，依沙门僧祐，与之居处，积十余年，遂博通经论，因区别部类，录而序之。今定林寺经藏，勰所定也。[1]

对于刘勰而言，进入定林寺，跟随僧祐，是直接影响其人生走向的重要事件。刘勰家庭贫困，且崇信佛教，这是他选择进入定林寺生活的重要因素。然而，彼时刘勰并未出家，作为一个接受了儒家思想的年轻人，他似乎没有断绝入仕的念头。他在《文心雕龙·程器》中强调"（文人）摛文必在纬军国，负重必在任栋梁；穷则独善以垂文，达则奉时以骋绩"，这当是其人生理想的折射，故身居定林寺的刘勰正可谓处于"穷则独善以垂文"的阶段。定林寺在今南京紫金山，是南朝名刹，高僧辈出，藏书丰富。这给刘勰营造了非常适宜的读书和学习环境，其间，除了整理佛教典籍、学习佛教义理之外，他应当也广泛阅读过经、史、子、集等部类的著作。此外，定林寺乃当时名流、贵族时常出入之地，僧祐更是齐梁时期有名的高僧，颇受竟陵王萧子良推崇。或许在刘勰眼中，定林寺也是他"希图走入仕途的终南捷径"[2]。

《梁书·文学下·刘勰传》言刘勰撰《文心雕龙》五十篇，并全篇摘录《文心雕龙·序志》，但没有明言《文心雕龙》作于何时。对此，《文心雕龙·时序》提供了一些线索。该文叙述历代文学之变迁，上起唐尧，下至南朝齐，而未及梁。清人刘毓崧根据《文心雕龙·时序》中叙述南朝齐的文字，找出《文心雕龙》作于齐的三个证据：

> 此篇所述自唐虞以至刘宋，皆但举其代名，而特于齐上加一

---

[1] （唐）姚思廉撰《梁书》卷五十《刘勰传》，第710页。
[2] 杨明照校注拾遗《增订文心雕龙校注》，中华书局，2012，"前言"第2页。

"皇"字，其证一也。魏晋之主，称谥号，而不称庙号，至齐之四主，惟文帝以身后追尊，止称为帝，余并称祖称宗，其证二也。历朝君臣之文，有褒有贬，独于齐则极力颂美，绝无规过之词，其证三也。①

根据刘毓崧的分析，《文心雕龙》当作于齐末时期，这一说法被学界认可。《文心雕龙》成书之时，刘勰是否还在定林寺，因文献不足，未能遽断。但可推测，在定林寺时，刘勰就已经在构思或开始撰写这部著作了。

刘勰人微言轻，《文心雕龙》写成后也没有激起多大反响。将《文心雕龙》传之后世实为他心中所愿，除此之外，为这部文论著作博取当世赞誉（同时也为自己博取声名）也是他非常渴望的。寻找名人为自己的书做宣传，不失为可行的办法。沈约乃当时文坛领袖，有很强的号召力，遂成为刘勰锁定的拜访对象。但沈约官职、地位都不低，声名正盛，寒庶之士想要面见沈约，并奉上作品求指教，几乎不可能。于是刘勰耍了个小聪明，"负其书，候约出，干之于车前，状若货鬻者"，他把自己打扮成卖东西的，终于见到了沈约，奉上了《文心雕龙》。沈约"大重之，谓为深得文理，常陈诸几案"。有了文坛领袖的赞誉，刘勰和《文心雕龙》的名气定然随之而上升。梁武帝天监初期，刘勰"起家奉朝请"，开始走入仕途。刘勰人生中的这一重要转折，当少不了沈约的帮衬与荐引。此后刘勰接连担任中军将军临川王萧宏记室、车骑仓曹参军、太末令、仁威南康王（萧绩）记室、步兵校尉等职。其中值得注意的是，他曾担任东宫通事舍人，是昭明太子萧统的属官。"昭明太子好文学，深爱接之"，故有研究者认为萧统《文选》的编纂受到了刘勰《文心雕龙》的影响。

大概在任步兵校尉之后，刘勰受梁武帝萧衍之命在定林寺修撰佛家经藏，任务完成后，他"启求出家"，并"燔鬓发以自誓"，最后"于寺变服，改名慧地，未期而卒"。《梁书》言刘勰"文集行于世"，但早已亡

---

① （清）刘毓崧撰《通义堂文集》卷十四《书〈文心雕龙〉后》，《续修四库全书》第1546册，第580页。

佚。刘勰时常为京师寺塔及名僧撰写碑志，今仅存《梁建安王造剡山石城寺石像碑》一篇①。另，刘勰《灭惑论》一文因载于《弘明集》，得以传世。可见《文心雕龙》是刘勰流传下来的最丰富、完整的著述。他虽与沈约、萧统产生交集，但沈约、萧统的作品均未提到刘勰及其《文心雕龙》。除了《梁书·文学传》记载刘勰撰《文心雕龙》五十篇之外，最早著录该书的是《隋书·经籍志》："《文心雕龙》十卷，梁兼东宫通事舍人刘勰撰。"此后历代公私书目多有著录。今存最早的版本是上海图书馆藏元至正十五年（1355）刊本，明清时期版本颇多，其中以刻于乾隆六年（1741）的黄叔琳辑注本最为通行。另外，1900 年发现的敦煌莫高窟文献中有唐人草书抄录的《文心雕龙》，是现存最早的写本。内容包括从第一篇《原道》的赞语至第十五篇《谐隐》的篇名。该写本被斯坦因携至英国，后藏于大英博物馆。

《文心雕龙》很早就进入了大学课堂。1904 年，林传甲担任京师大学堂国文教员，他为配合授课而编写的《中国文学史》第十三篇"南北朝至隋文体"第十部分即为"刘勰《文心雕龙》创论文之体"，可推测，《文心雕龙》为其授课内容之一。1914～1919 年，黄侃在北京大学授课，曾为学生讲授《文心雕龙》，之后整理其讲义，遂成《文心雕龙札记》一书。同时期的刘师培也在北京大学讲授《文心雕龙》，然未形成著作。黄侃的学生范文澜于 1922 年任教于天津南开大学，讲授《文心雕龙》课程，并于 1925 年出版《文心雕龙讲疏》。后来范文澜又在《文心雕龙讲疏》基础上修订，形成《文心雕龙注》一书，征引详博是该书最突出之处。《文心雕龙》的讲授、校注、研究互为关联，促成了中国古代文学批评领域一门显耀的学问——龙学。在黄、范等人的著述之外，刘永济《文心雕龙校释》、杨明照《文心雕龙校注》、詹锳《文心雕龙义证》也是该领域的力作，值得重视。

二 《文心雕龙·序志》文本解读

《文心雕龙》共五十篇，最后一篇《序志》为全书的总序。将序置于

---

① 见宋孔延之编《会稽掇英总集》卷十六，《景印文渊阁四库全书》第 1345 册，第 113～117 页。

全书末篇，乃古书之惯例。而撰写"自序"，也是古已有之。余嘉锡说："以自序入著述，始于司马迁《史记》，扬雄仿之。后此如魏文帝《典论》、葛洪《抱朴子》之类，皆有自序。不可胜数。又如班固《汉书》，谓之'叙传'，王充《论衡》，谓之'自纪'，王符《潜夫论》，谓之'叙录'，皆自序也。"① 孔安国《尚书序》云："书序，序所以为作者之意。"实际上，自序的内容主要有两部分：一是作者自述其家世生平、经历胸怀（述生平）；二是叙创作动机、全书内容体例等（论作意）。《史记·太史公自序》《汉书·叙传》即兼顾了述生平、论作意两方面。《法言·自序》《潜夫论·叙录》则仅论作意。《论衡·自纪》《抱朴子·自叙》则重在述生平。《文心雕龙·序志》仅论作意而不述生平。在论作意方面，刘勰表达了《文心雕龙》书名的由来、创作动机、创作目的、全书的结构等关键信息，大体依循了自序的写法，但也有自己的特点。总之，《序志》是我们整体把握《文心雕龙》所必读的篇章。阅读《文心雕龙》，应该首先从《序志》入手：

> 夫文心者，言为文之用心也。昔涓子琴心，王孙巧心，心哉美矣夫，故用之焉。古来文章，以雕缛成体，岂取驺奭之群言雕龙也。②

如前所述，很多自序会先叙述作者的家世生平，刘勰没有采取这一写法，他除了讲到自己做的两个梦之外，再无个人生平信息的披露。这也是我们难以了解刘勰生平经历的原因之一。开篇不介绍自己，其实还算不上具有独特性；关键在于，《序志》开篇就解释《文心雕龙》书名的由来，前面列举的自序都没有这种写法。刘勰之前，是否有论著的自序用这样的开篇方式，尚待考查。不论怎样，至少能说明，刘勰的落笔是跳出常规的。阅读《文心雕龙》的一大感受是，刘勰行文干净利落，没有废话。在开篇上的体现就是直接切入主题，丝毫不啰唆。《文心雕龙》相当一部分篇章开始两句就直接回应、解释篇题。以下列出数例，如表8-1所示。

---

① 余嘉锡撰《古书通例》卷二《明体例第二》，中华书局，2009，第238页。
② 范文澜注《文心雕龙注》卷十《序志》，第725页。

表 8-1 《文心雕龙》部分篇名及开篇句

篇名	开篇句
《征圣》	夫作者曰圣，述者曰明。
《宗经》	三极彝训，其书言经。经也者，恒久之至道，不刊之鸿教也。
《明诗》	大舜云："诗言志，歌永言。"
《乐府》	乐府者，"声依永，律和声"也。
《诸子》	诸子者，入道见志之书。
《神思》	古人云："形在江海之上，心存魏阙之下。"神思之谓也。
《章句》	夫设情有宅，置言有位；宅情曰章，位言曰句。
《事类》	事类者，盖文章之外，据事以类义，援古以证今者也。
《附会》	何谓附会？谓总文理，统首尾，定与夺，合涯际，弥纶一篇，使杂而不越者也。
《物色》	春秋代序，阴阳惨舒，物色之动，心亦摇焉。
《知音》	知音其难哉！音实难知，知实难逢，逢其知音，千载其一乎！

　　类似的例子在《文心雕龙》中还有很多。刘勰说自己阐释每一种文体时，都做到了"释名以章义"。在专论文体的二十篇文章中，开篇的几句话往往承担了"释名以章义"的任务。由上面罗列的例子还可以看出，开篇即回应篇题，对篇题进行解读（"释名以章义"），不是只存在于文体论部分，而是《文心雕龙》全书的写作风格。《序志》是刘勰站在作者立场上对《文心雕龙》这本书所作的提要性解读。我们可以这样说，《序志》的篇题"序志"只是一个符号，它真正的题目其实应该是"文心雕龙"。所以，从《文心雕龙》全书的行文惯例来看，《序志》必定也只能以"释'文心雕龙'之名"的方式开篇。

　　开篇这几句话解释了刘勰为什么将该书取名为"文心雕龙"。对于"文心"的取名，刘勰讲了三层意思。

　　"言为文之用心也"——释名。"心"早在先秦便被赋予"思考""思虑"的功能，《孟子·告子上》说："心之官则思。"所以"为文之用心"很好理解。以"心"论文，并非始于刘勰，陆机《文赋·序》曰："余每观才士之所作，窃有以得其用心。"其意与刘勰"为文之用心"大略相同。清章学诚《文史通义·文德》便认为："古人论文，惟论文辞，刘勰氏出，本陆机氏说，而昌论文心。"然而，对于"《文心雕龙》之

'心'本于陆机'窃有以得其用心'"这一说法,《序志》并未体现。

"昔涓子《琴心》,王孙《巧心》"——溯源。这是刘勰对自己书名中"心"字来源的追溯。《文选》王俭《褚渊碑文》:"间以琴心。"唐李善注引《列仙传》:"涓子作《琴心》三篇。"嵇康《琴赋》李善注引《列仙传》:"涓子者,齐人。……其《琴心》三篇有条理焉。"班固《汉书·艺文志》著录"《王孙子》一篇",自注曰:"一曰《巧心》。"刘勰的溯源无非是说以"心"为书名非他首创,而是有来源依据的。可惜《琴心》《巧心》均亡佚,我们无从得知其内容,也就没法做出进一步的推测或判断了。

"心哉美矣夫,故用之焉"——述取名缘由。从这句话可知刘勰非常中意于"心"这个字。我们在《文心雕龙》中能找到很多证据,比如《原道》篇说"人"是"天地之心",是"有心之器"。"心"被刘勰视为产生文辞的一个根源性要素。《神思》篇说:"心总要术。"《丽辞》篇说:"心生文辞。"《练字》篇说:"心既托声于言。"这个根源性要素既统领着文章的构思、文辞的生发,又可以渗透文学的道德、价值与思想,确实是极具囊括力,能统摄《文心雕龙》全书的关键概念。因此,刘勰采用"心"字,一定蕴藏着他对文学理论的深度思考。此外,刘勰创作《文心雕龙》也是"由心而发"的行为,《序志》篇的最后两句话(也是整本《文心雕龙》的最后两句话)颇有感叹地说:"文果载心,余心有寄。"《文心雕龙》实为刘勰内心的寄托。了解了上述内容,我们也就能体会刘勰为何会说"心哉美矣"了。稍作留心还可发现,《文心雕龙》第一句话"文之为德也大矣"的关键字是"文",最后一句话"余心有寄"的关键字是"心"。一首一尾,正应了"文心"一词。如果是刘勰有意为之,那真是大开大合,妙不可言。

刘勰对"雕龙"的解释虽不如"文心"清晰,但也能看到其内在的层次。"古来文章,以雕缛成体"包含了"释名"和"述取名缘由"两项内容。用其他领域的术语来比喻、形容文学作品、表达文学观念,是古代文论中极常见的现象,由此形成古代文学批评的一大特色。"雕"本来指在木、石等材质上进行雕刻,后来被古人借用以形容文辞的雕琢、打磨。正因为古来文章都是雕缛成文的,所以用了"雕"这个字。"岂取邹奭之群言雕龙也"一句明显是溯源,表明"雕龙"一词的来源。邹奭乃先秦齐人,与邹衍同属阴阳家。《史记·孟子荀卿列传》云:"邹衍之术迂大而闳辩,奭也文具难施。……齐人颂曰:'谈天衍,雕龙奭。'"《集解》引刘向《别录》曰:"邹奭修衍之文,饰若雕镂龙文,故曰'雕龙'。"《汉书·艺文志》著录"《邹奭子》十二篇。"并注:"齐人,号曰'雕龙奭'。""雕龙"之名来源于"雕龙奭"是无疑的。问题是,刘勰没有像"昔涓子《琴心》,王孙《巧心》"那样直接表达,而是加了个"岂……也"的句式,由此引发了不同的理解。

一种是将"岂"理解为"难道",原句翻译过来就是:"难道是取用了邹奭'雕龙'的这个绰号吗?"此解直接表现出对"雕龙"一词的否定,明显不合文意。另一种是将"岂"理解为"难道不是",原句翻译过来就是:"难道不是取用了邹奭'雕龙'的这个绰号吗?"此解倒是符合原意,但问题在于,若从此说,那"岂取邹奭之群言'雕龙'也"的意思就与"取邹奭之群言'雕龙'也"的意思相同,那刘勰为什么还要多加一个"岂"字,画蛇添足呢?

大概是因为在刘勰之前,谈到"雕龙"一词,人们常常会想到"雕龙奭","雕龙"成为形容邹奭文章的专用术语。《文心雕龙·时序》云:"邹子以谈天飞誉,邹奭以雕龙驰响。"刘勰借来"雕龙"用作书名,必然要将其意涵扩大,即将"雕龙"的对象从"指涉邹奭一人之文"扩大到"指涉所有的文辞篇章。""古来文章,以雕缛成体"已经点明:自古以来的作品都可被称为"雕龙"。"岂取邹奭之群言雕龙也"在指出"'雕龙'之名源于'雕龙奭'"外,更表达了"'雕龙'不仅可以被用来形容邹奭之文,还可以用来囊括所有文章"这层意思。其实用"雕龙"来形容文章,在刘勰之前便已出现,如蔡邕《太尉乔公庙碑》曰:"威壮虓虎,文繁雕龙。"范晔《后汉书·崔胭传》赞曰:"崔为文宗,世禅雕龙。"刘勰只不过是对"雕龙"的扩展性用法予以阐述而已。

为文必用心,成文须雕缛。可见刘勰通过"文心雕龙"这个书名传达了兼顾内(心)外(文辞形式)的文学观念。汉代以来时有重内而轻外的论调,重视文辞会被认为是"雕虫篆刻"(扬雄语),与刘勰同时代的裴子野(裴松之的曾孙)撰有《雕虫论》,立足儒家诗教观,对追求辞藻华美的作品予以否定。刘勰不言"雕虫"而言"雕龙",足见其对文辞形式的重视,但也要留意,过于雕饰而缺乏风力、神采,也是刘勰所不赞同的:

> 夫宇宙绵邈,黎献纷杂,拔萃出类,智术而已。岁月飘忽,性灵不居,腾声飞实,制作而已。夫(人)肖貌天地,禀性五才,拟耳目于日月,方声气乎风雷,其超出万物,亦已灵矣。形同草木之脆,名逾金石之坚。是以君子处世,树德建言。岂好辩哉,不得已也!①

介绍完取名缘由后,刘勰接着阐述其创作动机。众所周知,"立言以求不朽之名"乃根植于古人内心的创作价值观,司马迁《史记·太史公自序》、曹丕《典论·论文》都有类似表述。刘勰自述创作动机,从"立言不朽"这个逻辑原点开始,是理所当然的。"宇宙绵邈"领起的四句与"岁月飘忽"领起的四句恰成对应,可相互关联起来解读。前者从宇宙这个宏大的视角发论:宇宙那么大,历史那么长,人物那么多,只有有"智术"的人才会出类拔萃。后者从个人这个具体的视角发论:时间那么快,生命那么短,只有制作(即著述)才能让自己的声名传于后世。"黎献"与"性灵"所指的对象都是人。前者从人物纷杂的角度来说,"黎"即百姓,"献"即贤者,"黎献纷杂"指常人与贤人相混杂;后者从生命短暂的角度来说,"性灵"大约指个人的生命和才智,"居"乃"停留"之意,"性灵不居"即人的生命、才智都不能长存。

上述引文的前八句就人类社会的内部(包括人与人的差异、人与时间的博弈)而立论,接下来刘勰从人与万物的关系立论,人不同于万物的地方在哪?"拟耳目于日月,方声气乎风雷"回应了"(人)肖貌天地"这句话。将天地万物与人体结构相对应,是万物同构思想的典型案例。《春秋繁露·人副天数》便说:"耳目戾戾,象日月也;鼻口呼吸,象风气也。"通过此种类比,人获得了与天地同构、与天地相通的质性。"其超出万物,亦已灵矣"回应了"(人)禀性五才"这句话。"五才"即木、火、土、金、水五行,《礼记·礼运》说过:人乃"五行之秀气",

---

① 范文澜注《文心雕龙注》卷十《序志》,第 725 页。

《文心雕龙·原道》中"（人）为五行之秀"表达的也是同一个意思。与万物不同的是，人之五行可转化为人之秉性（仁、义、礼、智、信等），三国刘劭《人物志》对此有详细解说，如此就形成了人"超出万物，亦已灵矣"的核心表征。

《原道》篇还有一句《序志》篇此处未言明的话：人为"天地之心"。《礼记注疏》载王肃之言："人于天地之间，如五藏之有心矣。人乃生之最灵。"如果把天地宇宙比喻成人体，那人就是宇宙的"心"。须注意，这个"心"不等同于现代意义上的"心脏"，除了指涉心脏这个脏器外，古人更强调"心"所统属的自主意识和思考能力，即《孟子》所说的"心之官则思"。所以"人乃天地之心"也是"其超出万物，亦已灵矣"的表征。

《原道》和《序志》都突出了人立于天地之间的独特性，相关表述正可相互阐释。刘勰这几句话要阐明的意思是，"心""性""品德"等正是人超出于万物的主要表征。既然如此，人就应当有高于万物的作为。将个人的品性、品德和心之所想通过某种方式（即立德建言）表现和固定下来，传之不朽，是人超越万物的高级表现，也就应该成为人们努力的目标。"形同草木之脆，名逾金石之坚"，前一句讲人与草木的相同之处，后一句则强调人要有超出草木的资质与自觉。总之，将人与天地万物对比，刘勰突出了人之灵性。正如《原道》所说："无识之物，郁然有彩；有心之器（指人），其无文欤？"由此，"君子处世，树德建言"就是自然而然的结论了。最后一句"岂好辩哉，不得已也"语出《孟子·滕文公下》，刘勰借用此语，是为了表明君子立言，不是为了指点文章，臧否人物，强辩是非，逞口舌之快，而是其内在价值观的推动（如前所述）。对于《文心雕龙》，刘勰当然也不希望它被当成"好辩之作"：

> 余生七龄，乃梦彩云若锦，则攀而采之。齿在逾立，则尝夜梦执丹漆之礼器，随仲尼而南行。旦而寤，乃怡然而喜。大哉圣人之难见哉，乃小子之垂梦欤！自生人以来，未有如夫子者也。①

---

① 范文澜注《文心雕龙注》卷十《序志》，第 725~726 页。

讲完"立言不朽"的根本动机，刘勰突然插入了他曾经做过的两个梦，不论这两个梦是刘勰的真实记录，还是虚构编造，他在行文上如此安排，必有用意。梦与现实之关联主要有二：其一，梦境是个人过去某种经历、心态的反应，正如常人所说"日有所思，夜有所梦"；其二，梦境预示着个人未来某些言行、成就的必然性，古人占梦即基于此种观念。刘勰说自己七岁时梦到"彩云若锦"，并"攀而采之"。"彩""五彩""锦""绣"等词语常被用来形容文章。如《世说新语·赏誉》："著文章为锦绣。"《文心雕龙》中也多有用"彩""锦""绣"等来形容文学作品的情况，如《定势》就将文章类比为"五色之锦"。古人往往认为梦到五彩的云、鸟、锦等物，预示着将来会有文章之名。这样的例子很多，如《晋书》记载，罗含"梦一鸟文彩异常，飞入口中"，惊起说之，叔母朱氏告诉他："鸟有文彩，汝后必有文章。"自此罗含藻思日新。《南史》记载江淹梦中将五色笔归还郭璞，醒来之后"为诗绝无美句"。《陈书》记载徐陵的母亲"梦五色云化而为凤，集左肩上"，不久便生下徐陵，这个梦也预示着徐陵日后会以文章名世。再如《旧唐书》记载，唐张鷟幼时"梦紫色大鸟，五彩成文，降于家庭"，其祖闻之，曰："五色赤文，凤也；紫文者，鸑鷟也。鸑鷟为凤凰之佐，吾儿当以文章瑞于明廷。"所以刘勰第一个梦无非是表示：从事文章之业是冥冥中已注定之事。

第二个梦发生在刘勰三十来岁时（"齿在逾立"即"年过而立"）。他梦见自己执礼器，随孔子南行。可能因为刘勰日有所思，不忘圣人，所以才有此梦。但对刘勰来说，意义尚不止此。"自生人以来，未有如夫子者也"，语出《孟子·公孙丑上》"自生民以来，未有夫子也"，刘勰借来发一感叹。古今无双的圣人入梦，当然值得高兴。然而，刘勰醒来之后"怡然而喜"，不光是因为梦到了圣人，更是因为此一吉祥之梦对自己的莫大激励。梦中有这样的大人物引领自己前行，那跟随孔子足迹、承续发扬儒家思想的自觉意识也就油然而生。这里的潜台词可能是，圣人都已经垂梦了，自己应当赶紧立德树言、著书立说：

　　敷赞圣旨，莫若注经，而马郑诸儒，弘之已精，就有深解，未足立家。唯文章之用，实经典枝条。五礼资之以成，六典因之致用，君臣所以炳焕，军国所以昭明。详其本源，莫非经典。而去圣久远，文体解散。辞人爱奇，言贵浮诡，饰羽尚画，文绣鞶帨。离本弥甚，将遂讹滥。盖《周书》论辞，贵乎体要；尼父陈训，恶乎异端；辞训之异，宜体于要。于是搦笔和墨，乃始论文。①

有了"立言不朽"的内在动机，又有了"孔子垂梦"的激励，著述念头已然萌发，接下来就面临选题的问题。"孔子垂梦"一事已表明刘勰发扬儒学之自觉，而在发扬儒学、赞述圣人旨意方面，注经当然是最好的方式。所以他说："敷赞圣旨，莫若注经。"注经以阐扬儒学乃汉儒的传统。代表人物如马融，他注过《孝经》《论语》《尚书》《诗》《易》《三礼》，马融弟子郑玄注过《论语》《孝经》《尚书》《三礼》，另著有《毛诗笺》。刘勰放弃注经的念头，原因是马融、郑玄等人的经注已经非常精当了，自己即便有些许深刻见解，也不足以成一家之言。于是刘勰随即采取一种曲线的方式，既然不能直接切入儒学之核心、发挥妙理，那就将注意力集中于与儒学直接相关的领域。他把焦点转移到"文章"上，这既回应了刘勰的第一个梦（"彩云若锦"隐喻刘勰擅长文章创作），又预示刘勰对文章的讨论必定会灌注"宗经尚儒"的基本理念。

"唯文章之用，实经典枝条"一句，说明在刘勰看来，"文章"就是与儒家经典直接相关的领域，二者是根干与枝条（枝叶）的关系。一方面，枝条（枝叶）确实不属于根干，位于末端，但这不能成为否定枝条（枝叶）价值的理由。刘勰强调"文章"虽属经典之枝条，然并非无关紧要。传统的礼仪、制度、思想观念都必须通过文章才得以彰显，"五礼资之以成，六典因之致用；君臣所以炳焕，军国所以昭明"四句话便表达了这层意思。另一方面，也要清楚，枝条（枝叶）的茂盛得源于根干养料的输送。所谓"详其本源，莫非经典"。经典之于文章的意义有二：一是在思想上，经典树立了标杆；二是在行文上，经典被当作典范。

然而，现实情况是文章的创作越来越远离"经典"这个本源。魏晋以来，文辞日趋靡丽，浮华之风日盛。"文体解散"，即指以往文章的风

---

① 范文澜注《文心雕龙注》卷十《序志》，第 726 页。

貌、体制被破坏。《文心雕龙·才略》对此有相似的表达："殷仲文之孤兴，谢叔源之闲情，并解散辞体，缥渺浮音。""缥渺浮音"（大意为"虚浮轻靡"）是殷仲文、谢叔源作品"解散辞体"（破坏辞体本有的风貌、体制）的罪证。从"雕龙"这个词可知，刘勰本身不反对，甚至还提倡文学作品要有形式之美。不过，刘勰眼中的形式之美，就像树的枝叶一样，是根干养料供应下的自然呈现，是内在生命力（精神）与外在色彩、纹路的和谐统一。用《原道》篇的话来说："夫岂外饰，盖自然耳。"可见刘勰提倡自然之美而否定外饰。枝叶本就蓊蓊郁郁，富有文采，如果为枝叶涂抹色彩，挂上琳琅，就成了"外饰"。"辞人爱奇，言贵浮诡"说得便是不顾本根、尚奇造作的外饰之"美"。刘勰随之列举了两个类似的例子。"饰羽尚画"出自《庄子·列御寇》，颜阖说孔子"饰羽而画，从事华辞"。指羽毛本有文采，还要在羽毛上修饰、涂画。"文绣鞶帨"大概出自扬雄《法言·寡见》："今之学也，非独为之华藻也，又从而绣其鞶帨。"鞶为大带，帨为佩巾。二者本有文采，还要在上面施以文绣。

　　过度"外饰"，意味着忘记了文章本来的价值与意义，也忘记了文章的形式美是由内自然而发，而非强行藻饰。"离本弥甚，将遂讹滥"，"本"即经典，由前可知"离本"当从思想和形式两方面去考虑。刘勰随后也确实是从这两方面立论的。这个"本"应该是什么样子的呢？刘勰引用古人言论予以说明。"盖《周书》论辞，贵乎体要"一语，出自《尚书·毕命》："政贵有恒，辞尚体要，不惟好异。"孔安国传曰："政以仁义为常，辞以体实为要，故贵尚之。若异于先王，君子所不好。"孔颖达疏曰："为政贵在有常，言辞尚其体实要约，当不惟好其奇异。"其含义大概是言辞符合实际要求而简练精要，不要有奇异之语。如果这还不好理解的话，可以关注刘勰对"体要"这个词的用法。《文心雕龙》除了《序志》外，《征圣》《诠赋》《奏启》《风骨》四篇也提到了"体要"。并且，刘勰都是在批判"浮华之词"、批判"外饰"的语境下提到的这个词。

　　《征圣》在引用《尚书》"辞尚体要，不惟好异"并阐述一番之后，说道："颜阖以为仲尼饰羽而画，徒事华辞。虽欲訾圣，弗可得已。然则圣文之雅丽，固衔华而佩实者也。"刘勰认为圣人的文章是"辞尚体要"

的，所以认为颜阖在诋毁孔子。循此文意，"饰羽而画，徒事华辞"就是"不尚体要"的表现。《诠赋》说某些赋家忘记了赋本应有的"体"（创作要求和风格），"愈惑体要，遂使繁华损枝，膏腴害骨，无贵风轨，莫益劝戒"。很明显，也是把"辞尚体要"作为"繁华之词""膏腴之语"的对立面。在《奏启》篇中，刘勰提到一个现象，弹劾奏章的文辞太过激烈，臣子在奏章中争相诋诃谩骂，"躁言丑句"，刘勰对此不以为然，认为"立范运衡，宜明体要。必使理有典刑，辞有风轨"。在此语境下，"辞有风轨"就是"辞尚体要"，指弹劾奏章用词要切实允当，要避免那些不实、谩骂的言辞。《风骨》说得更清楚："《周书》云：'辞尚体要，弗惟好异。'盖防文滥也。"所谓"文滥"就是"文辞浮滥"之意。

所以"盖《周书》论辞，贵乎体要"一句，主要从文辞形式的角度来说，重申了文辞要恰当，要有自然之美，避免浮华藻饰。"尼父陈训，恶乎异端"，则主要从思想的纯正角度来说。《论语·为政》："子曰：攻乎异端，斯害也已。"朱熹《论语集注》："异端，非圣人之道。""攻"乃"治""专研"之意。孔子认为专研那些不纯正的异端思想是有害的。接下来的一句话"辞训之异，宜体于要"较难理解，学者们也有不同解读。考虑到文意的连贯，我们采取以下说法："《周书》论辞""尼父陈训"强调了文章创作的不同侧面，这两方面是我们应当体会和把握的。如此解释，和下面一句"于是搦笔和墨，乃始论文"就自然连通了。

可以看到，从刘勰的两个梦开始，文章—儒学两条逻辑线交替并进，并时时回应着"雕龙"与"文心"。刘勰重视"心"对于文章的广泛作用，同时树立以儒家思想为核心的标杆；重视"雕龙"之美，同时批判违背"体要"的外饰浮辞。创作《文心雕龙》的历史价值和现实意义被刘勰说得非常充分。到"于是搦笔和墨，乃始论文"为止，《文心雕龙》这个选题的价值意义算是阐述完成了：

> 详观近代之论文者多矣：至于魏文述典，陈思序书，应玚《文论》，陆机《文赋》，仲治《流别》，宏范《翰林》，各照隅隙，鲜观衢路。或臧否当时之才，或铨品前修之文，或泛举雅俗之旨，或撮题篇章之意。魏典密而不周，陈书辩而无当，应论华而疏略，陆赋巧而

碎乱，《流别》精而少功，《翰林》浅而寡要。又君山公干之徒，吉甫士龙之辈，泛议文意，往往间出。并未能振叶以寻根，观澜而索源。不述先哲之诰，无益后生之虑。①

　　确认选题之后，还要清楚这个选题前人有没有做过，自己的这本著作比之于前人，优势和价值体现在哪里。刘勰不是闭门造车，他以"成一家言""传之不朽"的心态来创作这部文论巨著，自然深谙以往相关著述的优长与不足。从行文来看，刘勰对超越前人有着充分的自信。上引文字相当于"文心雕龙"这个选题的研究综述，体现出刘勰作为一个研究者的历史自觉。

　　刘勰用不到二百字的篇幅点评了他之前的文学批评著述（包括著作与篇章），目之为"刘勰时代的《文学批评简史》"，也不为失当。首句便表明自己点评的是"近代之论文者"，但他所言之"近代"，实为中国古代文学批评真正的发端期。刘勰首先列举了六个人物及其作品。"魏文述典"即魏文帝曹丕的《典论·论文》。"陈思序书"指陈思王曹植论文的书信《与杨德祖书》。"应玚《文论》"当指应玚《文质论》，需要指出，建安七子中的阮瑀也有《文质论》，这两篇文章均见于《艺文类聚》卷二十二。刘勰何以选应玚而弃阮瑀呢？阮论重质而轻文，认为"文"如"日月丽天"，"远不可识"；"质"如"群物着地"，"近而得察"。简言之即"文虚质实"。应论虽未完全否定质，但"重文"观念更突出，强调人文对天文、地文的效仿，以及对王朝礼制、功德的彰显。刘勰非常重视"文"之意义和价值，《文心雕龙·原道》论述"文之为德也大矣"，及从"日月丽天"之"文"讲起。通读《原道》篇，不难发现在对"文"的态度上，刘勰的论点近于应玚，而与阮瑀抵牾。这或许就是刘勰选应玚而弃阮瑀的原因。

　　陆机的《文赋》是第一篇论文的赋，不用赘言。"仲治《流别》"指西晋挚虞（字仲治）的《文章流别论》。《晋书·挚虞传》记载挚虞编辑古代的文章，"类聚区分为三十卷，名曰《流别集》。各为之论，辞理

———————————
① 范文澜注《文心雕龙注》卷十《序志》，第726页。

惬当，为世所重"。《隋书·经籍志》著录："《文章流别集》四十一卷。"又著录："《文章流别志》《论》二卷。"《文章流别论》即编辑《文章流别集》时"各为之论"而形成的文论作品。然全书已佚，严可均《全晋文》辑录了部分论文章、诗、赋的文字。"宏范《翰林》"指东晋李充的《翰林论》。《晋书》言李充"字宏度"，黄侃《文心雕龙札记》猜测"其字两行"①，吴林伯《〈文心雕龙〉义疏》认为此处是刘勰记错了。② 我们不用纠结于此。《隋书·经籍志》著录："《翰林论》三卷，李充撰。"全书已佚。《全晋文》录其文数条。

因典籍的亡佚，我们看到的魏晋南北朝批评史面貌远不如刘勰看到的真切。在刘勰看来，这些著述"或臧否当时之才，或铨品前修之文，或泛举雅俗之旨，或撮题篇章之意"，都是"各照隅隙，鲜观衢路"，言下之意，刘勰要完成的是一部内容全面、体系完备的文论著作。接着他还指出了前人论著的优缺点。"魏典密而不周"，曹丕《典论·论文》的论述比较细密，从第七章的分析中可以感受到这一点，但由于篇幅短小，只涉及"四科八体"、文章价值等方面，对"文"的阐发不周备。"陈书辩而无当"，曹植《与杨德祖书》，辩词机警，富有力度，但发论时有不当。如云："有南威之容，乃可以论于淑媛；有龙渊之利，乃可以议于断割。"此语论辩有力，但稍作深究，破绽便出。若真如其言，文学批评家必须是一流作家，那很多论者都要缄口不言了。"应论华而疏略"，应玚《文质论》重在推崇"文"，辞采光华，写得很好，但对"文"及其与"质"的关系的论述方面，还显得粗疏简略。"陆赋巧而碎乱"，陆机《文赋》发言出语多有巧思，但由于"赋"这一文体的限制，条理不够清晰，显得"碎乱"。"《流别》精而少功""《翰林》浅而寡要"两句文意显豁，由于原书亡佚，难以征实，不再细解。

除了前述曹丕等六人之外，刘勰还提及桓谭（君山）、刘桢（公干）、应贞（吉甫）、陆云（士龙）。这些人或多或少都有一点论文之语，所谓"泛议文意，往往间出"。综述完成之后，刘勰用"并未能振叶以寻根，

① 黄侃：《文心雕龙札记》，第 219 页。
② 吴林伯：《〈文心雕龙〉义疏》，武汉大学出版社，2002，第 654 页。

观澜而索源。不述先哲之诰，无益后生之虑"四句话做总结。不可否认，在"振叶寻根"（追溯"文"之来源、本体）、"述先哲之诰"（对应前文"《周书》论辞，贵乎体要；尼父陈训，恶乎异端"）方面，刘勰做了大量工作，也确实超越了前人。但这是否意味着整个《文心雕龙》完全是遗弃前人论著，另起炉灶的创新之作？单看这一段，容易造成这样的误解。《序志》篇暴露出《典论·论文》等论著的弱点，不代表刘勰否认曹丕他们对古代文学批评的开拓之功。罗列、点评诸人，等于承认了以往文论著作可资借鉴的价值。事实也是如此，关于文学创作理论，陆机已先着鞭，也对《文心雕龙》产生了较大影响。挚虞的《文章流别论》也必定成为《文心雕龙》文体论所借鉴的资源。只不过为了烘托《文心雕龙》的与众不同，刘勰省掉了一句"于以往论著，多有借鉴"的话而已（类似的意思，刘勰在后文有所表达）：

> 盖文心之作也，本乎道，师乎圣，体乎经，酌乎纬，变乎骚，文之枢纽，亦云极矣。若乃论文叙笔，则囿别区分。原始以表末，释名以章义，选文以定篇，敷理以举统。上篇以上，纲领明矣。至于剖情析采，笼圈条贯。摛神性，图风势。苞会通，阅声字。崇替于《时序》，褒贬于《才略》。怊怅于《知音》，耿介于《程器》。长怀《序志》，以驭群篇。下篇以下，毛目显矣。位理定名，彰乎《大易》之数，其为文用，四十九篇而已。①

"振叶寻根"的说法除了表明探讨文学本源的意图，还暗含着一种隐喻，即将整个文学世界类比为一棵树，如此一来，这个文学世界就不是杂乱无章的，而是有根有干、有枝有叶，体系完备且结构有序的统一体。介绍著作内容，是自序的常规操作。像《史记·太史公自序》《汉书·叙传》《法言·自序》《潜夫论·叙录》都是按照目次逐篇介绍，相当于整本书的目录（目次和提要）。大概因为这些著作都是用竹简写成的，如果一卷竹简刚好容得下一篇文章，那整本书就需要几十甚至上百卷竹简，这

---

① 范文澜注《文心雕龙注》卷十《序志》，第 727 页。

么多竹简堆放在一起，次序就很容易乱。而自序中的目录正好作为竹简编序、摆放和阅读的依据。可见自序中目录的面貌与书写载体的形制有关联。在刘勰的时代，纸张已成为常规书写载体，纸张体积小、容量大，没有了编序方面的急迫要求，《序志》也就可以不用选择"按照目次逐篇提要"的方式来叙述全书内容。此其一。其二，《文心雕龙》以骈文写就，且每篇篇幅相差不大，若按五十篇的次序逐一介绍，既会破坏骈文体制，又会导致篇幅过长，与全书不协调。其三，比起逐一介绍篇目，刘勰更重视对《文心雕龙》全书体系的搭建和阐释。

刘勰将《文心雕龙》划为上下两部。上部首先是"文之枢纽"，所谓"枢纽"，即文学这棵大树的根干，包括《原道》《征圣》《宗经》《正纬》《辨骚》五篇。前三篇充分体现了对文学本源的重视、对儒学思想的推崇，后两篇在前三篇思想基础上，呈现出对文学新变（即纬书、《楚辞》中那些"有助于文章"的元素）的关注。

其次是"论文叙笔"，也就是"文体论"部分。《文心雕龙·总术》说："今之常言，有'文'有'笔'，以为无韵者'笔'，有韵者'文'也。"这部分共二十篇，前八篇《明诗》《乐府》《诠赋》《颂赞》《祝盟》《铭箴》《诔碑》《哀吊》为有韵之文，后十篇《史传》《诸子》《论说》《诏策》《檄移》《封禅》《章表》《奏启》《议对》《书记》为无韵之笔。中间两篇《杂文》《谐隐》或韵或不韵，兼有文、笔两类作品。从篇名上看，"论文叙笔"部分至少涉及三十四种文体，但此处刘勰没有对以上文体作提炼性的罗列、介绍。他以"囿别区分"一句话带过，而将重点放在了"如何阐述各类文体"这个话题上。"原始以表末，释名以章义，选文以定篇，敷理以举统"既是刘勰分析文体的基本思路，也构成了"论文叙笔"部分每一篇文章的主体结构。"原始以表末"，"末"一作"时"。若作"末"，原句意为：论述文体的起源和发展流变。若作"时"，原句意为：论述文体的起源，以弄清楚它产生时的情况。杨明照《文心雕龙校注》指出对于那些次要的文体，刘勰只是溯其源，而没有叙述其发展流变。故认为"时"是而"末"非。暂备一说。如"释名以章义"即解释文体名称，以彰显该文体的含义。"选文以定篇"即选出该文体的代表性作家作品予以评定。"敷理以举统"即总说每一类文体的创作要求和风格。

文体论的每一篇基本都包含了这四部分内容。如《诠赋》，开篇"《诗》有六义，其二曰赋。赋者，铺也；铺采摛文，体物写志也"。即"释名以章义"。从"昔邵公称'公卿献诗，师箴赋'"到"奇巧之机要也"，即"原始以表末"。从"观夫荀结隐语"到"亦魏晋之赋首也"，即"选文以定篇"。从"原夫登高之旨"到"贻诮于雾縠者也"，即"敷理以举统"。可见，不论是文体的数量，还是文体阐述的完备性，《文心雕龙》都远超前人，真可谓洋洋大观。

从"至于剖情析采，必笼圈条贯"开始，进入对下部的介绍。有的读者认为"剖情析采"指的是《文心雕龙》下部中的《情采》，此说不确。因为"至于剖情析采，笼圈条贯"一语与前文"若乃论文叙笔，则囿别区分"恰成对应①。"论文叙笔"是文体论部分的总括语，讲的是从"文""笔"两大类出发，讨论各种文体。同理，"剖情析采"也应当是创作论部分的总括语，讲的是从"情""采"两个方面入手，分析文章的创作原则。文章创作的影响因素无外乎两种：一偏向于心（内在），包括创作者的情感注入、秉性养成、主观构思等；一偏向于文（外在），包括字词、声律、典故的运用等。前者对应"文心"，此处刘勰用"情"字囊括；后者对应"雕龙"，此处刘勰用一"采"字代替。但我们也清楚，分析文章创作，"情"与"采"是分不开的。讨论文章情思，或多或少都会涉及辞采的运用；分析辞采的运用，也难免连带讨论作者的情思。所以创作论不宜像文体论那样强调"囿别区分"，而更应重视通过"情""采"对文章创作理论的全覆盖（笼圈），以及条分缕析的讲解（条贯）。接下来刘勰挑了八篇文章，做简要的罗列。"摛神性"，即《神思》《体性》；"图风势"，即《风骨》《定势》；"以包会通"，即《附会》《通变》；"以阅声字"，即《声律》《练字》。

到这里，"剖情析采"的部分已经结束，下句"崇替于《时序》，褒贬于《才略》。怊怅于《知音》，耿介于《程器》。长怀《序志》，以驭群篇"不属于"剖情析采"的范围。原因有二。从内容上说，这五篇文字

---

① 有的版本在"笼"前有一"必"字，参见詹锳义证《文心雕龙义证》，上海古籍出版社，1989，第1928页。此类版本应当是关注到了"笼圈条贯"与"囿别区分"的对应关系。

不是探讨文学创作原则的，不符合"剖情析采"的主题。《时序》讲时代
兴替与文学兴衰之关系。《才略》主要点评历代作家。《知音》以"知音
其难"开篇，探讨文学鉴赏的问题。《程器》讨论文人的德行、才干。
《序志》则申述作者刘勰的志趣情怀。从结构上说，刘勰对《文心雕龙》
五十篇的安排，颇费心思。通观这段介绍《文心雕龙》内容的文字，可
发现，上部中《文心雕龙》的前五篇（文之枢纽）被逐一介绍。"论文叙
笔"二十篇则未列篇名。下部中"剖情析采"部分仅简要列举篇名。最
后五篇又是逐一介绍。由此形成了对称结构。不过，根据现在我们看到的
《文心雕龙》版本，在《时序》与《才略》之间还有一篇《物色》，也就
是说倒数第五篇是《物色》而非《时序》。《物色》讲情景关系，明显属
于创作论，此乃学界共识。将《物色》移置创作论中，《文心雕龙》的对
称结构就非常明显了。如图 8-1 所示：

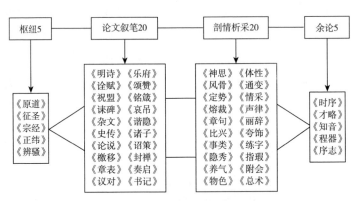

图 8-1　《文心雕龙》篇章结构

　　如此安排，真可以说是"纲领明""毛目显"了。刘勰最后还透露了
《文心雕龙》结构上的另一个用心之处。"位理定名，彰乎《大易》之数，
其为文用，四十九篇而已。"即安排内容，确定篇名，体现了《大易》之
数。"大易"当作"大衍"。《周易·系辞上》："大衍之数五十，其用四
十有九。"王弼曰："演天地之数，所赖者五十也，贯用四十有九，其一
则不用也。不用而用以之通，非数而数以之成，斯《易》之太极也。"①

————————

① 楼宇烈校释《王弼集校释》，第 547~548 页。

这个不用的"一"相当于生衍万物的"太极",不用是为大用。显而易见,不用的这一篇即"以驭群篇"的《序志》。除开《序志》的四十九篇,也是首尾呼应的统一体。《周易·系辞上》云:"形而上者谓之道,形而下者谓之器。"第一篇《原道》论文之本原,第四十九篇《程器》述文人文章之器用。文以道为体,以器为用。一首一尾,充分凸显了刘勰的文章观、文人观:

> 夫铨序一文为易,弥纶群言为难。虽复轻采毛发,深极骨髓,或有曲意密源,似近而远。辞所不载,亦不可胜数矣。及其品列成文,有同乎旧谈者,非雷同也,势自不可异也。有异乎前论者,非苟异也,理自不可同也。同之与异,不屑古今,擘肌分理,唯务折衷。按辔文雅之场,环络藻绘之府,亦几乎备矣。但言不尽意,前圣所难;识在瓶管,何能矩矱。茫茫往代,既洗余闻;眇眇来世,倘尘彼观也。①

《序志》篇简直可以当作研究综述或学位论文的绪论来读。在依次解释书名由来、创作动机、选题价值、研究现状、结构框架之后,刘勰开始进行自我评价。与前文不同,在这里我们看到作者谦虚的一面,但谦虚之中仍旧流露出对自己用功精深、立论严谨的自信。比之于评价一篇文章,综论历代作品以形成集大成的著作,显然要难得多。起始一句为后文自述不足定下基调,然在陈述"曲意密源,似近而远。辞所不载,亦不可胜数矣"的不足之前,还是强调了自己的著作于细微之处能辨析毛发,于深刻之处能探及骨髓。前文评价曹丕《典论·论文》等文论作品,重在指出他们的不足,以凸显《文心雕龙》"振叶寻根""述先哲之诰"的优点,丝毫未言及对前人的借鉴。这里虽也未明言,但涉及了"如何对待前论旧谈"的话题。"有同乎旧谈者,非雷同也,势自不可异也。有异乎前论者,非苟异也,理自不可同也。"不因思想怠懒而因循守旧,也不因观念独立而故意标新,一切以理为据,综合众人之言,以得出折中、可靠

---

① 范文澜注《文心雕龙注》卷十《序志》,第 727 页。

的结论。此处说得如此铿锵，体现了一个优秀文论家所具有的严谨态度。刘勰自信的著书姿态溢于言表。所以接着他说在"文雅之场""藻绘之府"，《文心雕龙》这本书够用了。"茫茫往代，既洗余闻；渺渺来世，倘尘彼观"是最后的谦虚表达：往代哲人论著启发了我，渺渺来世，我这部书恐怕会污了后人的双眼吧。他将《文心雕龙》置于茫茫往代、渺渺来世的历史维度中审视，正是希望自己及其著作的声名获得后世认同，同时希望"文心"得到超越短暂人生的长远寄托。

三　《文心雕龙·原道》文本解读

《文心雕龙》以《原道》开篇，意味深长。以"原道"二字为篇名，倒不是刘勰首创，《淮南子》第一篇就是《原道训》。对于"原道训"这个题目，高诱注曰："原，本也。本道根真，包裹天地，以历万物，故曰'原道'，因以题篇。"即有"以道为本"的意思，《文心雕龙》"原道"一词的含义与此相差不大。《原道训》重在论述"道"，开篇便对"道"进行阐释，从中可看出浓厚的老庄色彩："夫道者，覆天载地，廓四方，柝八极，高不可际，深不可测，包裹天地，禀授无形。"接着论述人的行为该如何顺应"道"。而《文心雕龙》首篇虽名"原道"，核心却不在于阐释"何者为道"。开篇便讲"文之为德"的事情，正文也是将"'文'的本原是'道'"当成重点来论述。故《文心雕龙》"原道"这个题目可以被视为"文原于道"的简称，主语是"文"，而非"道"。一如《文心雕龙·序志》所言："本乎道，师乎圣，体乎经，酌乎纬，辨乎骚。"也正因为刘勰在《文心雕龙·原道》中没有阐述"道"是什么，后来的读者对"刘勰笔下的'道'到底指什么"这个问题众说纷纭，难以得出一个明确、统一的答案。另外，在刘勰之后，韩愈作有《原道》一文，其重点也在于分析"道"。韩愈在文中明确指出他所言之"道"不是老子的"道"，而是仁义之"道"。可见同一个"原道"的标签，可以贴在装有不同内容的瓶子上。跟《淮南子·原道训》、韩愈《原道》相比较，《文心雕龙·原道》尽显其特殊性。作为《文心雕龙》的首篇，《原道》如何落笔，如何阐释"文""道"关系，以及如何在强调"道"的同时又避免对"文"造成轻视，都是研读该篇需要关注的问题：

文之为德也大矣，与天地并生者何哉！夫玄黄色杂，方圆体分。日月叠璧，以垂丽天之象；山川焕绮，以铺理地之形；此盖道之文也。①

"某某之为德"的说法出现很早，《论语·雍也》云："中庸之为德也，其至矣乎。"《礼记·中庸》："鬼神之为德，其盛矣乎。"《淮南子·原道训》高诱注："水之为德最大，故曰至德。"三国郭昕、柳浦等人上书于魏，其中说道："信之为德，固亦大矣。"② 上述几例所论都是儒家、道家的核心概念，冠之以"至德""大德"，倒也贴切。后来"某某之为德"的夸奖方式运用渐广，标新立异者为了夸奖某个东西，用上这一句话，确实能让读者为之一振。如孔融那篇著名的《难曹公表制酒禁书》就说："酒之为德久矣。"陆机《瓜赋》亦云："佳哉瓜之为德，邈众果而莫贤。"可知刘勰借用的"之为德"这个话头并不是什么新鲜语，但其作用和价值却值得重视。首先，开篇突然来这么一句，开门见山，起势颇大，作为《文心雕龙》全书的第一句，"文之为德也大"醒目且霸气，完全称得上是《文心雕龙》的"门面语"。其次，刘勰当是第一个明确提出"文之为德也大"的论者，作为"文"的正面标语，其领头、带动的作用自不可轻视。后人"文之为用其大矣哉"（《隋书·文学列传》），"斯文之功大矣"（卢照邻《南阳公集序》），"大矣哉，文之时义也"（杨炯《王勃集序》），"文之时用大矣哉"（李舟《独孤常州集序》）等说法，无不肇源于刘勰。

历来的读者都关注这个"德"字是什么意思，相关论说也有很多，我们倒觉得这个不是关键。关键是，刘勰这样写的目的是什么？首先，刘勰是为了告诉读者，他这本书要写一个非常重要的东西，不可轻视。其次，魏晋以来文学创作的发展，使得文与儒学、史学逐步分离，具有明显的形式化走向，注重文辞声律而轻于思想内涵。萧纲《诫当阳公大心书》"立身先须谨重，文章且须放荡"，萧统《文选序》"事出于沉思，义归乎

① 范文澜注《文心雕龙注》卷一《原道》，第1页。
② （晋）陈寿撰《三国志》卷八《公孙度传》，（宋）裴松之注，第260页。

翰藻"都不同程度地反映出重视文辞的观念。文学的浮华倾向招致很多人批评，裴子野（469～530）作《雕虫论》严词指责竞相吟咏、浮华靡丽的风气：

> 古者四始六艺，总而为诗，既形四方之风，且彰君子之志，劝美惩恶，王化本焉。后之作者，思存枝叶，繁华蕴藻，用以自通。……自是闾阎少年，贵游总角，罔不摈落六艺，吟咏情性。学者以博依为急务，章句为专鲁。淫文破典，斐尔为功。无被于管弦，非止乎礼义。深心主卉木，远致极风云，其兴浮，其志弱。巧而不要，隐而不深。讨其宗途，亦有宋之风也。若季子聆音，则非兴国；鲤也趋室，必有不敢。荀卿有言："乱代之征，文章匮而采。"斯岂近之乎。①

可以想见，因不满浮华的创作风气而否定"文"的形式之美，是当时极可能萌发的思想。刘勰对彼时的文学创作风气同样多有不满，但他没有将文章形式统一斥为"雕虫"，而是希望在文风浮乱之世正本清源，为"文章"树立本应具有的思想价值与形式典范。书名中的"雕龙"二字，是否也是在回应裴子野的"雕虫"之说，虽不好定论，但确实透露出"文章不是雕虫技"的思想。由此来看，"文之为德也大"这句话，既是对那个时代"将雕琢文辞视为文章要义"的思想的矫正，也是对"视文章为浮华无用之物"观念的驳斥。

"文之为德也大"，大在哪？《原道》的第二句立马予以回答。"与天地并生"，一下子把"文"的等级提升了好几个档次，让人眼前一亮。前人讨论文章、文学的时候似乎没有这么说过，之前推崇文章最厉害的，要算曹丕的"文章经国之大业，不朽之盛事"，刘勰与之相比，格局不知道高到哪里去了。陆机《文赋》有"同橐籥之罔穷，与天地乎并育"之语，后一句与刘勰之言颇为相近，然陆机重点不在于宣传文章的意义，其作用有限。此外，《文赋》把对文学价值的论述放到了最后一段，没有刘勰那

---

① （宋）李昉等编《文苑英华》卷七百四十二《雕虫论》，中华书局，1966，第3873～3874页。

样高标独立。我们可以想见，沈约打开《文心雕龙》阅读的时候是什么心情，可能一开卷就被"文之为德也大矣，与天地并生者何哉"这句开门见山的话吸引住了，无怪乎会"大重之"。

为什么说文与天地并生，刘勰随之做出了解释："夫玄黄色杂，方圆体分。日月叠璧，以垂丽天之象；山川焕绮，以铺理地之形。"天玄地黄，天圆地方。故这几句话描述的是天地日月山川形成的过程，这个过程是与"文"相伴而行的。第二章说过，"物相杂，故曰文"。《意林》卷三引《论衡》："天有日月星辰谓之文，地有山川陵谷谓之理。"① 不论是"丽天之象"，还是"理地之形"，都可以用"文"之一字囊括。可以看到，刘勰没有凭空编造"文"的价值，他依据的是先秦以来的"大文"观念。简言之，因为日月叠璧、山川焕绮都是"文"，当然可以说"文与天地并生"。自出现天地日月的那一刻开始，"文"就存在了。在六朝"文"已经偏向文辞篇章的背景下，刘勰力图扩大"文"的内涵与边界，将一般意义上的"文章"之"文"与先秦以来的"天地之文"关联起来，进而通过强调先秦以来的"大文"观，为"文"找到无可置疑的历史根源与价值根源。

按理而言，在"以铺理地之形"之后，可总结一句"此盖天地之文也"，但刘勰说的却是"此盖道之文也"。刘勰何出此言，此处没有明言，但我们不难推究其原因：天地日月的运行根源于宇宙之"道"，天地日月山川之文，也就是"道"的外现。"文之为德也大"不仅仅是"与天地并生"就足以体现的，刘勰进而将"文"上推到"道"的层面，其价值之根才真正地扎到最深处。"此盖道之文也"定下了"文道合一"的基调，也回应了题目中的"原道"二字：

> 仰观吐曜，俯察含章，高卑定位，故两仪既生矣。惟人参之，性灵所钟，是谓三才。为五行之秀，实天地之心。心生而言立，言立而文明，自然之道也。②

---

① （唐）马总辑《意林》卷三，《续修四库全书》第 1188 册，第 52 页。
② 范文澜注《文心雕龙注》卷一《原道》，第 1 页。

"曜"，即日、月、星，"吐曜"指天；"章"与"曜"对应，指地上的色彩纹路，故"含章"指地。此二句之意，即《周易·系辞上》所言："仰以观于天文，俯以察于地理。"许慎《说文解字序》所言："仰则观象于天，俯则观法于地。"《周易·系辞上》还描述了宇宙生成的过程："易有太极，是生两仪，两仪生四象，四象生八卦。""两仪"即天地。"高卑定位，故两仪既生矣"延续"易有太极，是生两仪"的说法，一方面补充了前言之未备（上一段并未说清天地是如何生成的），另一方面领起了下文。接下来刘勰没有像《周易·系辞上》那样继续描述"四象"，他把重点转向了"人"。在古人的观念中，人与天地并列而三，称为"三才"。如果说，天地是宇宙生成时最早出现之物，且成为人效法（仰观俯察）的对象，获得至高之地位；那人就是天地生成之后，最具性灵，唯一与天地"共成化育"的存在。正如《尚书·泰誓》所言："惟天地，万物父母；惟人，万物之灵。""为五行之秀，实天地之心"这句话突出了"人"在万物之中的独特性。对此，我们在《序志》篇的解读中已有分析，不赘述。"心生而言立，言立而文明"，这里的"心"指"天地之心"，即"人"。"心生而言立"等同于"人生而言立"。不说"言立而文成"，而说"言立而文明"，"明"之一字已然显露刘勰对"人文"形式属性的认定。

可以看到，刘勰从天文、地文讲起，推演到了人文。天文、地文都是"道"的呈现（道之文），人文也应当是"道"的呈现。对于"道"的特质，刘勰独独拈出"自然"二字。他不仅是说"心生而言立，言立而文明"（即人文的形成）是自然的过程，而且是说整个天文、地文、人文，都是自然而然的。"自然"二字具体何解，这个问题需要在了解了下一段文字后才能解决：

> 傍及万品，动植皆文。龙凤以藻绘呈瑞，虎豹以炳蔚凝姿。云霞雕色，有逾画工之妙；草木贲华，无待锦匠之奇。夫岂外饰？盖自然耳。至于林籁结响，调如竽瑟；泉石激韵，和若球锽。故形立则章成矣，声发则文生矣。夫以无识之物，郁然有彩，有心之器，其无文欤！①

---

① 范文澜注《文心雕龙注》卷一《原道》，第1~2页。

读完这段我们便非常清楚刘勰的论述思路，即"天文地文"—"人之文"—"动植物之文"。言下之意，宇宙万物的生成过程和存在状态无不伴随着文。这个排序所依据的未必是时间先后，而是地位和重要性。此举有着"人之文效法天文、地文，而高于动植物之文"的意涵，符合"天地之间，人最具性灵"的理念。严格说，刘勰所言之"万品"，包括但不限于我们眼中的动植物，即云霞、泉石等，也在"万品"之内。"龙凤""虎豹"是刘勰所选择的动物代表，"云霞""草木"是非动物的代表。它们华美的文采，乃由内而外的自然呈现，而非外在雕饰所致。《周易》"革"卦爻辞有"大人虎变""君子豹变"之语，《象》曰："'大人虎变'，其文炳也。""'君子豹变'，其文蔚也。"《三国志·蜀书·秦宓传》记载秦宓言："夫虎生而文炳，凤生而五色，岂以五采自饰画哉？天性自然也。盖《河》《洛》由文兴，《六经》由文起，君子懿文德，采藻其何伤。"此一思想即为刘勰所本。自始至终，刘勰对天地之文、人之文、动植物之文的阐述贯穿着两个关键词："道"与"自然"。接下来刘勰作了一个补充，除了"藻绘""炳蔚""雕色""贲华"等付诸视觉的"形文"外，还有"林籁结响""泉石激韵"这类付诸听觉的"声文"。讲到这里，对"万物皆文"的论述就告一段落。"夫以无识之物，郁然有彩，有心之器，其无文欤！"这几句话的目的在于承上启下，将问题回扣到"人文"上面来，以开启后文对"人文"的论述。当然，这几句话再次表达了"人文"超越于"动植物之文"的观点。

刘勰在这段文字中再次强调"自然"。"自然"二字很容易让我们想到道家的"自然"观，老子就说过"道法自然"。所谓自然，就是自然而然。刘勰对"道"，对"自然"的表述或许受到了道家思想的影响，但必须清楚，二者有根本性的差别。

首先，以老庄为代表的道家思想有一些基本特点，比如重"无"，强调"无"之用。正所谓"大音希声，大象无形"。重视看似无形无状，实则无所不在的本体，而相对轻视外在的形式。发展到庄子，打破了一般人对"美"的认识，形成无所谓外在形态的观念。美的就是丑的，丑的也可能是美的。《庄子》描述了很多奇丑之人，即为了强调忘掉外在，《德充符》言："德有所长而形有所忘。"从"言""道"关系而言，老庄可以说是否定"文"的,他们所否定的不仅仅是文辞之文,还包括道德礼仪等"大文"。《淮南子·原道训》继承了这一思想,直接说:"是故至人之治也,掩其聪明,灭其文章,依道废智,与民同出于公。"在庄子看来,"龙凤以藻绘呈瑞,虎豹以炳蔚凝姿"自然都是虚空之象。刘勰开篇之句"与天地并生"或许来源于庄子"天地与我并生",但含义完全不同。首句"文之为德也大"估计也是老庄所不赞同的。

其次,在庄子看来,道对万物的成就绝不在于形态美好的方面。你能说一个色彩绚丽的老虎是道的自然体现,但不能否认一个皮肤坑坑洼洼的蛤蟆就不是道的自然体现。不只是鲜花才有"自然之道",牛粪当中也有"自然之道"。所以庄子会说"道在蝼蚁""道在稊稗""道在瓦甓""道在屎溺"。《庄子》中描述了很多身体残缺、奇形怪状的人,这些都是自然的表现。然而,"道"的意涵在接受和传播过程中发生了变化,因为要强调"顺应道会给人类社会带来好处",所以"道"的正向价值会被提倡,不起眼的价值则会被遮蔽。比如《庄子·大宗师》有这段话:

> 狶韦氏得之,以挈天地;伏羲氏得之,以袭气母;维斗得之,终古不忒;日月得之,终古不息;堪坏得之,以袭昆仑;冯夷得之,以游大川;肩吾得之,以处大山;黄帝得之,以登云天;颛顼得之,以处玄宫;禺强得之,立乎北极;西王母得之,坐乎少广,莫知其始,莫知其终;彭祖得之,上及有虞,下及五伯;傅说得之,以相武丁,奄有天下。①

一些学者认为这段文字不是《庄子》原书所有,而是后人添加的,对此问题,见仁见智,此处不作深究。只是以理推之,庄子本人似乎不屑说"傅说得之,以相武丁,奄有天下"这样的话(《老子》当中倒是有"侯王得一以为天下正"之语)。或者说,与上述文字相比,"道在蝼蚁""道在稊稗"之语更有庄子风格。这段话能够说明,归纳"道"的正面意义,以凸显"道"之价值,是大多数人共通的接受心理。《庄子》一书已

---

① (清)郭庆藩撰《庄子集释》卷三上《大宗师》,第247页。

流露出对"道"的正面提倡，后人对"道"的提倡也会往"有为而作"这个方向发展，变得更加正能量了。韩非子估计受到了此种影响，在《韩非子·解老篇》中说：

> 道者，万物之所然也，万理之所稽也。……天得之以高，地得之以藏，维斗得之以成其威，日月得之以恒其光，五常得之以常其位，列星得之以端其行，四时得之以御其变气，轩辕得之以擅四方，赤松得之与天地统，圣人得之以成文章。道，与尧、舜俱智，与接舆俱狂，与桀、纣俱灭，与汤、武俱昌。[1]

黄侃《文心雕龙札记》云："韩子之言，正彦和所祖也。"[2] 但这与老庄（特别是庄子）之道已经有所不同了。相对来说，《淮南子·原道训》"是故至人之治也，掩其聪明，灭其文章，依道废智，与民同出于公"等语更接近老庄思想。由此来看，刘勰虽然说万物皆有文，但他选取的例子带有明显的倾向性，选"龙凤"而弃"蝼蚁"，选"云霞"而弃"瓦甓"。就生成过程而言，天地万物之文采的确是"自然而然"的，这一点无可置疑；但从所举例子的覆盖面和普遍性来说，刘勰明显只看到了自己想看的东西。他描述日、月、山川、龙凤、虎豹，所用的词语"璧""绮""曜""章""藻绘""炳蔚"，无一不有着明亮的色彩，可见刘勰试图通过选择性描述来建构"文"的形式之美。

古人观测、了解天地万物的规律和秩序，以作为建立人间秩序的标准。但这个过程不是单向的，在古人了解、把握外在世界的同时，人类的道德、伦理观念也随之附着到外物之上。借用王国维论诗的话来说就是"以我观物，物皆着我之色彩"。换言之，古人一边通过外在世界的规律建立和强化人类秩序，一边通过人类已建立的秩序和话语去理解外在世界。在此双向互动中，不好的东西、不好的方面逐渐被遗弃，从而，那种符合当时社会文明，积极正面的阐释框架得以确立。刘勰对天文、地文、

---

① 王先慎撰《韩非子集解》，中华书局，2013，第 156～157 页。
② 黄侃：《文心雕龙札记》，第 6 页。

万物之文的阐述与建构正是上述过程的典型表现。从这个角度而言，刘勰的"自然"不是我们眼中纯粹客观的"自然"，也不是庄子眼中无所谓美丑的自然，而是"人化"了的、"审美化"了的"自然"。再如刘勰说："仰观吐曜，俯察含章，高卑定位，故两仪既生矣。"天在上，地在下，这是纯粹的"自然现象"，但将其解读为"高卑定位"，并进而认为人类社会君臣、父子、夫妇的等级关系正是对天高地卑的伦理关系的遵循，那就是"人化"的自然。

最后，在该段的结尾，刘勰说："夫以无识之物，郁然有彩，有心之器，其无文欤？"他再次强调人应当有文。这里蕴含着"人本"（以人为中心的）思想，吉川幸次郎指出中国古代文学的特点，一言以蔽之，就是"人本主义"①。在自然万物中，人居于中心，是最高级的，比之于其他物类，具有先天的优越感。"有心之器"的人所产生的"文"，必然高于"无识之物"所产生的"彩"。这一点也跟庄子的观念相冲突，《齐物论》当中便有"人籁不如地籁，地籁不如天籁"的表达。

总而言之，刘勰对"道""自然"的认识，虽有道家思想的影子，但从他描述的宇宙观、天地观来看，其思想更多地来源于《易》：

> 人文之元，肇自太极。幽赞神明，《易》象惟先。庖牺画其始，仲尼翼其终。而乾坤两位，独制《文言》。言之文也，天地之心哉！若乃河图孕乎八卦，洛书韫乎九畴，玉版金镂之实，丹文绿牒之华，谁其尸之，亦神理而已。②

接下来开始论述"人文"的发展脉络。刘勰"振叶寻根""原始表时"的意识很强烈，《原道》开篇论"文"，便追溯至天地初分之时；此处论"人文"，同样从"太极"讲起。所谓"太极"，即天地未分之前的混沌状态。不过，初读"人文之元，肇自太极"这句话，难免让人疑惑。说"文与天地并生"也就罢了，说"人文"肇自太极，是不是有点过了。

---

① 〔日〕吉川幸次郎：《中国文学史》，陈顺智、徐少舟译，四川人民出版社，1987，第2页。
② 范文澜注《文心雕龙注》卷一《原道》，第2页。

我们梳理一下这句话可能的读法。

读法一：人文是从太极演化出来的。因为太极演生了天地（太极生两仪），故由这一读法推出：人文与天地并生。有人才会有人文，故又可推出：人与天地并生。从后文可知，刘勰所能举出的人文最早的例子是伏羲造八卦。那么在刘勰眼中，伏羲是自天地之初便出现的人物吗？如果是，那只能说明刘勰关于人类肇始的认识比较特别，与一般人的认识不同。如果不是，那从天地初开到伏羲这一时段的"人文"如何描述，刘勰未置一言，第一二句与第三四句之间的时间空白，无法填补。总之，这一解读方式，会带来难以解释的问题，且显得有点虚无缥缈。

读法二：人文的根源可以追溯到太极。"人文之元"的"元"当作"根源"解，这两句话是在强调：人文与天文、地文同根同源，都是由最初的"太极"逐渐萌发而来的。对于这种说法，我们倒是能找到一些依据。首先，人文的种子、根源是"文"。"人文之元，肇自太极"就是说"文肇自太极"，此乃"文与天地并生"的另一种说法。但若作此解，则与后文伏羲画卦之类不相关联。其次，我们注意到，《原道》篇基本是在《周易》的宇宙演生模式下展开论述的，故刘勰说这句话的文本依据当在《周易·系辞》中：

是故《易》有太极，是生两仪，两仪生四象，四象生八卦。[1]

根据《系辞》描述的演生逻辑，"八卦"是最早的"人文"表现，刘勰"幽赞神明，《易》象惟先"正与此逻辑相合。由"八卦"这一"人文"表现逆推上去，根源就在"太极"。如此解释，可实现"人文之元，肇自太极"与后文的自然承接。"人文"最早产生于人们对宇宙万物的本体、起源、演生及其运行规律的揭示和描述，这些东西被理所当然地视为宇宙间最神秘难测的奥理。甚至我们推测"人文之元，肇自太极"的另一种可能性理解：人文始于人们对"太极"这一宇宙本源及其演生的揭示和描述。对于"幽赞神明"一语，"神明"指宇宙之奥理，也即

---

① 周振甫译注《周易译注》，第247页。

《周易正义》所言："神之为道，阴阳不测，妙而无方，生成变化，不知所以然而然者也。"故"幽赞神明"意指"理解并揭示神秘难测的奥理"，就是《周易·系辞》所说的"以通神明之德"。"太极"可谓"神明"之代表，故"神明"二字用"太极"代替，也无不可。葛洪《抱朴子外篇》卷一《嘉遁》便云："幽赞太极，阐释元本。"综上所述，我们可以将前四句作如下翻译：人文始于人们对"太极"这一宇宙本源及其演生的揭示和描述，而最先揭示和描述"太极"及其演生的，是《易》。

以上解读乃以臆度之，未必成立，聊备一说。但我们能明确两点，其一，刘勰把《易》（八卦）视为人文真正的开端，即所谓"《易》象惟先""庖牺（伏羲）画其始"。其二，这一开端显示出早期人文的基本特征：揭示宇宙奥理，或者说以八卦为代表的早期"人文"是宇宙奥理、神理的体现。伏羲创造八卦被当作前文字时代"人文"的重点案例。孔子是春秋时期人，他为《周易》作的"十翼"（《上彖》《下彖》《上象》《下象》《上系》《下系》《文言》《说卦》《杂卦》）是文字时代的产物。这里非但谈到"仲尼翼其终"，还特意提到《文言》。《文言》乃专门解释"乾""坤"两卦的文字。刘勰只提《文言》而不及其他"九翼"，如此安排，当有其意图。"乾""坤"乃《易》最基础的两个卦，可谓《易》之门户，《周易正义》曰："其余诸卦及爻，皆自'乾''坤'而出。""乾""坤"象征天地，《文言》即用修饰的文辞来揭示乾坤两卦的意蕴，进而揭示"天地之心"，这里的"天地之心"大约可理解为"天地之根本奥秘""天地之道"。所以"言之文也，天地之心哉"不是说语言之文饰等同于天地之心，而是说语言的文饰，可以是天地之心的体现，后文"原道心以敷章"与之含义相近。刘勰提到孔子及《文言》，主要是为了重申"文"能够"幽赞神明"这层意思。

伏羲"观象于天，观法于地"以作八卦，是八卦产生传说中的一种。还有一种说法是伏羲效仿《河图》而作八卦，如孔安国《尚书传》："伏羲氏王天下，龙马出河，遂则其文以画八卦，谓之'河图'。"《汉书·五行志》："刘歆以为虙羲氏继天而王，受《河图》，则而画之，八卦是也。"另，大禹之《洪范》九畴也有类似说法。孔安国《尚书传》："天与禹，洛出书，神龟负文而出，列于背，有数至于九，禹遂因而第之，以成九类。"《汉书·五行志》:"禹治洪水,赐《洛书》,法而陈之,《洪范》是也。""玉版金镂之实,丹文绿牒之华"大约是说《河图》《洛书》之面貌,《淮南子·俶真训》:"洛出丹书,河出绿图。"郭璞《山海经注》引《河图》:"灵龟负书,丹甲青文。"在古人眼中,《河图》《洛书》"玉版金镂""丹文绿牒",有着较为绚丽的色彩和文饰。《河图》《洛书》的出现不是某个人的刻意而为,而是天地奥秘的自然呈现,此即刘勰所谓"谁其尸之,亦神理而已"。但河出图、洛出书,顶多算自然之文,而非人文。《周易·系辞》:"河出图,洛出书,圣人则之。"伏羲仿《河图》而作八卦,大禹依《洛书》而成《洪范》,便形成了"人文"。刘勰依然是在说明,此类早期的"人文"是"神理"的体现。通览这一段,可发现"神明""天地之心""神理"所指基本相同,即天地之道。刘勰的重点在于揭示早期"人文"与"天地之道"的关系,以强调前者是对后者揭示和呈现。如此,"人文"与"道"相连的文化基因得以确立:

> 自鸟迹代绳,文字始炳。炎皞遗事,纪在《三坟》。而年世渺邈,声采靡追。唐虞文章,则焕乎始盛。元首载歌,既发吟咏之志;益稷陈谟,亦垂敷奏之风。夏后氏兴,业峻鸿绩,九序惟歌,勋德弥缛。逮及商周,文胜其质。《雅》《颂》所被,英华日新。文王患忧,《繇辞》炳曜,符采复隐,精义坚深。重以公旦多材,振其徽烈,制《诗》缉《颂》,斧藻群言。至夫子继圣,独秀前哲。镕钧《六经》,必金声而玉振。雕琢情性,组织辞令。木铎启而千里应,席珍流而万世响。写天地之辉光,晓生民之耳目矣。[①]

这段正式从文字讲起。许慎《说文解字序》记载了仓颉见鸟兽之迹而造字的传说,故"鸟迹"指代"文字"。文字的产生结束了结绳而治的时代,顺承而下的便是文章辞令的兴盛。刘勰按照历史先后,分四个阶段介绍了"文"的发展。

首先是炎皞(炎帝神农、太皞伏羲)时代,因年世渺邈,不得见其

---

① 范文澜注《文心雕龙注》卷一《原道》,第2页。

文辞面貌。

其次是唐虞（尧舜）时代，文章"焕乎始盛"。孔子曾称赞尧"焕乎其有文章"（《论语·泰伯》），刘勰借来称赞尧、舜二人。不同的是，孔子所言之"文章"属广义，包括了"典章制度"，刘勰则主要从"文辞篇章"的角度运用该词，"元首载歌，既发吟咏之志；益稷陈谟，亦垂敷奏之风"两句便为明证。此二例都是关于舜的。"元首载歌"出自《尚书·益稷》："帝庸作歌曰：'敕天之命，惟时惟几。'乃歌曰：'股肱喜哉，元首起哉，百工熙哉。'""益稷"即伯益与后稷，均为舜的臣子。"陈谟"即进言献策。在今人看来"元首载歌""益稷陈谟"未必真有其事，实有其文，但古人信其为真，也不足为怪。可见，到了舜的时代，诗歌与文章正式进入刘勰的"文学史"视野。

再次是夏后氏时代，大禹建立了丰功伟业（业峻鸿绩）。据《尚书·大禹谟》记载，大禹列举了"水""火""金""木""土""谷""正德""利用""厚生"九种功德，并言："九功惟叙（有次叙），九叙惟歌。"王逸《楚辞章句》云："禹治平水土，以有天下，启能承先志，缵叙其业，育养品类。故九州之物，皆可辨数，九功之德，皆有次序，而可歌也。"把九种功德以乐歌的形式表达出来，那大禹伟大的功勋德业就得到了更好的彰显。正文中的"九序惟歌，勋德弥缛"即指此意。

最后是商周时代，刘勰将商周放在一起讲，是因为二者有一个共同点。《礼记·表记》引孔子言："虞夏之文，不胜其质；殷周之质，不胜其文。"孔子所言之"文"当作"典章礼仪"解，而刘勰言商周"文胜其质"，仍旧是从文辞的层面来说的。如果我们承认下面刘勰所举的事例是按时间先后的话，那先述《雅》《颂》，次论文王，说明这里的《雅》《颂》当指商王朝创作或反映商王朝的作品。《诗经》有"商颂"，而《毛诗正义》认为商本有《风》《雅》，"今无商《风》《雅》，唯有其《颂》，是周世弃而不录"。此言或可作参考。"英华日新"即"辞采日新"之意。从文王开始，刘勰进入对周王朝之"文"的描述。不论是文化的繁荣程度，还是存世作品的数量，周王朝都远胜前代。刘勰在此列举了三个人。首先是文王。传说文王拘羑里，重伏羲八卦而得六十四卦，并作《卦辞》《爻辞》。"符采复隐"一句，"符采"即辞采、文采，"复"

乃"繁复"之"复"（複），"隐"用《文心雕龙·隐秀》的解释："隐也者，文外之重旨也。"简言之即含蓄。含蓄之文不是没有文采，而是强调"伏采潜发"。其文采不似云霞那般鲜明外秀，而像珠玉一样温润蕴藉。故"符采复隐，精义坚深"是说《卦辞》《爻辞》辞采含蓄蕴藉，内藏精深的道理。其次是周公。周公的功业（振其徽烈）自不用说，就"制《诗》缉《颂》"而言，文献多有记载。

其一，据《毛诗序》，《豳风·七月》乃"周公遭变故，陈后稷先公风化之所由，致王业之艰难也"。

其二，据《毛诗序》，《豳风·鸱鸮》乃"周公救乱也，成王未知周公之志，公乃为诗以遗王，名之曰《鸱鸮》焉"。

其三，据《国语·周语》，《周颂·时迈》也是周公所作。

其四，据《史记·鲁周公世家》，武王"伐纣，至牧野，周公佐武王，作《牧誓》"；管、蔡、武庚造反，"周公乃奉成王命，兴师东伐，作《大诰》"；"周公归，恐成王壮，治有所淫佚，乃作《多士》，作《毋逸》"。

再次是孔子。刘勰在孔子身上花的笔墨最多，对其也最为尊崇。他非但说孔子继承了文王、周公之德，还赞其"独秀前哲"。这样的夸奖在孔子弟子口中就已出现。如子贡称赞孔子为日月，不可逾越（见《论语·子张》），又称"自生民以来，未有夫子也"（见《孟子·公孙丑》）。在刘勰看来，孔子之于"文"的意义有二。其一，孔子是六经（也是当时最重要的"文"）的集大成者。所谓"镕钧《六经》，必金声而玉振"。"镕钧"本为铸器造瓦之术语，用在这里有规整、修订之意。《文心雕龙·史传》："夫子闵王道之缺，伤斯文之坠，静居以叹凤，临衢而泣麟，于是就大师以正《雅》《颂》，因鲁史以修《春秋》。"此言可作"镕钧《六经》"之注脚。"金声而玉振"出自《孟子·万章下》："孔子之谓集大成，集大成也者，金声而玉振之也。"集六经之大成，正是孔子承续、发扬往代斯文的重要表现。其二，孔子是六经的传播者、文教的奠定者。孔子在"雕琢情性，组织辞令"（即内修情性，外饰辞令）的基础上，广施教化。"木铎"，金铃木舌，用以传扬文教。《论语·八佾》："天将以夫子为木铎。""席珍"指夫子所传扬之道。《礼记·儒行》记载鲁哀公命人置席，让孔子坐，孔子曰："儒有席上之珍以待聘。""木铎启而千里应，席珍流而万世响"二句互文，是说孔子的思想与文教在当时、后世都产生了巨大影响。

将这段文字置于古人的观念中审视，不难发现，刘勰只是对早期人文的发展做了大部分古人都赞同的常规性论述。刘勰的意义不在于思想上的标新立异，而在于围绕"人文"这一核心，通过对大家都认可的事例的勾连，首次梳理早期人文的发展历程，并旗帜鲜明地强调"文"的价值。当然，这跟现在的文学史叙述有很大不同。我们讲文学的源头和早期发展，非常重视民间性、群体性。文学源于人们的生产活动，上古神话是古人的群体创作，民歌大都具有民间属性。总之，文学的光彩不应集中在少数几个伟人身上。刘勰的叙述以帝王、圣人为节点，以天下的政治教化为视域，是典型的上层思路，而非民间视角。上层思路能够把"文章"与"政教"（包括圣人功业、国家典章制度等）有效地结合起来。在此过程中，刘勰随时在做正面引导，比如叙述夏朝的"文"，仅列举大禹《九歌》，而不提《五子之歌》。《史记·夏本纪》记载："夏后帝启崩，子帝太康立。帝太康失国，昆弟五人，须于洛汭，作五子之歌。"原因很简单，《九歌》乃大禹政治功德与文章完美结合的显例，而《五子之歌》的背景却是"太康失国"。再如刘勰论述了周公"制《诗》缉《颂》"，对于《诗经》中那些因"王道衰""国异政"而产生的民间怨刺之作，则避而不提。总之，我们能够看到，刘勰通过对事例的取舍和重点的选择，塑造了早期文章的正统序列，同时也是政教道德的正统序列。简言之，即文统与道统合一。

"人文之元，肇自太极"所领起的那一段重在指出文章是对天地的效仿，是天地神理（也即天地之道）的体现。"自鸟迹代绳，文字始炳"所领起的这一段则重在指出"文章"是对人事的反映，人事的内容包括帝王的功业、德行，国家的大事、典章制度等，换言之，即广义的"人文"。所以这两段分别对应着"观乎天文""观乎人文"两项内容。不论"天文"还是"人文"，它们都是"道"的外现，这一段虽没有提到"道"这个字，但"道"之内涵却贯穿其中。圣人就应当上应天文（天道），下观人文（人道）并以之教化民众，此即"写天地之辉光，晓生民之耳目”所要表达之意。经过刘勰的“文学史”叙述，“道”“文”“教”
三者接连成一个整体，也成为下一段总结部分的关键词：

> 爰自风姓，暨于孔氏。玄圣创典，素王述训。莫不原道心以敷
> 章，研神理而设教。取象乎河洛，问数乎蓍龟。观天文以极变，察人
> 文以成化。然后能经纬区宇，弥纶彝宪，发挥事业，彪炳辞义。故知
> 道沿圣以垂文，圣因文而明道。旁通而无滞，日用而不匮。《易》
> 曰：“鼓天下之动者存乎辞。”辞之所以能鼓天下者，乃道之文也。①

这一段是总结陈词。“风姓”“玄圣”指伏羲，孔子有帝王之德而无
帝王之位，故称“素王”。前引事例正是以伏羲开头，以孔子结尾。这些
圣人“莫不原道心以敷章，研神理而设教”，“道心”“神理”是一回事，
可直接理解为“道”。圣人探求天地之道、人间之道以形成文章，教化生
民。这正是前两段集中反映的内容。只不过在文章教化上面，孔子似乎体
现得更为明显。“取象乎河洛，问数乎蓍龟。观天文以极变，察人文以成
化”也是从《周易》当中提取出来的句子。其中“察人文以成化”出自
《周易·贲》象辞：“观乎人文，以化成天下。”“成化”即教化之意。“人
文”既可以从“六经等圣人文章”这个狭义的角度来理解，也可以从
“典章制度”这个广义的角度来理解。这几句话只是简要的总结和过渡，
并无新意，对于其内涵，刘勰在前文已经表达得很清楚。接下来刘勰直接
点明“文”的目的，人文最终的现实指向是治理国家（经纬区宇）、制定
典章法度（弥纶彝宪），让事业得到发挥（发挥事业），让文辞的价值得
到彰显（彪炳辞义）。刘勰始终以“道”为根源，以“器”为目的，《程
器》云：“摛文必在纬军国，负重必在任栋梁。”全书以《程器》结尾
（除开《序志》篇），是有深刻依据的。它兼顾了“道之体”与“器之
用”，而在“体”“用”之间，“文”承担了极为重要的连通功能。首先，
“道”需要通过“文”来体现和传播。如何体现，必须通过一个“中
介”——圣人。所以他说：“道沿圣以垂文，圣因文而明道。”刘勰在前

---

① 范文澜注《文心雕龙注》卷一《原道》，第 2~3 页。

文列举伏羲、孔子等人的例子，也是为了说明圣人之文是我们了解"道"的途径。其次，"文"需要"道"赋予其现实意义和世用价值。刘勰再次引用了《周易·系辞上》中的一句话："鼓天下之动者存乎辞。""鼓天下之动"不是说鼓动、颠覆天下，而是爻辞能够发挥、解释天地万物之变化，进而知其得失。刘勰借来描述"文章"，其意是说文章能够产生实实在在的效用，且"旁通而无滞，日用而不匮"，而文章为何有此种效用，是因为"文"后面有着"道"的支撑。所谓"辞之所以能鼓天下者，乃道之文也"。

到此，刘勰不但追溯了"文"伟大光明的源头，还塑造了"文"的价值。唐以后的文人时常在"文道"这条路上开拓，时不时还显露出刘勰《原道》的身影。考之文学史现实，"原道为文"是应然，而未必是实然。刘勰以正本清源为鹄的，标举如此高级的"文"，那也必然要面对并阐述"文"之价值跌落的过程。于是，"文之为德也大"与"斯文代降"随之构成古人叙述文学史的基本框架。

四　《文心雕龙·神思》文本解读

《文心雕龙》的"文心"二字取得极好，若换成"文情""文志""文思"，非但拗口，意涵也狭窄了很多。"为文之用心"既可包括创作主体对文章本源和价值的认同，也可包括创作前和创作时的运思过程。前者是思想性的，以儒家观念为基础，《文心雕龙》上部之首《原道》为其先锋。后者是艺术性的，以道家（特别是庄子）理念为参考，《文心雕龙》下部之首《神思》为其门将。表达情思，运用辞采，最终还是归结到创作主体的构思上，所以"剖情析采"的二十篇，《神思》实为纲领：

> 古人云："形在江海之上，心存魏阙之下。"神思之谓也。文之思也，其神远矣。故寂然凝虑，思接千载；悄焉动容，视通万里。①

刘勰惯用这种开门见山的表达，开篇就解释什么是"神思"。按我们

---

① 范文澜注《文心雕龙注》卷六《神思》，第 493 页。

所想，定义是最好的解释方式，今人对"神思"大约可作如下定义：作者在孕育和创作作品过程中，突破时空限制的思维活动。古代文论并非不重视概念的阐释与界定，刘勰《文心雕龙》中就有不少"释名以章义"的例子，如《事类》："事类者，盖文章之外，据事以类义，援古以证今者也。"《隐秀》："隐也者，文外之重旨者也；秀也者，篇中之独拔者也。"《序志》："文心者，言为文之用心也。"虽然不似现代定义那般完善、讲究，但终究属于阐释性或定义式的语言。然而，对于《神思》篇，刘勰采取了另外一种阐述方式，他首先从一个形象的比方切入。为什么在介绍"神思"的时候，刘勰要用打比方的方式，而不是直接阐释或定义。一个显见的原因是，越精深微妙的东西，越难准确阐释和界定，打比方的方式反倒显得形象具体，举重若轻，轻轻化解了阐释方面会遇到的问题。古代文论形象示喻的特点，在这里又得到了一次呈现，甚至可以说整个《神思》篇的写作，都离不开此种形象示喻方法的运用。

"形在江海之上，心存魏阙之下"的比喻义很清楚，就是思维（心）能够不受客观时空的限制，在天地间自由游荡。刘勰没有自己创造一个比喻，而是借用古人的语句，或许是为了表明对于"神思"，古人早就有所表达。其实《神思》篇的主题跟陆机《文赋》特别接近，《文赋》"精骛八极，心游万仞"讲的就是神思。如果我们说："'精骛八极，心游万仞'，神思之谓也。"也丝毫不突兀。故刘勰在引用前人语句以表达"神思"含义时，似乎有点舍近求远。大概是为了避免重复陆机论述神思的语言，故引用了比陆机更早，且原意与"神思"无关的两句话。

"形在江海之上，心存魏阙之下"出自《庄子·让王》。《让王》即"辞让王位"，全篇主要阐发"重生轻利禄"的思想。原文为："中山公子牟谓瞻子曰：'身在江海之上，心居乎魏阙之下，奈何？'瞻子曰：'重生。重生则利轻。'""魏阙"又称"象阙""象魏"，本指宫门外的高台、角楼。开始只是用作登高观望、悬挂政令，后来具有了装饰性和象征性，指代朝廷。中山公子牟只是描述一个极为正常的心理现象，用以说明某些人的重利思想和恋阙心态。类似的说法在古代典籍中有不少，在刘勰之前就有《尚书·康王之诰》："虽尔身在外，乃心罔不在王室。"《潜夫论·三式》："虽身在外，而心在王室。"《三国志·魏书·王昶传》："虽在外任，心存朝廷。"在刘勰之后，更有著名的"居庙堂之高则忧其民，处江湖之远则忧其君"。刘勰没有用"身在外任，心在王室"这样的表达，而用"形在江海之上，心存魏阙之下"，原因之一在于后者源于《庄子》这部神思远运之作。原因之二更为重要，"江海"与"魏阙"都是以物象指代相应的场合和空间，此处刘勰所看重的应当是"江海""魏阙"这两个物象所营造的阔大境界。刘勰已经在告诉我们，"神思"这个东西，不是玄之又玄的概念冥想和推理，而是通过超越身体的、切实可感的物象联想来完成的。可见，该文开篇就揭示出"神思"的两层特质：第一，神思具有不受身体环境限制的超越性（即后文的"其神远矣"）；第二，神思的过程须以物象为依托（即后文的"神与物游"）。

"文之思也，其神远矣"似乎是把"神""思"二字提了一遍。但我们认为，这明显是将一句话分作两句来写，因为写成"文之思远矣""文之神思远矣"都可以。虽然"神"与"思"内涵不同，前者侧重于"思"之内核，以及"思"所达到的境界状态，但这里的重点不在于强调二者的差别，而在于点出"远"这个字，用以承接"形在江海之上，心存魏阙之下"这一不受客观限制的"神思"要义，为下文的论述张本。之所以把一句话就能表达的内容拆成两句来说，一方面是应骈文行文双句对称的要求；另一方面，在回应首句"神思"二字的同时，使得行文错落有致。

下句着重解释什么叫"其神远矣"。"故寂然凝虑，思接千载；悄焉动容，视通万里。""寂然""悄焉"都表明神思（构思、想象）时不受打扰的虚静状态。"思接千载"言时间跨度之远；"视通万里"言空间跨度之大。这一跨越时空的想象论，在陆机《文赋》中已有表示，如"收视反听，耽思旁讯。精骛八极，心游万仞"，"观古今于须臾，抚四海于一瞬"，只不过刘勰表达得更集中、整饬一些。与"形在江海之上，心存魏阙之下"相比，"寂然凝虑，思接千载；悄焉动容，视通万里"四句话表达得更完善，因为前者只涉及空间跨度。不过，前述"形在江海之上，心存魏阙之下"的两层特质，刘勰到这里只阐释了第一层——"其神远矣"。对于"神与物游"这一层，犹待下文展开：

吟咏之间，吐纳珠玉之声；眉睫之前，卷舒风云之色。其思理之致乎！故思理为妙，神与物游。神居胸臆，而志气统其关键；物沿耳目，而辞令管其枢机。枢机方通，则物无隐貌；关键将塞，则神有遁心。①

跨域时空的"神思"为文学创作带来的状态和效果是什么样的呢？刘勰用了极其形象的说法："吟咏之间，吐纳珠玉之声；眉睫之前，卷舒风云之色。"梁简文帝《答新渝侯和诗书》："垂示三首，风云吐于行间，珠玉生于字里。"简文帝是站在读者角度欣赏成文；刘勰则是从论者立场阐述创作境界。二者视角不同，但意蕴相通。"吟咏""眉睫"表示主体形而下的创作形态，类似于前文的"寂然凝虑""悄焉动容"。"珠玉之声""风云之色"容易被理解为以珠玉比喻文章响亮的声律韵调，以风云比喻文章郁盛的辞采，但如此理解过于表面化。刘勰的意思是，在创作构思和行文过程中（行文也可以伴随着运思），创作者能够通过运思，想象和体验当下身体感受不到的物象（包括物象的声音、色彩）及其美感，并运用文辞将这种超越眼耳鼻舌的感觉注入文章当中。而简文帝的那句话又正好表示读者能够通过文字感受到超越身体感官的物象和美感。附带说一下，刘勰对创作时运思的形象描述，还暗含一种观念：创作运思会伴随着"吐纳珠玉之声""卷舒风云之色"那般美妙的体验。我们便明白，这四句与上一段的四句构成对应互补的关系：

①寂然凝虑，②思接千载；③悄焉动容，④视通万里。
⑤吟咏之间，⑥吐纳珠玉之声；⑦眉睫之前，⑧卷舒风云之色。

①③⑤⑦侧重于创作者当下感观、环境的有限性，即对应"形在江海之上"；②④侧重神思超越当下环境的跨时空特点，对应和补充了"心存魏阙之下"；⑥⑧则侧重于超越当下环境的物象感受，专门对应"魏阙"二字；更重要的是，②④仅仅表明神思的时空跨度，神思最终要落

---

① 范文澜注《文心雕龙注》卷六《神思》，第493页。

实到"物象"的想象和感受上来；⑤⑥⑦⑧就表明以创作为目的的构思，不可能是纯概念的玄想，它必须依托物象来达成；所以刘勰称其为"思理之致"（神思所达到的状态和境界）。"思理"就是"神思"，这里很大程度上是为了避免行文重复而采取的用词策略。随之而来的"思理为妙，神与物游"八个字非常准确、凝练地表达了上述意涵。"物""游"二字可分开来看。"物"是神思的对象和基础，除了神思跨越时空的特性外，刘勰非常强调物象的作用，用《神思》赞语的话来说，就是"神用象通"。"游"代表着神思的状态和境界，自由轻松、不黏滞、不刻意，"游"之一字，颇有道家神韵。《庄子·人间世》就借孔子之口说过："乘物以游心。"

接下来刘勰从"神"和"物"两个方面来阐释各自的要求。"神居胸臆"讲"神"是内在的、主观的，这里的"胸臆"等同于"胸有成竹"的"胸"，"赋家之心"的"心"。创作之初，主观的思维活动不能漫无目的，必须要有"志气"的统摄。《孟子·公孙丑上》云："夫志，气之帅也；气，体之充也。"就文学创作而言，创作者必须要有其写作意图，此即"志"，此外还要有郁积于胸中的情感和思想动力，此即"气"。《文心雕龙》时常"志""气"并言，如《杂文》言宋玉"始造对问，以申其志；放怀寥廓，气实使之"。《体性》说得更清楚："气以实志，志以定言。"神思的展开（或者说构思的过程）若没有清晰的意图、明确的方向，很容易变成散漫无归的浮想联翩，驳杂而不统一，故需要以"志"为统率，以"气"为动力。以"志"率"气"，然后运"神"，方能达到理想效果。当然，在"统其关键"这个层面上说，"志"比"气"更为重要。

"物沿耳目，而辞令管其枢机"这句话也包含了非常深刻的道理。首先，与"神"相比，"物"是外在的，"形在江海之上，心存魏阙之下"，"江海""魏阙"是"物"；"吟咏之间，吐纳珠玉之声；眉睫之前，卷舒风云之色"，"珠玉""风云"是"物"；"观山则情满于山，观海则意溢于海"，"山""海"是"物"。显而易见，"物"包括自然景物，以及外在的空间、场景，甚至我们可以把事件也当成一种"物"（须注意，刘勰所言之"物"当不包含"事件"）。"物沿耳目"说明了"物"的外在性和客观性，它需要人通过感官来认识。然而，当人们通过感官认识"物"之后，在头脑当中就形成了关于"物"的印象，而这个印象通过头脑中"物"的形象和相应的符号（言辞）来呈现。所以，我们认为，刘勰所言之"物"的重点还不在于纯客观的外物（即便二者有非常密切的关联），而在于经过人改造的、在人心中的，合形象、符号、文化内涵于一体的"物象"（大约也可称为"意象"）。"物沿耳目"的"物"偏向客观外在，"神与物游"之"物"则是"对应于外物的广阔浩渺的内心世界"。由物象构成的内心世界需要在外在感官和切身体验的作用下形成并丰富。内心的物象要落实在文章之上，必须通过辞令的组织，所以叫"辞令管其枢机"。"枢机"与"关键"意思相同。与"气盛言宜"之类的话相比，刘勰确实兼顾到了内在精神（文心）与外在言辞（雕龙）两个层面。只有"志气"的调动、"辞令"的运用顺畅无滞碍，创作者的精神才能得到顺利的表达，外物才能得到准确的刻画：

> 是以陶钧文思，贵在虚静，疏瀹五藏，澡雪精神。积学以储宝，酌理以富才。研阅以穷照，驯致以绎辞。然后使玄解之宰，寻声律而定墨；独照之匠，窥意象而运斤。此盖驭文之首术，谋篇之大端。①

对于"如何超越身体和当下感官的有限性，无滞碍地运思，并顺利形成作品"这个问题，刘勰依然延续上一段的思路，从"神""物"二元的角度来阐释。从"神"的方面来说，即"陶钧文思，贵在虚静，疏瀹五藏，澡雪精神"。刘勰用了"器物制作"（"陶钧"）的隐喻，认为创作运思就像制造瓦器、陶器、木具一样，需要保持"虚静"的状态。这里明显能看到道家的影子。《老子》云："涤除玄览。"河上公注曰："当洗其心，使洁净也，心居玄冥之处，览知万事，故谓之玄览。"《庄子·知北游》记载，孔子问老聃什么是"至道"，老聃曰："汝齐戒，疏瀹而心，澡雪而精神，掊击而知。夫道，窅然难言哉！将为汝言其崖略。""齐戒"就是"斋戒"，此处老子所言的"斋戒"当非一般的祭祀之斋，

---

① 范文澜注《文心雕龙注》卷六《神思》，第 493 页。

而应类似于《庄子·人间世》所言之心斋："无听之以耳而听之以心，无听之以心而听之以气。……虚者，心斋也。""疏瀹而心，澡雪而精神"说的就是摒斥外界干扰、内心澄净的状态。其本意并非讨论创作，但《庄子》一书中确实有木匠、厨子内心虚静，技进于道的例子，这与文学创作精神是相通的。

刘勰"疏瀹五藏，澡雪精神"一语即本于《庄子·知北游》，不过，他将"心"改成了"五藏"（"心肝脾肺肾"）。《白虎通·论五性六情》云："内有五藏六府，此情性之所由出入也。"[1] 刘勰如此改动，很可能没有特殊用意，而仅仅是出于骈文字数的要求。总之，刘勰通过这几句话，强调在创作之前，需要有"心斋"、静心的工夫，让"志气"能够不受外界干扰，以使得神思顺畅运行。此与陆机《文赋》"收视反听"实为一意。

"虚静"侧重于创作当下的状态要求，而创作者对"物"的把握和表达则需要长期的积累，即"积学以储宝，酌理以富才。研阅以穷照，驯致以绎辞"。其中"积学以储宝，酌理以富才"是基础性要求，即指创作者需要积累学识、辨析物理与事理。"研阅以穷照，驯致以绎辞"则是针对性要求，刘勰在前文说过"物沿耳目，而辞令管其枢机"，从外物到心之物，重在创作者的体察；由心之物到笔下之物，则重在辞令的表达。故"物"与"词"是相互关联的两方面。"研阅以穷照"是针对"物"而言的，对外在世界没有丰富的体验、广泛的观察，那就难以在内心形成丰富的物象世界，所以要长期且广泛地观览、体察外物。需要注意，"研阅以穷照"容易被理解为"多读作品"，所谓"读书破万卷，下笔如有神"，倘若作此解，那就与"积学以储宝"句意重复。刘勰不至于同一个道理讲两遍[2]。"驯致以绎辞"则是针对"词"而言的，顺着自己的思致而寻绎合适的文辞，这是一种需要训练的写作能力。

有了以上几种基础性的练习和准备，就能使"玄解之宰，寻声律而定墨；独照之匠，窥意象而运斤"。前两句（"研阅以穷照，驯致以绎

---

① 陈立撰《白虎通疏证》卷八《论五性六情》，中华书局，1994，第 382 页。
② 这里只选取了一种解读方式，也有研究者认为"研阅以穷照"讲的就是读书，参见王运熙《读〈文心雕龙〉札记》，《文心雕龙探索》，上海古籍出版社，2014。

辞")先言"物",再言"词"。这两句则先言"词",再言"物"。"玄解""独照"是对创作主体精神境界的描述,对应着前文的"虚静"。《文心雕龙义证》认为"玄解之宰"用的是《庄子·养生主》中庖丁解牛的故事。此言不确。我们要注意,这两句依然是对称的。"宰"和"匠"所指相同,都是指"匠人"(木匠)。上句以木匠定绳墨来形容声律文辞的选定,"声律"也可指代文辞;下句以木匠运斤来比喻创作者对物象的观察和描摹,"意象"的重点在"象",指外物在头脑中形成的物象。有人认为下句运用了《庄子》运斤成风的典故,其实不联系这个典故,我们也能清楚地了解这句话的含义。在创作之前的积累阶段,需要"穷照"——遍览万物,而一旦进入创作阶段,就需要在主题和意图的导向下,对特定的"物"进行"独照",准确把握其意象而进行创作。

可以说,在"神与物游"之后,刘勰反复交替地解释"神"与"物"各自的要求和表现、功能、效果。在"物"的这一层面,又紧密围绕"物象"和"辞令"两方面反复交替地论证。具体而言,从"神居胸臆"到"神有遁心"这几句话,"神—物—物—神"交替论述,从"研阅以穷照"到"窥意象而运斤"这几句话,"物—辞—辞—物"交替论述。这种分述和交替的方式也就是钱锺书所说的"丫叉句法"。在论述"神与物游"这部分,刘勰用这样手法来谋篇布局,显得行文错落有序:

> 夫神思方运,万涂竞萌,规矩虚位,刻镂无形。登山则情满于山,观海则意溢于海。我才之多少,将与风云而并驱矣。方其搦翰,气倍辞前;暨乎篇成,半折心始。何则?意翻空而易奇,言征实而难巧也。是以意授于思,言授于意,密则无际,疏则千里。或理在方寸,而求之域表;或义在咫尺,而思隔山河。是以秉心养术,无务苦虑;含章司契,不必劳情也。①

前面一段讲了"驭文之首术,谋篇之大端",即文章创作前要在主体精神的虚静、专注和学识、文辞能力的培养方面做好准备。接下来则涉及

---

① 范文澜注《文心雕龙注》卷六《神思》,第493~494页。

一个现实问题，如果说做到刘勰所说的"驭文之首术，谋篇之大端"就一定能写好文章，那《神思》篇到这里就可以结束了。现实明显不是如此，刘勰直言"方其搦翰，气倍辞前；暨乎篇成，半折心始"。但如果直接就来这两句，在章法上是比较突兀的。为了引出这个现实性问题，刘勰还是要从"神思"讲起，"神思方运"云云，作用便在于承上启下。所谓"承上"，即接着"神思"二字来讲，"神思方运"之时，各种物象、念头纷至沓来，处于零散无序的状态。文学创作是要将脑海中这些无序的物象、意念通过文辞进行有序化的处理，但在"神思方运，万涂竞萌"之时，一切都还是无序状态，既无规矩，也未刻镂，此即"规矩虚位，刻镂无形"。很明显，这里刘勰依然使用了匠人制器的隐喻。"登山则情满于山，观海则意溢于海，我才之多少，将与风云而并驱矣。"这句话承上启下的性质特别明显。一方面，刘勰用形象的说法再次阐释了"神与物游"。"情""意"均属于"神"的范畴，"山""海"则属于"物"的范畴，这是就承上而言的。"满""溢""驱"三个字，表明创作构思过程中情感、思绪的勃发状态。对此勃发状态的描述，正对应着接下来的"方其搦翰，气倍辞前"一句。"方其搦翰"表明一个时刻，即刚好提笔，还未行文之时。从"神思方运"到"方其搦翰"，正好代表了创作前完整的构思过程，同时也是蓄积创作动力的过程。这个时候"情满""意溢"，内在的势能就像弯弓射箭，已经蓄积到最大程度，接下来似乎就是提笔一挥而就了。"我才之多少，将与风云而并驱矣"，一个"将"字也表明作者志得意满，欲驰骋文才的心理状态。总之，这几句话为引出"方其搦翰，气倍辞前"做了极好的铺垫。

真正的问题是"暨乎篇成，半折心始"。刘勰随即解释了原因："意翻空而易奇，言征实而难巧。"言下之意，最终的症结还是在"辞令管其枢机"上。陆机《文赋序》云："恒患意不称物，文不逮意。盖非知之难，能之者难也。"范晔《狱中与诸甥侄书》："每于操笔，其所成篇，殆无全称者。"这都反映了"得之于心，但不能应之于手"的创作体验。故刘勰此处所讨论的问题并不新鲜，但也不可回避。言意关系是自先秦时期而来的重要论题，不过刘勰这里所论述的言意关系主要是从创作过程顺畅、灵感的萌发等角度来说的，与魏晋时期"言不尽意"的哲学论调尚不是一回事。

接着刘勰更完整地阐述了该问题："意授于思，言授于意。密则无际，疏则千里。"他拎出"思—意—言"这条创作流程，指出任何一个环节（"思—意"或"意—言"）发生问题，都会导致"疏则千里"。这比单单强调"言征实而难巧"（即陆机的"文不逮意"），立论上要完整很多。"意"过于"翻空"、过于"奇"，也会导致不能如实、准确地表达内心的文思，此即陆机所言的"意不称物"。对于"理在方寸，而求之域表；或义在咫尺，而思隔山河"这几句话，"理"与"义"所指应该各有侧重，否则这两句话就是在表达同一个意思，句意重复，不免啰唆。以理推之，"理在方寸"之"理"或侧重于"文理""道理"，"义在咫尺"的"义"或侧重于"辞义"。

这个创作上的难题与创作主体的学识、经验积累和文辞训练有关，这一点刘勰在前文已经谈过，此外还与个人的创作状态（灵感的萌发）、个人的才气有关，其实灵感萌发的难易度也是"才"的一种体现。灵感的萌发是可遇而不可求的，唐末五代诗僧贯休所谓"尽日觅不得，有时还自来"；甚至是转瞬即逝的，陈与义《春日》所谓"忽有好诗生眼底，安排句法已难寻"。任何人都清楚，读一两篇阐述文学创作的论文，就奢望写好一篇文章，是天方夜谭。刘勰肯定也知道，但他自己没办法，也不可能对上述问题给出一个让人满意、立竿见影的解决方案。然而，他还是非常明确地表明了一个创作态度。面对词不达意、缺乏灵感的困境，不要一味地死磕。"秉心养术，无务苦虑；含章司契，不必劳情也"几句话与其说是解决"词不达意"的方案，不如说是刘勰提倡的一种创作态度。这符合刘勰强调自然的文学观，也符合"神与物游"所呈现的"游"的境界。刘勰的见解有其道理，但也未必得到所有人的认同，如皎然《诗式·取境》曾言："'不要苦思，苦思则丧自然之质'，此亦不然。夫不入虎穴，焉得虎子？取境之时，须至难至险，始见奇句；成篇之后，观其气貌，有似等闲，不思而得，此高手也。"不过，"秉心养术，无务苦虑；含章司契，不必劳情也"还有一层更为准确的含义，需要联系下文来解释：

　　人之禀才，迟速异分；文之制体，大小殊功。相如含笔而腐毫，扬雄辍翰而惊梦。桓谭疾感于苦思，王充气竭于沉虑。张衡研《京》

以十年，左思练《都》以一纪。虽有巨文，亦思之缓也。淮南崇朝而赋《骚》，枚皋应诏而成赋。子建援牍如口诵，仲宣举笔似宿构。阮瑀据案而制书，祢衡当食而草奏。唯有短篇，亦思之速也。①

按照一般的理解，"无务苦虑""不必劳情"表明刘勰不赞成那种呕心沥血，长时间苦思打磨的创作行为。然而，历史上确实有不少这样的作家，他们的文学成就丝毫不逊于才思敏捷之人。《汉书·枚皋传》记载："（枚皋）为文疾，受诏辄成，故所赋者多。司马相如善为文而迟，故所作少而善于皋。"这便是一个典型的例子。刘勰难道要将他们一笔否定掉吗？或许正是为了避免这种误解，刘勰立马分析了"人之禀才，迟速异分"的问题（当然，才之迟速也是六朝时人比较关注的话题）。在"慢才"方面，刘勰列举了司马相如、扬雄、桓谭、王充、张衡、左思等例。这种"慢才"可以分为两类：其一，创作时间漫长，如"相如含笔而腐毫""张衡研《京》以十年""左思练《都》以一纪"；其二，创作过程苦思劳情，甚至致病。桓谭《新论·祛蔽》记载扬雄作赋"思精苦"，睡觉时梦见五脏掉了出来，自己又用手将五脏装回肚子里面去。醒来之后"病喘悸，大少气，病一岁"②。《新论·祛蔽》还记载，桓谭自己也因作小赋"用精思太剧，而立感动发病，弥日瘝"③。《后汉书·王充传》言王充"闭门潜思"，著《论衡》，"年渐七十，志力衰耗"。"苦思"与前文的"苦虑"意思差不多，这种表述很容易让我们得出一种认识，即刘勰对扬雄、桓谭、王充等人的苦思创作并不赞同。在"快才"方面，刘勰列举了淮南王刘安、枚皋、曹植、王粲、阮瑀、祢衡等例，这几个例子所反映出来的都是创作速度快，快也就意味着不用苦思，成文容易：

若夫骏发之士，心总要术，敏在虑前，应机立断；覃思之人，情饶歧路，鉴在疑后，研虑方定。机敏故造次而成功，虑疑故愈久而致绩。难易虽殊，并资博练。若学浅而空迟，才疏而徒速。以斯成器，

---

① 范文澜注《文心雕龙注》卷六《神思》，第494页。
② 桓谭撰《新论》，上海人民出版社，1977，第30页。
③ 桓谭撰《新论》，第30页。

未之前闻。是以临篇缀虑，必有二患：理郁者苦贫，辞溺者伤乱。然则博闻为馈贫之粮，贯一为拯乱之药，博而能一，亦有助乎心力矣。①

从这一段的前面几句（"若夫骏发之士"到"并资博练"）已经可以看出，刘勰对于"骏发之士（快才）""覃思之人（慢才）"，并没有去彼取此、抑彼扬此的倾向。他站在客观中立的立场，给予二者以较为合理的评价。所谓"机敏故造次而成功，虑疑故愈久而致绩"，各有各的长处，但快才、慢才殊途同归，都能写出好文章。原因在于他们都依靠"博练"，"博练"二字值得推敲。《文心雕龙·史传》："阅石室，启金匮，抽裂帛，检残竹，欲其博练于稽古也。""博"指博学，这个没问题；"练"当指精练、磨炼，那"练"的对象是什么？在《史传》篇中，"博练"之"练"当指对历史文献的择练。但"并资博练"的"练"若作此解，似乎说不太通。《文心雕龙·体性》云："因性以练才。"《声律》云："练才洞鉴，剖字钻响。"故"博练"之"练"应当指向"才"。我们或许会问，"才"不是天生的吗？怎么还需要"练"呢？确实，刘勰也指出"才有天资"（《体性》），承认其先天的质性。但是，这一先天质性不是生下来就摆在那里，任创作者随意取用的。它需要创作者通过阅读、体验、创作实践来激发、磨炼和推动。"因性以练才""酌理以富才"都说明"才"不全是天生便已规定好的质素，后天的磨炼和激发同样重要。"博学"的作用在于积累丰富的创作资源，同时能够在一定程度上提升文才，《事类》就说："将赡才力，务在博见。"而"练才"的最终表现就在于有序地择选、调用历史和情感资源等，并用恰当甚至精妙的文辞对其进行组织。可见，"对历史典故的择练""对文辞的择练"都是其中应有之意。

如此，"难易虽殊，并资博练"便可翻译为：快才与慢才虽然难易有别，但他们都是依靠学识的广博和文才的择练才得以创作出好的作品。接下来"若学浅而空迟，才疏而徒速"两句刚好就"学""才"分而论之。

---

① 范文澜注《文心雕龙注》卷六《神思》，第 494~495 页。

学识浅薄，脑子里面东西少的人，即便写得再慢，再挖空心思，也写不出什么好文章来；同样，没有什么文才的人，写得再快，也是徒劳。需要注意，刘勰不是主张"学浅之人应当快速写作，才疏之人要慢慢打磨"，在他看来，写作的关键不在快慢，而在于创作主体是否有广博的学识与优秀的文才。由此回观"秉心养术，无务苦虑，含章司契，不必劳情"，可知刘勰并不是否定创作者对作品呕心沥血般地打磨。他的意思是，在遇到写作困境、词不达意的时候，要认识到自己此时是受到了学识和文才的限制，因此，坐在那里空耗脑筋是没用的，应该退而"博练"，在"博学""练才"方面下功夫。

刘勰继续指出"学""才"不足导致的问题，学识不够，对于物理、事理了解不透彻，思路就不开阔，写出来的文章内容自然贫乏，这是"理郁者苦贫"。文才不足，虽然脑子里面有一堆物象、文辞，但不知道如何有序、精妙地组织他们，写出来的文章自然显得乱，这是"辞溺者伤乱"。《事类》云："学贫者，迍邅于事义；才馁者，劬劳于辞情。"此言与"理郁者苦贫，辞溺者伤乱"正可互相参照。对于学识不够而导致的"理郁"，广泛的读书（博见）就可以弥补；对于才力不足而导致的"辞溺"，刘勰强调要做到"贯一"，道理没错，但比之于"博见"，"贯一"实在称不上是可操作的建议，毋宁说"贯一"是一种写作要求。至于如何做到"贯一"，人各有体会，且无一定之规，刘勰也就难以明言了。总之，这一段反映出"才""学"合一的思想：

> 若情数诡杂，体变迁贸。拙辞或孕于巧义，庸事或萌于新意。视布于麻，虽云未贵，杼轴献功，焕然乃珍。至于思表纤旨，文外曲致，言所不追，笔固知止。至精而后阐其妙，至变而后通其数。伊挚不能言鼎，轮扁不能语斤，其微矣乎！①

从"方其搦翰，气倍辞前；暨乎篇成，半折心始"开始，刘勰一直在试图解决"意翻空而易奇，言征实而难巧"的问题，积累学识、激发

① 范文澜注《文心雕龙注》卷六《神思》，第495页。

文才是其中较为重要的两个方面，刘勰在前面已经对此做了大量阐释。但他提出的方案并不能完美地解决"词不达意"的问题。在我们看来，这个问题是没办法完美解决的，刘勰当然也很清楚。即便有学识、文才的作家，还是会遇到"言征实而难巧"的困境。对此，刘勰尝试从另一个角度予以分析。创作者的情感丰富多变、驳杂幽微（情数诡杂），而文章风格也是各不相同、要求不一（体变迁贸）。然而，我们用于表达某一情感，符合某一风格的言辞、典故往往是有限的，甚至是已经被前人用烂了的。这是"言征实而难巧"的重要原因之一。面对此种境况，刘勰在《风骨》篇提出要"洞晓情变，曲昭文体"，即洞察内心要表达的情感，明确文章体制和风格要求。在这里，刘勰则从"文辞有限"这个角度入手，提出一种思路："拙辞或孕于巧义，庸事或萌于新意。"即运用自己的想象和文学才能，让那些前人用烂了的文辞、典故萌发出新意、巧义。接着刘勰用一个形象的比喻来阐述："视布于麻，虽云未贵，杼轴献功，焕然乃珍。""麻"是非常普通的、未经加工的原材料，相当于"拙辞""庸事"；"布"是加工后的成品，相当于"巧义""新意"。二者差的就是"杼轴"（织布机）的工夫。

我们不难发现，面对"言征实而难巧"的问题，刘勰已经在尽量给出解决的思路，但最终不可能拿出彻底的解决方法。如何让"拙辞或孕于巧义，庸事或萌于新意"，这恐怕是说不清楚的。回顾整个论述过程，刘勰先阐述了可以把握的东西（才、学），接着往比较微妙、不可把握的方向推进，"杼轴献功"已经有一些不可把握了。那面对"思表纤旨，文外曲致"，即面对文章构思创作中那些更为微妙、深奥的东西，刘勰词穷，讲不出来了，只能承认"言所不追，笔固知止"。刘勰本试图指导读者解决"言征实而难巧"的问题，可最终才发现，他自己也走进了"言征实而难巧"的泥潭。尽管刘勰说"至精而后阐其妙，至变而后通其数"，但"至精""至变"之人少之又少，最终只能像伊尹、轮扁那样深谙奥理而"口弗能言"了。从"至于思表纤旨"到"其微矣乎"，这几句一语双关，刘勰一边说文学创作者面对实在表达不出来的"言外之意"，就应当适可而止，不要强行表达，同时也在说一句潜台词："对于神思这个问题，我也只能讲到这个层面了。"我们不要忘记，《神思》以至于整部《文心雕龙》都可以被当成文学作品来看待，刘勰在通过理论表述来传达创作观念的同时，也在通过《文心雕龙》的创作实践为后人做着最为生动、直观的示范。传统文论的魅力之一当在于此。

推荐阅读及参考文献：

1. 黄侃：《文心雕龙札记》，上海古籍出版社，2000。
2. 范文澜：《文心雕龙注》，人民文学出版社，1958。
3. 杨明照校注拾遗《增订文心雕龙校注》，中华书局，2012。
4. 詹锳：《文心雕龙义证》，上海古籍出版社，1989。
5. 周振甫：《文心雕龙今译》，中华书局，1986。
6. 吴林伯：《〈文心雕龙〉义疏》，武汉大学出版社，2002。
7. 王元化：《文心雕龙讲疏》，华东师范大学出版社，2017。
8. 王运熙：《文心雕龙探索》，上海古籍出版社，2014。
9. 周勋初：《〈文心雕龙〉书名辨》，《文学遗产》2008 年第 1 期。

后　记

　　中国古代文论，时间跨度长，内容丰富，材料来源广，头绪繁多。对于"如何搭建文学批评史框架""如何梳理文学理论发展脉络"等问题，历代学者都有深入的思考和切实的著述实践。这一学科形成初期，陈钟凡、郭绍虞、罗根泽等先生的批评史著作就已建立起批评史的书写模式，该模式基本以朝代先后为序，朝代之下以文论家、文论作品为单位来组织篇章，同时也考虑到文学观念的聚合。这体现出批评史书写存在"文学观念—文论作品"双焦点的特征。但由于批评史最终目的在于阐释文学观念，所以"文论作品"这个焦点长期被"虚化"，它在批评史著作中的主要任务大概在于帮助建立章节框架，提供作者信息以及观念产生的背景。在具体的行文层面，批评史仍旧以文学观念的聚焦、择取、阐释为主。"观念为主"导向下的批评史框架还可以舍弃掉"文论作品"这一基本结构单位，甚至打破以朝代为序的整体模式，以理论体系的建构代替传统的"史"的框架（史的叙述在体系内部呈现）。总之，不论以文论作品为基本单位，还是以文学思想、文论概念为纲目，批评史著作、教材的撰写都难以呈现文论作品之全貌，有的不免给人以"拆碎七宝楼台"之感。虽然文论选在一定程度上能够弥补批评史之缺陷，然而若只解释字句而不理清章法、疏通意脉，或依批评史之思路，对作品中的文论观点进行提炼式阐释，依旧不能凸显文论作品作为"篇章"的思想价值。已有学者注意到这个问题，进而将焦点聚集到文论作品上，观察文学思想是如何通过行文呈现出来的（如美国汉学家宇文所安的《中国文学思想读本》），而这似乎是一条值得继续探索的路。

　　批评史、文论读本的每一种思路和框架都有其价值，我们无意评骘高下，只是想说明，我们在撰著这本针对中文专业本科生的古代文论读本时，借鉴了前人的著述和相关思考，虽然只是就古代文论中的几个方面做专题式解读，但还是试图对上述思考做一些回应。在文学观念层面，注重概念的辨析和宏观的论述。针对文论作品，则着重考察其话语构成和意脉流动，尽量考虑文本内部的逻辑自洽，以探讨"作者为何这样写"这个问题。当然，在叙述历史、建构体系、回归原典之间如何达成平衡，形成一种更合理的书写和教学模式，是本书未能尽言，但值得继续探索的大问题。本书由江南大学党月瑶、熊湘合作编写，在吸收学界相关研究成果的同时，也包含了我们的研究、阅读和教学心得。其中第五章"'脉'与中国古代文论"是在熊湘《"脉"之字义流变考论》[《中国石油大学学报》（社会科学版）2014 年第 1 期]、《中国古代文论范畴"脉"之衍生模式探析》[《海南大学学报》（人文社会科学版）2014 年第 6 期]的基础上修改补充而成。因作者水平有限，书中难免存在疏漏，恳请方家批评指正。

图书在版编目(CIP)数据

中国古代文论专题讲读 / 党月瑶,熊湘著. --北京:
社会科学文献出版社,2023.6 (2014.5 重印)

ISBN 978-7-5228-1811-5

Ⅰ.①中… Ⅱ.①党… ②熊… Ⅲ.①中国文学-古
代文论-高等学校-教学参考资料 Ⅳ.①I206.2

中国国家版本馆 CIP 数据核字(2023)第 091428 号

中国古代文论专题讲读

著　　者 / 党月瑶　熊　湘

出 版 人 / 冀祥德
组稿编辑 / 宋月华
责任编辑 / 李建廷
文稿编辑 / 许露萍
责任印制 / 王京美

出　　版 / 社会科学文献出版社·人文分社 (010) 59367215
　　　　　　地址:北京市北三环中路甲 29 号院华龙大厦　邮编:100029
　　　　　　网址:www.ssap.com.cn
发　　行 / 社会科学文献出版社 (010) 59367028
印　　装 / 唐山玺诚印务有限公司

规　　格 / 开本:787mm×1092mm　1/16
　　　　　　印张:15　字数:237 千字
版　　次 / 2023 年 6 月第 1 版　2024 年 5 月第 2 次印刷
书　　号 / ISBN 978-7-5228-1811-5
定　　价 / 128.00 元

读者服务电话:4008918866